KB269341

오줌팔이 간다

오줌팔이 간다

오쭈팔이 간다

백시종 장편소설

문이당

환경 소설을 발표한 모 작가의 후기가 생각난다.

'작품을 읽고 생의 온전한 실현을 도모하는 이가 있다면 소설을 희생하는 것이 한 점 아깝지 않다.' 그리고 그는 덧붙인다. '환경 문제를 소재로 소설을 쓴다는 것, 그리하여 환경에 대한 계몽적 경각심을 불러일으키고 동시에 언어 예술인 소설로도 성공하는 것이 얼마나 어려운 일인가.'

나 역시 절감해 마지않는 부분이다. 상업적으로나 문학적으로나 대체로 실패할 확률이 그렇지 않은 경우보다 훨씬 높다는 사실도 벌써 인지하고 있다. 기왕지사 안전이 보장된, 이른바 승률 높은 소재를 선택하는 것이 작가의 기본 안목이라는 사실에 대해서도 나는 이의를 달고 싶은 생각이 없다. 그런 제반 위험 요소를 두루 파악하고 있으면서도 나는 또 외롭고 험난한 길을 선택하고 겁도 없이 뛰어들었다.

지난해 펴낸 전작 장편 《물》이 육지의 환경 소설이라면 《오주 팔이 간다》는 바다의 환경 생태 소설이다.

나는 바닷가에서 어린 시절을 보낸 귀중한 체험을 갖고 있다.

그것도 청정 해역인 남해안 바닷가다. 행정 구역으로 남해군 남면 평산리다. 섬 마을이다. 작지만 모래밭도 있었고, 자갈밭도 있었고, 바위투성이 해안도 있었다. 모래밭이건, 자갈밭이건, 갯바위건 그 언저리에 앉아 고개를 들면 항구 도시인 여수 시가지가 손에 잡힐 듯 한눈에 들어왔다. 밤이면 오동도 등댓불이 내 의식을 깨우는 은하계의 신호처럼 은밀하게 깜박거렸으며, 그 위로 밤 갈매기가 날고, 날치가 뛰어오르고, 포구로 들어서는 크고 작은 선박의 뱃고동이 부웅부웅 울곤 했다. 소위 말하는 한려수도 특유의 아름다운 풍광이다.

어린 날 나를 사로잡은 수많은 호기심 중 하나가 왜 바다는 푸른가였다. 밤이면 바닷물에 왜 인광이 묻어 빛나는가. 그토록 부드럽고 잔잔하던 바다가 왜 갑자기 성을 내어 어선을 침몰시키고, 술버릇이 성가실 뿐인 석보 삼촌을 앗아가 키 작은 숙모를 과부로 만들어 버리는가. 바닷속에는 정말 물귀신들이 떼 지어 살고 있는가. 물귀신들은 무엇을 먹고사는가. 그 많은 물고기들은 어디서 왔으며, 말미잘들은 왜 물을 품어 내며, 따개비들은 왜 바위에 붙어사는가.

나는 그런 의문점들을 풀기 위해 매일 바닷가에서 알몸으로 부대끼며 성장기를 보냈다. 나는 그 성장기의 바다 체험이 나의 재산 목록 1호라고 자부해 마지않았고, 실제로 머지 않는 장래에 그렇게 평가받게 되리라고 믿고 있다.

바닷가에서의 체험의 근간은 생명에 대한 경외심이다. 태초의 생명은 어떻게 생성되었으며, 그 개체로서의 정체성은 무엇이며, 수천만 개의 생명과 생명의 조화를 이루는 과정은 또 어떤 비밀한 약속에 의해 이뤄진 것인지 나는 늘 의문을 가져 왔고, 지금 현재도 그 의문들을 풀지 못하고 있다.

여러 문헌들을 보면 태초에 지구는 생명체를 부양하지 않았다고 쓰여 있다. 20억 년 이전에 나타났던 최초의 작은 미생물들은 산소 대신 치명적인 자외선과 독성 가스와 그리고 극단적인 온도 변화의 환경에서 생존해야 했다. 유기체들은 수백만 년에 걸쳐서 지질 화학적 과정과 상호 작용으로 산소를 대기로 내놓고, 녹색의 껍질을 지표에 입힘으로써 점진적으로 환경을 변화시켜 온 것이다.

가령 광활한 수평선에서 아침 해가 떠오르는 눈부신 광경을 보았다 치자. 아이들은 바다가 해를 낳았다고 할 것이고, 물정에 좀더 밝은 소년이라면 바다 너머로 해가 솟구쳤다고 할 것이다. 여기서 태양의 이미지는 무엇이고, 바다의 이미지는 무엇인가.

만약 태양이 가만있어도 근육이 튀어나올 듯 꿈틀거리는 건강한 남성이라면, 바다는 한없이 부드러운, 마치 나는 너에게 바쳐지기 위해 존재한다는 식의 요염한 여자일 터이고, 그들은 만나자마자 너무 깊어 바닥 모를 바다의 자궁에 그보다 더 거대한 태양의 몸을 찌르는 축제부터 벌이기 시작할 것이고, 그 순간 세상은 온통 불과 물의 탐욕스런 군무만이 있을 따름이다. 태양이 붉은 백조라면 바다는 차이코프스키의 마법의 호수일 터이고, 바다가 음습한 새벽안개 속 님프라면 태양은 꺼져 버린 불도 기어코 살려 내는 불카누스일 것이다.

그것이 최고의 힘을 발휘할 때 물도 그만큼 끓어올라 사위를 휘감을 게 아닌가. 그것은 흡사 세탁기 속에서 빨래가 뒤엉켜 돌아가듯, 아니 수백만 마리 황금빛 용들이 질서와 혼란을 적당히 믹스한 춤을 연출하듯 느리게, 혹은 빠르게 돌아갈 것이고, 때로는 서로가 서로를 배려하듯 부드럽고 아름답게 감싸 안았다가, 때로는 성난 폭풍과도 같이 삼킬 듯 포효하기도 할 것이다. 마치 우리 상상력이 광대한 우주에서 사소하고 편협한 일상사로 바뀌었다가 다시 일상사에서 광대한 우주로 되돌아가는 것처럼, 태양과 바다는 그런 모양으로 수상쩍은 교접을 수시로 반복할 게다. 생명의 탄생은 그런 과정을 거친다. 태양이 바다를 향해, 너 물결에 영광 있으라,라고 속삭일 때, 당신의 불가사의한 그 슬픔 자체가 영광일진저. 바다가 화답할 때, 비로소 두 개의 원소가 근엄하게 그러나 완벽하게 결합되고, 그 결합에 분열이라는 이름의 움직임이 시작되는 것이다.

그런 시작의 과정을 흔히 자연이라고 한다. 더 구체적으로 설명하자면 자연이라는 말은 수백만의 수백만의 수백만의 입자들이 벌이는 수억의 수억의 수억의 끝없는 게임을 일컫는 통속적인 이름에 불과하다는 사실을 기억할 필요가 있다.

재산 목록 1호인 바다 체험을 소설로 쓰기를 작심한 순간부터 나는 원인을 알 수 없는 미열에 오래 시달렸다. 눈에 보이지 않는 바닷속의 미생물들, 끝없이 펼쳐지는 해초들, 물 반 벼룩 반이라도 하는 갑각류들, 신비를 자아내는 어류 떼의 회유……. 그런 바닷속의 광활한 세계가 흡사 연두부처럼 압축되어 내 뇌리에서 마구잡이로 출렁거리는 것 같았다. 나는 달리기 시작했다. 사람의 작은 습관 하나가 바다의 생명을 얼마나 앗아가 버리는가. 인간 생태와 바다 생태는 끝내 공존할 수 없는가…….

이번만은 실패가 아닌 성공으로 돌입하여, 환경 소재의 선택이야말로 '작가의 탁월한 안목'임이 새롭게 검증되기를 기대해 마지않는다.

2008년 가을
백 시 종

01

　오주팔(吳柱八)의 별명은 수도 없이 많다. ‘코보’도 있고 ‘라콤 파르시타’도 있고 ‘짝귀’도 있다. 그 밖에도 ‘오지랖’이니 ‘오간섭’이니 심지어 ‘오지랄’까지 주로 성(姓)을 앞세운 허드레 별명도 꼬리에 꼬리를 문다.

　물론 작은 얼굴에 비해 지나치게 커 보이는 오뚝하면서도 우람한 코가 일품이라고 해서 ‘코보’로, 어느 여름 보리밭에서 여색을 밝히다가 뒤쫓아 온 여인의 남편에게 한쪽 귀를 물려 잘렸다고 해서 ‘짝귀’로 통용되는 터다. 하나 더 있다. ‘친일파’가 그것이다. 외모나 정력에 관계되지 않은 유일한 별명인 친일파는 오주팔이 젊은 날 일본에 밀항하여 3년씩이나 체류했던 이력 때문에 붙여진 닉네임이다.

　지금은 많이 자제하지만, 한때는 눈만 떴다 하면 일본 자랑이고, 일본 사람 근면성에 대한 찬사가 흡사 구멍 난 비닐봉지 물새듯 줄줄 흘러나왔다.

「절대로 우리나라는 일본 몬 따라간다. 하모, 일본이 그마 일본이 아닌 기라. 그 사람덜 올매나 부지런헌 줄 아나? 우리들 모였다 카모 고스톱 치고 육백 치고 장기 두고 쐬주 마시고 유행가 부르고……, 일본 사람덜은 안 그러는 기라. 모였다 카모 회의허고 연구허고 일허고……, 정말 우리 대한민국 국민덜 이리 살모 안 되는 기라.」

듣다 듣다 지겨워진 뙤골포구 사람들이 벌 떼처럼 일어난다.

「쪽바리덜 부지런 떠는 거 누가 모리나? 올매나 부지런했시모 남의 나라를 통째 묵었겄노? 제발 고마해라. 그마 주딩이 자끄 장가 뻬라!」

하긴 오죽하면 친일파란 별명을 붙였겠는가. 오주팔에게 한 가지 직업 같지 않은 직업이 있다. 바로 물고기 의사다. 전문 용어로 수산 질병 관리원이다. 수산관계청이 분류하는 직책이 그러하다. 일종의 수의사 보조인 셈이다. 어류와 관련된 약품을 판매할 수 있는 자격증을 소지한 사람을 그렇게 호칭한다. 물론 수산학교 출신이라고 다 갖고 있는 자격증이 아니다. 그중에서도 수생 생물과를 수료한 학생에게만 응시 자격을 주는 일종의 국가 자격 고시다.

오주팔이 중퇴하기 직전인 3학년 2학기 겨울 방학 때 시험에 패스했으므로 그 자격증이 지금까지 유효했다. 오주팔이 이 자격증 때문에 불려 다니는 곳은 주로 양어장이다. 흔하지는 않지만 부잣집에서 기르는 관상어 치료차 멀리 부산, 대구까지 왕진을 나가는 경우도 있다. 오주팔은 직접 병든 고기를 진찰하고, 때로 수술도 하고 주사도 놓고 약물 조제도 한다. 아주 비싼 희귀 담수어 수입종들은 신주 단지 모시듯 상처 부위를 조심조심 긁어내고, 사람에게 하는 것처럼 금침을 놓기도 한다. 양식업자들이 물고기 의사 자격증을 가진 다른 젊은이들보다 오주팔을 더 선호하는 것은 치료 확률이 비교도 안 될 정도로 높기 때문이다. 아무리 좋은 먹이를 뿌려 줘도 관심조차 보이지 않던 물고기가 오주팔의 손만 거쳤다 하면 하룻밤 새 싱싱해져서, 언제 비실비실했냐는 듯 유유히 헤엄치고 던져 주는 사료를 덥석덥석 먹어 치워서, 교통비 따로 들이 가며 외지에서 불러올 필요 읎는 기라, 이구동성으로 오주팔을 치켜세운다. 실제로 병든 고기를 잘 치료하기도 했지만, 그보다 약값 외에는 다른 경비를 일체 청구하지 않는 독특한 성겨 탓에 더욱이나 오주팔을 다퉈 가며 찾는다.

반대로 오주팔만 보면 눈 마주치는 것도 두려워 슬슬 뒷걸음치는 사람들이 적지 않다. 고기를 키울 가두리는 좁은데, 필요 이상으로 많은 치어를 집어넣어 생존 확률을 떨어뜨리는 양식업자들이 그 장본인들이다. 유행병이 돌아서도 아니고, 먹이에 이상이 있어서도 아닌데, 3할이 허옇게 죽어 뒤집어지는 양식장에 불려 가기라도 하면 오주팔은 팔 걷어붙이고 호통부터 쳐 마지않는다.

게기도 생명이 있는 기라. 게기도 숨 쉬고 묵고 자고 놀고 기분 나쁘모 화내는 생물인 기라. 근데 와 무지막지허게 관리허노? 작년에 내가 분명히 주의를 줬씰 긴데……. 열 마리 중 세 마리는 몬 살 기라고 귀청 째지게 말했씰 긴데, 와 정원을 초과시킨 기고? 옆에서 머쓱하단 듯 머리만 북북 긁고 있는 업자를 오주팔은 더 큰 소리로 닦달한다. 게기를 기계에 찍어 내는 공산품으로 생각헌 기제? 많이 넣어서 많이 팔아묵어 보자, 죽을지 다 알면서도 에라, 다 집어넣어 삐라, 요행이 안 죽으모 좋고, 죽으모 그만이고…… 에레기 이 몹쓸 놀부 심보야! 이 사람아, 꼭 사람을 쥑이야만 살인이가? 게기를 그리 쥑이는 것도 살인 방존 기라. 살인 방조고 뭐고…… 그만 나무래고 인자 치료나 해주이소. 치료비는 낸다 카이……. 이 사람, 내 말을 와 한 귀로 듣고 한 귀로 흘리는 기가? 내는 싫다그마. 이 양어장 치료 몬헌다. 그래요, 내 놀부 심보 좀 부렸다 캅시더. 허지마는 게기가 오디 아푸다고 말이나 허는 동물인교? 그마 밥상에 올리모 그만인 미물 갖고……. 뭐라꼬? 미물 갖고 와 큰소리치느냐 따지는 기가? 그래서 내는 싫다고마. 자네 거튼 사람허고는 상대허기 싫다 그 말이라!

정말 오주팔은 주섬주섬 휴대품을 챙겨 들고 일어서 버린다.

입술을 앙다물고 있다. 부리나케 몸을 날린다. 아무리 불러 세워도 뒤도 돌아보지 않는다. 그래서 더 괴짜로 소문난 오주팔이다.

그렇게 많은 별명처럼 그가 고정적으로 맡아 하는 일도 한두 가지가 아니다. 우선 굴양식 연구가가 그렇고, 비공식 침술사(鍼術士), 종신이라고 해도 과언이 아닌 앵강도 새마을 지도자 직함이 그러하다. 별명과 직업이 암시하듯 적어도 앵강도에서 오주팔만큼 분주한 사람도 없다. 그는 어디서건 이유 없이 한자리에 한 시간 이상 퍼질러 앉아 있는 경우가 없다. 더구나 마을 회관에 모였다 하면 고스톱 군용 담요부터 찾아드는 동네 장정들하고는 담을 쌓고 지내는 데다, 그 흔한 장기며 바둑도 가까이 하지 않으므로 술 내기 고스톱, 장기 따위로 시간을 허비하는 오주팔의 모습을 본 사람은 아무도 없다.

그의 일상은 한마디로 바쁘다. 동에 번쩍, 서에 번쩍이다. 아침 나절 뙤골 해안에 모습을 드러냈는가 싶었는데, 어느새 사주 쪽에서 굴 껍데기를 줍고 있다.

뙤골 해안과 사주는 거의 반대 방향이다. 뙤골은 내항(內項) 쪽에, 사주는 외항(外項) 쪽에 있다. 아니, 더 자세히 말하자면 앵강도의 끝에서 끝이다. 앵강도는 원래 두 개의 섬이었는데, 자연의 조화로 한 개의 섬이 된 경우다. 내항섬과 외항섬의 간격이 한 3백 미터쯤 될까. 물론 3백 미터의 섬 사이로 바다가 출렁인다면 그야말로 지척 천리가 아닐 수 없다.

한데 섬과 섬 사이에 자연이 다리를 만들어 준 것이다. 다리라
기보다 모랫길이라고 해야 옳다. 양편에서 모래 파도가 쳐 올라
와 흡사 바다 정원 공사하듯 긴 모래톱을 조성해 놓았다. 모랫길
의 오른쪽은 망망대해고 왼쪽은 삼천포 시가지 건물이 성냥갑처
럼 보이는 연안 바다다.

그러니까 양쪽에서 모래를 뱉어 놓는 일을 수천 년 반복한 셈
이다. 해류의 조화가 어떻게 이뤄졌기에 금빛 모래가 양편으로
같은 양으로 쌓여 그것도 3백 미터씩이나 모래톱을 이루며 일정
한 폭으로 펼쳐질 수 있는지, 자연의 신비 앞에 그저 넋을 잃을
지경이다. 이름하여 사주(砂洲)다. 두 개의 섬을 하나로 잇는 흰
모랫길, 그 너머의 망망대해, 크고 작은 섬, 시퍼런 풀꽁치 떼를
쫓아 수면으로 맴도는 갈매기들의 날렵한 비상, 멀리서 보면 불
붙은 듯한 너럭바위 동백 숲의 만개, 그리고 붉은 물을 쏟아 부은
듯 바다에 빠져 흔들리는 동백꽃의 자태…….

하긴 그런 비경이 없었다면 쿠데타로 성공한 대통령이 시도 때
도 없이 앵강도를 찾아왔겠는가. 얘기가 났으니 말이지만, 그 무
렵 대통령은 여름 한때를 앵강도에서 보내는 일이 드물지 않았
다. 물론 대통령의 앵강도 방문 스케줄이 사전에 통지된 적은 없
다. 대통령은 불시에 온다. 어느 날 소리 소문 없이 무장 경찰들
을 가득 실은 경비정이 섬에 도착하고, 폭발물 탐지기를 들이대
고, 앵강도 모래톱을 온통 휘젓고, 흰 천막을 세우고, 비치파라

16

솔이 여기저기 놓였다 하면 아, 올해도 대통령이 오는구나, 섬 주민들이 서로 마주 보며 고개를 끄덕이게 마련이다.

하지만 대통령은 조용히 오지 않는다. 무장 경찰이며, 경호원이며, 내항 외항 할 것 없이 동네를 발칵 뒤집어 놓기 일쑤다. 우선 주민 호구 조사가 그러하다. 가족 중 누가 어느 타지에 나가 있고, 누가 무슨 일로 출타 중이며, 누가 섬에 남아 무슨 일을 하는지, 시시콜콜 조사서에 빽빽하게 기록해 넣는다.

그뿐 아니다. 앵강도가 보유한 스무 척 넘는 소형 선박도 대통령이 휴식을 즐기는 중에는 함부로 바다에 나갈 수 없다. 순전히 어업으로 먹고사는 저인망 통통선들도 그러하고 미역 채취선 역시 마찬가지다. 아니, 앵강도 선박만 국한된 것이 아니다. 면 소재지가 있는 인근 섬 사량도(蛇梁島) 일부 선박들도 마찬가지다. 그처럼 배들이 섬에 묶이는 일과 동시에 앵강바다 연안은 또 다른 선박으로 에워싸인다. 다름 아닌 해군 함정이다. 먼발치로 봐서는 군함인지 여객선인지 분간할 수 없는 아슴푸레한 풍경이다. 그러나 이 아슴푸레한 대상이 유사시를 예방하기 위한 해군 함정의 출동이란 사실을 모르는 주민들은 아무도 없다.

어쨌거나, 대통령이 앵강도에 납시어 계신 동안에는 어느 누구도 함부로 왕래할 수가 없다. 내항에서 외항으로 건너가는 일은 더더구나 할 수 없고, 같은 내항 마을에서도 가능하면 집 안에 박혀 있어야지, 공연히 여기저기 기웃거리다간 10미터 간격으로 경비를 서고 있는 무장 경찰들에게 무슨 봉변을 당할지 모른다.

말 그대로 감옥 아닌 감옥이다. 기껏해야 하루 나절에 불과하지만, 장기판의 마(馬)처럼 두 개 마을을 하루에도 몇 번씩 왕래해야 직성이 풀리는 주민들에게는 여간 불편한 것이 아니다. 그렇지만 어느 누구도 볼멘소리를 하는 사람이 없다. 불평은커녕 되레 앵강도 주민이라는 자부심 때문에 괜히 목에 힘을 주고 험험, 기침 소리를 높이고 싶은 허세가 솟구치기도 한다.

설령 집 안에 꼼짝없이 갇힌 몸이 된다 해도, 또는 바다로 나가지 못해 생업에 지장을 받는다 해도 대통령 각하께서 찾아 주었음으로 하여 앵강도의 수려한 경치나 이런저런 눈요깃거리가 전국적으로 더 많이 알려져, 뭔가 큰 이득이 생길 것이라고 막연히 믿는 터다. 그래서 돌담 쳐진 마당 위로 조심조심 나와 대통령이 여름 한낮을 즐기는 사주 쪽을 잘못이나 저지르는 사람처럼 민망한 눈길로 힐끔힐끔 바라보곤 한다. 앵강도 주민 모두가 발이 꽁꽁 묶인 여름 한낮의 사주는, 이 세상에 오로지 대통령밖에 없는 듯 고즈넉하고 조용하다. 하다못해 동네 개도 얼씬하지 않는다.

가장 넓은 모래톱 길 가운데 쳐진 흰 천막 안에서는 벌써 고기 굽는 냄새가 진동한다. 흰 모자를 쓴 장정 요리사들이 지글지글 볶고 지지고 튀기느라 여념이 없다. 모래밭 위에 고풍스런 간이 식탁이 놓이고, 비치가운 차림의 대통령 일행이 그곳에 앉을라 치면, 각종 진미가 옮겨지기 시작한다.

이른바 과잉 경비 사건으로 통칭되는 오주팔 피격은 바로 그런 시간에 일어난다. 그때 오주팔의 나이가 열여덟이던가, 정확히 말하자면 삼천포수산학교 마지막 여름 방학 때다. 그날 역시 오주팔은 새벽같이 집을 나와 뙤골 골짜기 골 깊은 해안에 박혀 혼자 굴씨 채집에 골몰해 있었다. 지금도 그렇지만 그즈음에도 어떤 일에 집착하면 세상만사 깡그리 잊는 것이 오주팔의 성격이다. 정말 오주팔은 대통령이 앵강도에 내려와 있다는, 그래서 무장 경호원이며 경찰들이 섬 안에 쫙 깔렸다는 사실을 까맣게 모르고 있었다.

바다 생물 채집 필수 도구인 예리한 작살 창과 뜰대와 포획물을 담는 물통, 그리고 아버지에게 물려받은 소형 라이카 카메라 등을 고루 갖춘 오주팔이 일단 채집에 나섰다 하면 보통 대여섯 시간을 소요하기가 예사다. 그날따라 물결 속에 떠다니는 반투명 생물체가 왜 그리 많은지, 늘상 그렇듯 흥분 상태가 가시지 않았던 터다. 5리터짜리 채집 물통이 거의 차서 더 이상 담을 수 없게 되었을 때, 언제나처럼 고둥, 해삼, 배무래기 따위 생물로 시장기를 면하긴 했지만, 곡기 생각 때문에 뱃속이 꾸르륵거렸고, 그래서 꿀렁꿀렁 물소리를 내며 서둘러 늘상 다녔던 지름길을 따라 달음박질을 했던 것이다.

「누구냐!」

오주팔이 무장 경호원의 저지 명령을 순간적으로 묵살한 것은 밭일 나온 동갑내기 뻘득이의 장난으로 오인한 탓이다. 빌어묵을 자석, 오늘 기분 좋은갑다. 육갑 떨게. 그리고 숲을 빠져나와 언제 봐도 눈이 부시는 사주 쪽을 향해 발길을 내딛는데,

「서지 않으면 쏜다!」

강퍅한 경고와 함께 어디선가 울리는 다급한 호루라기 소리가 귀청을 쨌다. 왜 그랬을까. 왜 급브레이크를 밟는 자동차처럼 끼익 서지 못하고 내처 내달렸던 걸까.

실제로 오주팔은 모래 위에 쳐진 흰 천막들을 보지 못했다. 모래와 같은 색이기 때문이다. 세 개씩이나 서 있는 대형 텐트만 발견했어도 아뿔싸 대통령이구나 하고 무릎부터 꿇었을 텐데, 웬 귀신에 씌었는지 아무 생각 없이 그냥 내달렸다.

「탕, 타앙―.」

총 소리가 났고 오주팔은 이내,

「억!」

소리를 토한 채 포수에 쫓긴 고라니마냥 채집 물통이며, 뜰대며, 작살 창 따위와 함께 허공중에 치솟았다가 모래밭에 처박히고 말았다.

총상을 입은 곳은 왼쪽 장딴지다. 장딴지에서 피가 숏구치듯 쏟아진다. 흰 모래밭을 한순간에 붉게 물들인다. 모래가 피에 젖어 든다.

오주팔이 정신을 잃었다가 눈을 뜬 것은 삼천포 시내 병원이

다. 쾌속정인 경찰 경비선이 대기하고 있었으니 망정이지, 만약
통통선 같은 배로 옮겼더라면 심한 출혈로 엉뚱한 사태를 겪었을
지도 몰랐다.

　어쨌거나 그때 입었던 장딴지 부상 때문에 지금도 심하지는 않
지만 절룩거리며 걷지 않을 수 없고, 그 걷는 모습이 마치 탱고
의 리듬 같다고 해서, 그 많은 별명 가운데 라콤파르시타도 한자
리 차지하게 된 것이다.

오주팔은 그날의 피격 사건 때문에 삼천포수산고등학교를 중퇴하고 만다. 병원에서 퇴원했을 때 여름 방학은 끝나 있었지만, 그리고 한 달간으로 예정된 어로과 졸업 항해 실습선이 이미 출항해 버린 뒤였지만, 어찌어찌 시간만 때우면 졸업장을 받을 수 있었는데도 오주팔은 한사코 학업을 작파하고 뙤골포구에서 꼼짝하지 않았다.

원래 계획은 수산대학 어로과에 진학하여 원양 어선 선장이 되는 것이었지만 그는 미련 없이 그 꿈을 접어 버렸다. 물론 그 계획은 오주팔의 생각이었다기보다 그의 부친 오청문 씨의 강요에 의해 정해진 진로라고 해야 옳다.

남자란 모름지기 밖으로 나돌아야 하는데 그 이유는 미지의 세계를 통해 견문을 넓혀 더 큰 꿈을 가져야 하기 때문이라고 늘상 강조했던 오청문 씨. 한데 그런 아버지가 그해 가을, 그러니까 오주팔이 병원에서 퇴원하기 일주일 전에 급작스레 숨졌으므로 이젠 부친의 눈치 봐가며 진로를 결정할 필요가 없어졌다.

실제로 오주팔은 원양 어선 선장에는 애당초 관심이 없던 터다. 그의 관심사는 어렸을 때부터 해삼이며, 멍게며, 합자며, 조개며, 미역이며, 성게며, 굴 따위 바다 생물에 관한 끝없는 호기심이었고, 그 씨를 어떻게 하면 채집하여 직접 양식할 수 있을까 하는 나름의 꿍꿍이속이 있었던 셈이다. 그가 대학 진학은 말할 것도 없고 고교 졸업까지 포기하고 뙤골포구에 푹 소리 나게 파묻혔던 것도 그 일과 무관하지 않다.

그래서 그의 일과는 늘상 바쁘다. 라콤파르시타 걸음으로 앵강도 해안을 샅샅이 뒤져 새로운 종을 파악하는 일에 그 어느 때보다 더 열정적으로 매달린다. 기왕 채집에 대한 열성 얘기가 나왔으니 말이지만, 생물을 관찰할 때 흔히 어떤 형태, 이른바 어미 모습 하나로 그 생물의 전부를 뭉뚱그려 이해하는 경우가 허다하다. 그러나 생물에는 성체(成體) 한 가지만 존재하는 것이 아니다.

가령 앵강도 해안 어디서나 흔히 만나는 어떤 녀석에 초점을 맞춰 보자. 심심하던 차에 바닷물에 잠겨 있는 갯돌이라도 뒤집어 보자. 마치 검은색 헝겊 조각인 듯 수줍게 엎드린 놈을 발견할 수 있을 것이다. 머리는 납작하고 눈은 작고 몸뚱이는 유난히 미끌미끌한 녀석을 보고 우리는 머리를 갸웃할 수밖에 없다. 생긴 유형만으로는 종잡기가 쉽지 않은 탓이다. 이게 뭘까. 어느 종(種), 어느 류(類)에 속한 녀석일까. 하나 녀석의 이름이 그 흔한 망둥이로 밝혀졌을 때 아하, 녀석에게도 이런 시절이 있었구나. 그런 과정을 겪어서 성체가 되는구나. 새삼 고개를 끄덕이게 된다. 그러니까 갯돌 밑에 수줍은 듯 몸을 사리던 녀석은 사람 나이로 쳐서 10대 후반쯤 될까. 그렇다. 10대 후반쯤 되는 낯선 망둥이의 모습만 각인하고 그것으로 망둥이 전체를 파악한다는 것은 매우 위험한 발상이다. 햇볕을 오래 쬐면 미끌미끌한 껍질이 허옇게 변하는 20대의 망둥이와, 갯벌의 지면을 개구리처럼 탄력 있게 펄쩍펄쩍 뛰는 성년의 망둥이와, 미끌미끌했던 먹창 피부가 갈색으로 거칠게 변해 가는 노년기의 망둥이는 얼핏 보면 전혀 별개의 종처럼 느껴지기 십상이다. 생각해 보라. 무한처럼 느껴지는 생물의 종만 해도 헤아릴 수 없는 판에, 하물며 늘상 예측을 뛰어넘어 버리는 저 황홀한 변신의 모습까지 차별하여 구분한다는 것은 절대로 간단한 일이 아니다. 그래서 분류학이 따로 있고, 계통학이 따로 있으며, 거기에다 생물의 생활사적 흐름까지 더듬는 진화학(進化學)이 따로 존재하는 것이리라.

 그러니까 어떤 생물이든 부화, 치어, 발육, 성장, 번식 그리고 늙어 가는 모습, 죽음 앞에 초연히 맞서는 최후의 처절함 따위의 여정에 나타나는 형태와 생태와 생리의 총괄이 그 생물의 본태인 것이다. 다시 말해 연속된 변천을 일일이 살펴보고, 뒤집어보고, 찢어 보지 않고서는 그 생물을 완벽하게 이해했다고 할 수 없다. 그처럼 한 종을 관심 있게 파악하고 채집하여 그 모든 것을 옛날 아버지가 했던 것처럼 포르말린 유리병에 보존시키는 데 보통 1년이 걸린다면 지나친 계산일까. 하나 그것은 엄살이 아니다. 오히려 그 일에 매달리면 매달릴수록 절대적으로 아쉬운 것이 시간이다. 늘 바쁘다. 정신이 없다. 아침부터 저녁까지 허겁지겁한다. 그러나 사람들은 오주팔의 그 쫓김에 대해 어떤 선의나 아량도 베풀려 하지 않는다. 아니, 이해할 수가 없다.

예의 채집 도구로 중무장하고 아침을 먹자마자 나섰다가 저녁밥 때쯤 물통에 가득한 채집물과 함께 어슬렁어슬렁 돌아올라치면, 물귀신에 홀리지 않고서야 어찌 그런 미친 짓에 빠질 수 있느냐고 마을 사람들은 이구동성으로 어깃장을 놓기 일쑤다.

하긴 그럴 만도 하다. 낚시용 갯지렁이를 파는 것도 아니고, 밥상에 올릴 해물을 거두기 위한 일거리도 아닌 터에 혼자 온종일 바윗돌까지 뒤집어 가며 해안을 떠돌아다닐 수 있는가. 얼마든지 정신병자 취급을 받을 만하기도 하다.

한때 정신병자 소리까지 들어 가며 오주팔에게 매달렸던 늦쌀이 생모가 너럭바위에서 자살한 지 십수 년인데, 지금까지도 그 원혼이 남아 오주팔을 바다로 끌어당긴다는 설을 퍼뜨리는 걸

보면 순천댁의 그 사건은 없어지지 않고 대를 이을수록 더 번성하는 풀씨처럼 오래오래 회자될 모양이다.

그러나 오주팔에게 마을 사람들이 폄하하는 그 미친 짓은 어제 오늘 시작된 일이 아니다. 아주 어렸을 때부터 섬 해안을 들쑤시고 다니는 일에 열중했다. 심한 경우는 점심 끼니까지 굶어 가며 온종일 해안을 혼자 배회했을 정도다.

물론 끼니를 굶었다는 말에는 어폐가 있다. 집에서 먹는 보리밥 점심보다 혼자 해안 사구의 돌을 뒤집는 일을 거듭했을 때 뱃속 채우기가 한결 더 푸짐했기 때문이다.

03

정말 해변에는 먹을거리가 무진장이다. 해초 더미를 들추면 흡사 투명한 밧줄을 사려 놓은 것 같은 똥이 보이는데, 그것은 근처에 해삼이 있다는 증거다. 똥이 굵으면 어미 해삼이고, 가늘게 늘어졌으면 새끼 해삼이다. 새끼건 어미건 항문 쪽을 이빨로 뜯어낸 후 내장을 훑어 내고, 바닷물에 휘휘 씻어 깨물면 오독오독 씹는 맛이 그야말로 일품이다.

한자리에서 일고여덟 마리를 처리하고 나면 벌써 시장기가 싹 가셔 버린다. 어디 그뿐인가. 눈을 들면 해안이 온통 굴 천지다. 바위라고 생긴 곳에는 어디든 덕지덕지 하얗게 붙어 있다. 끝이 뾰족한 돌도 좋고, 오주팔이 늘상 가지고 다니는 주머니칼도 좋다. 굴은 작을수록 더 맛이 상큼하다. 칼끝으로 벌리든 돌로 쪼든, 희멀쑥한 알맹이를 뽑아 깨끗한 물에 헹궈 입에 넣으면 짠맛보다 개운한 단맛이 먼저다. 거북이 등처럼 두꺼운 각질을 뒤집어쓰고 거무튀튀하게 붙어 있는 배무래기도 그러하다. 바위에서 떼어 내기가 쉽지 않지만, 일단 뜯어냈다 하면 조리는 간단하다. 우선 두꺼운 각질을 돌로 으깨 떼어 내고, 다소 거추장스런 껍질은 바위에 쓱쓱 갈아 버린다. 한 마리, 두 마리 먹는 것보다 대여섯 마리를 한꺼번에 손질해서 차례차례 씹는 맛이라니. 해변의 야생 먹을거리에 탐닉하지 못한 사람은 그 짜릿한 미각을 모를 법하다.

그럴지라도 해삼이니 굴이니 배무래기니 해도 해안의 백미는 따로 있다. 이름하여 개불이다. 바다지렁이로도 통하지만 지렁이보다 보통 대여섯 배는 굵고 짧다. 모래밭에 물길이 들어왔다가 밀려 나갈 때마다 작은 구멍이 생겨 물이 스며드는데, 그곳이 바로 개불집이다. 호미나 괭이가 있으면 제격이지만 그것은 본격적으로 개불잡이에 나섰을 때 연장이고, 한두 마리 요기할 양이면 파도에 떠밀려 온 나뭇가지나 플라스틱 조각만 있어도 충분하다.

경우에 따라 깊이 파 내려가야 할 때도 있지만, 급히 서두르면 서너 뼘 만에 엄지손가락 굵기의 짙붉은 개불을 만날 수 있다. 뻘밭 개불이 검붉은 자주색이라면 모래밭의 것은 깔끔한 가을 홍시를 연상케 하는 황갈색이다. 검붉든 황갈색이든, 맛은 엇비

숫하게 달콤하기 이를 데 없다. 아니, 모래밭 개불이 더 담백하다고 말하는 사람이 많다. 개불이란 놈 주둥이에는 뻣뻣한 철사 돌기가 임꺽정 수염처럼 다닥다닥 붙어 있다. 그 부분을 이로 뜯어내고 꽁무니부터 훑어 올리면, 말 그대로 준비 끝이다. 때로 쫄깃쫄깃, 때로 오돌오돌 씹히는 입 안 가득한 개불 향기를 과연 무엇에 비유할 수 있을까.

기왕 말이 나왔으니, 한 가지 더 덧붙이기로 하자. 유난히 파도가 심한 바윗돌 근처엔 반드시 미역이 자란다. 손만 대도 미끈한 점액질부터 느껴지는 이파리를 통째 뜯어내 부드러운 속잎이나 쫄깃쫄깃한 미역귀를 아작아작 씹을 때의 쾌감. 미끈한 점액이 이리저리 밀리며 조각조각 부서지는 갯내음.

뭐라 해도 생미역의 제 맛은 텁텁함인데, 흡사 미더덕을 입 안에 터뜨렸을 때 모양 갑자기 달콤함이 입 안 가득히 퍼지기도 한다. 그처럼 텁텁함과 달콤함을 동시에 느낄 수 있는 건 아마도 살아 있는 싱싱한 생물을 그 자리에서 식용한 때문일 게다.

하지만 아무리 텁텁함과 달콤함의 감칠맛 나는 앙상블이라 하더라도 싱게란 생물의 노란 일 속을 파내 부드러운 미역 속잎에 싸 먹는 맛을 어떻게 설명할 수 있단 말인가. 흔히 눈에 띄는 보리성게가 아닌 말똥성게라도 잡히는 때는 더 환상적이다. 오늘날에는 성게가 불가사리 못잖은 바다 생태의 암적 존재로 치부되고 있지만, 그 무렵만 해도 성게는 전복이나 소라처럼 귀한 먹을거리 중 하나였다. 수확물은 전량 일본으로 수출되는 판이었다. 물론 그 개체 수가 희귀했을 때 애기다.

성게는 얼핏 보면 썩은 밤송이 같다. 너무 짙은 보라색이어서 흉측하기까지 하다. 잘못 다루다가 그 뾰족한 침에 찔리기 마련이지만, 어쩌다 대여섯 마리를 한꺼번에 발견하는 날은 그야말로 운수대통이다. 놈을 바위에 올려놓고 돌로 치면, 알밤 까놓듯 향기로운 성게 알 속을 오롯이 내질러 놓는다. 보기만 해도 옹골차기 짝이 없다. 지나치게 부드러워 색깔조차 연미색인 미역 속잎과 성게야말로 최적의 식품 궁합인 것 같다. 연미색 이파리 위에 샛노란 성게 알을 얹었을 때 쏟아지는 7월의 햇살. 햇살 받아 반사하는 두 개체의 해후, 그런 눈부신 조화 속의 진미라니, 감히 입 안에 넣기가 민망스럽다 하면 핀잔맞기 꼭 알맞겠지만.

그처럼 파도가 밀려왔다가 밀려가는 해안에는 먹을거리가 무진장이다. 막말로 까짓 보리밥 한 그릇에 소금에 절인 열무김치가 고작인 점심 때문에 해변에서 혼자 만끽하는 재미를 포기할 수 없다는 것이, 어린 시절 오주팔이 터득한 지혜다.

오주팔이 터득한 것은 그 한 가지뿐이 아니다. 처음에는 순전히 먹는 데만 목적을 두었지만, 차츰 사고가 트이면서 또 다른 관심사에 골몰하여 돌을 뒤졌다. 예컨대 모든 생물에는 짝이 있다는 사실이 그러하다. 해삼이건 성게건, 한 마리 발견했다 하면 그 부근에 반드시 한 마리가 더 있다는 자연법칙을 오주팔이 일찍이 터득하게 된 것이다. 이름하여 수컷과 암컷이다. 따지고 보면 50세를 넘긴 오늘까지도 라콤파르시타 별명에서 벗어나지 못하고 절룩절룩 해안을 뒤집는 기행(奇行)을 계속하는 것도, 기실은 생물체의 암수가 벌이는 변화무쌍한 생리적·화학적 미세 현상 때문이었다.

오주팔이 암수가 벌이는 자연의 오묘한 현상에 관심을 보이고 그것을 몸소 실천하게 된 배경에 대해서는 본인도 이것이다,라고 확실히 규명하지 못한다. 다만 질적 양적으로 우수한 품종의 굴을 만들기 위해 골몰하다 보니 그런 데까지 생각이 미쳤던 건지, 반대로 암수의 오묘한 현상을 미친 듯이 따라가다 보니 자연스럽게 굴양식 전문가가 되었는지, 본인조차 그 과정을 확실하게 구분하지는 못한다.

04

어쨌거나 굴양식 전문가 오주팔에게 바다의 생태는 그야말로 신비의 극치로 느껴진다. 사람들 눈에 보이지 않지만, 바닷물 자체가 생명체의 점액질일 터이다. 점액이 무엇인가. '부드럽고 풍부한 여러 원소'이며, 바다는 이 원소의 활발한 행동에 의해 경작되고 풍요롭게 성장하는 것일 게다. 가령 굴 포자를 바다의 소풍객이라고 한다면 젤라틴 질의 태아와 유사할 터이고, 그것들이 점액질의 물질을 빨아들이고 또 산출시켜, 작은 존재에서 큰 존재로 점차 거듭날 것이고, 그리하여 따뜻한 모유 속 같은 생명체 옷을 입을 것이며, 마치 신년 파티에 초대된 귀족 자녀들처럼 형형색색의 차림으로 물살을 따라 끊임없이 헤엄쳐 나올 게다.

그 상황을 오주팔은 무한한 자궁의 부드러움이라고 주장한다.

자궁이 부드러워야 더 많은 생명체를 창조할 수 있기 때문이다. 그러나 풍부한 모성의 부드러움이 어디 자궁뿐이겠는가. 영양소를 보관하는 유방 역시 한없이 따스해야 하고 아울러 부드러워야 하며 포근해야 한다. 인간이고 동물이고 하다못해 미생물들의 유방까지도 한결같이 둥근 것은 모습 자체를 부드럽게 하기 위함이다. 아니, 생명체를 먹일 모유가 부풀어 오르기 때문에 둥글게 보일 수도 있다. 간혹 해안을 따라가다 보면 깊숙하고 둥그스름한 곶(串)을 발견하는데, 그런 야릇한 해안과 마주칠 때마다, 고년 젖통 한번 크구만, 하고 감탄하는 오주팔이다. 무한정 부풀어 있는 유방을 머금은 바다, 점액 그 자체가 모유인 바다, 그 바다를 향해 귀 기울일라 치면 수억 개의 생명체가 마구잡이로 탄생하는 것 같다. 어쩌면 수억 개 탄생의 신음들이 합쳐 철썩철썩 파도 소리를 내는지도 모른다.

　신비한 것은 또 있다. 우렁쉥이와 실비늘치의 관계가 그것이다. 흔히 멍게로 불리는 우렁쉥이는 미색강(尾索綱) 원색(原索) 동물로 분류되는 달걀 모양으로 주먹 정도 크기다. 몸 전체가 아름다운 주적색을 띠며, 바위에 뿌리를 내리고 단단히 부착되어 있다. 바깥쪽은 젖꼭지 같기도 하고, 뿔 같기도 한 돌기로 가득 찬 두꺼운 껍질이고, 그 위쪽에 입이 두 개 있는데, 그중 하나가 마시고 먹는 입이고, 또 하나는 뱉어 내기만 하는 입이다. 흔히 입수(入水)와 출수(出水)라고 하던가. 두 개의 각각 다른 구멍을 한 곳에 보유하듯 멍게류는 암수를 동시에 갖은 동물이다. 그러니까 한 개체의 체내에 난소와 정자가 함께 들어 있는 것이다.

그것들이 발정을 시작하면, 아주 야릇한 향내(식용 우렁쉥이도 어느 종과 비교할 수 없는 강렬한 갯향을 갖고 있다)를 뿜어내는데, 그때 주변을 지나던 실비늘치 같은 고기들이 지레 흥분하여, 잘 익은 암컷 성기처럼 생긴 우렁쉥이 입에다가 엣다, 먹어라! 정충을 마구잡이로 발사한다. 그 뻣뻣한 돌기를 우렁쉥이 입에 꽂아 놓은 실비늘치는 한두 마리가 아니다. 원래 우렁쉥이는 바윗돌에 군락을 이루고 살기 때문에 마치 성행위에 열중한 듯한 실비늘치의 숫자도 그만큼 많을 수밖에 없다. 가히 장관이라 할 만하다.

어찌 보면 신부 우렁쉥이와 신랑 실비늘치의 뜨거운 교접으로 전혀 새로운 종이 탄생할 것 같은 예감이지만, 실제로는 그렇지 않다. 나중에 수태되었다가 자충(仔蟲)으로 세상에 나와 물살에 떠밀려 헤엄치는 것은 부화된 건강한 우렁쉥이고, 그동안 우렁쉥이 체내에서 자라났던 건 실비늘치의 치어일 뿐이다.

그것은 비단 우렁쉥이와 실비늘치의 관계뿐 아니다. 아니 모든 동물의 경우가 다 그렇듯 식물의 세계도 마찬가지다. 예컨대 오주팔의 집 마당 텃밭만 봐도 그러하다. 다른 집 같으면 상추니 열무니 마늘이니 고추니 하는 생활 작물을 심기 마련인데도 오주팔의 경우는 전혀 다르다. 식탁에 아무런 도움이 안 되는 팔손이나무, 야생 벚나무, 사철나무, 고욤나무, 굴참나무, 팽나무, 광나무 따위 묘목이 꽉 차 있다. 그것도 그냥 묘목으로 서 있는 게 아니라 중간에 칼질을 당하고 진흙과 비닐로 칭칭 감겨 있다. 소위 말하는 접목이다. 그중 난대 식물인 팔손이는 앵강도가 그 자생지로 이미 정평이 난 나무다. 천연기념물로 지정되기도 했다.

그래서 오주팔의 텃밭에는 특별히 팔손이 묘목이 많다. 물론 벌써 죽어 비틀어진 것도 있고, 곧 비틀어질 틈에 제법 파릇파릇 움이 트는 묘목도 있다. 한데 재미있는 것은 전혀 엉뚱한 종과 종, 다시 말해 팔손이와 야생 벚나무와의 접목이 그러하고, 감나무와 밤나무의 억지 만남이 그러하다. 오주팔은 예리한 칼로 주먹감나무에 암컷 성기 모양을 만들고, 밤나무에 수컷 성기 모양을 만들어 합방시키며,

「우쨌노? 붙어 보니 기분 째지제? 하모, 세상에 이리 만나는 것보다 더 좋은 거는 없다 카이. 그런 의미에서 물건 한번 만들어 보그라. 새로운 종으로 다시 태어나 보그라.」

혼자 씨불여 댄다. 그러나 한 번도 오주팔이 상상했던 대로 새로운 종, 이른바 가시 달린 주먹감이 주렁주렁 열리는 나무를 키워 내지 못했다. 팔손이 역시 마찬가지다. 아무리 암수를 만든 뒤 진흙을 엉겨 붙여 실로 칭칭 감아 놔도 끝내 잎사귀가 하나 더 찢어진 구손이나무나, 봄이면 하얀 벚꽃이 만개한 팔손이나무를 탄생시키지 못한 것이다.

그래도 오주팔은 그 행위를 멈추지 않는다. 틈만 나면 칠현산

에 올라 새 묘목을 파오고, 그리고 텃밭에 앉아 칼로 암컷과 수컷의 홈을 파고, 진흙을 이겨 바르며, 비닐로 감다 못해 실로 칭칭 묶는다.

그래서 오주팔의 텃밭은 항시 말라비틀어진 묘목과 새로 만들어진 야릇한 묘목으로 꽉 차 있게 마련이다. 어쨌거나 암수의 오묘한 원리에 관한 그의 끝없는 호기심의 결과임은 분명하다. 아무튼 오주팔은 식물에 진흙을 덕지덕지 엉겨 바르는 작업에 빠져 드는 자신을 되돌아보며 어깨를 으쓱대곤 한다.

철썩, 차르르륵 —.

파도는 살아 있음 그 자체이다. 밀려오는 것, 되돌아가는 것, 무너지는 것, 철푸덕 뒤집는 것, 산산이 부서지는 것, 흰 거품으로 소용돌이치는 것…….

파도는 결코 속삭임이 아니다. 파도는 흡사 광활하고 무한한 발전소 같다. 억조에 억조를 더한 만큼의 킬로와트 전력을 생산해 냈다가 삽시에 버리는 자연 발전소.

파도는 번쩍번쩍 인광(燐光)을 되쏘며 온 세상 생물의 교미를 충동질하고 진두지휘한다.

자, 어서. 지금 이 순간이야. 지금 바로 정수(精水)를 쏘라구! 원초적인 생물들, 연체동물, 환형동물, 편형동물, 강장동물, 갑각류, 곤충류, 척추동물 이름하여 플랑크톤, 해파리, 손톱새우, 말미

잘 등등 꽈르릉 철썩 뒤집는 순간, 전지전능한 섭리에 따라 건강한 정충을 무더기무더기 사정(射精)해 낸다.

그곳에 햇빛이 쏟아진다. 아름답고 투명한 햇빛 때문에 동물의 미세한 촉각들을 볼 수 있다. 정충들을 쏟아 놓고 달아나는, 그러나 아직 거둬들이지 못한 삐쭉한 돌기. 수컷의 성기다. 어느 생물이건 성기 끝은 붉은색이기 마련이다. 마치 꽃을 피우기 위해 이제 막 접은 봉오리, 그 끝부분 같다. 어찌 보면 그보다 더 신비스럽고, 더 맹랑하고, 더 복잡하고, 그러면서도 그보다 더 완벽한 구조는 없다.

철썩 차르르륵 —.

햇빛이 아버지라면 파도는 어머니다. 햇빛과 파도가 만날 때, 위대한 생명의 탄생이 꿈틀거리기 시작한다. 명확한 목적을 완수하기 위해 마치 엉성한 풀밭 위로 바람 빠진 공이 굴러가는 것처럼 복잡하고 세밀하게 분열하는 저 오묘한 생명체의 메커니즘.

언필칭 자연은 그 단순한 성질에 의해 운영되고 계승된다고 해도 과언이 아니다.

그 성질이 무엇인가. 다름 아닌 자기 복제 능력이다. 지연 개체는 주변 물질을 이용해 자기와 똑같은 복제품을 만들어 내기 위해 사생결단을 서슴지 않는다. 만약 그 복제 본능에 이상이 생겼거나, 아니면 절대자의 알 수 없는 변덕에 의해 일시에 중단되기라도 한다면 세상은 소멸의 길로 들어서지 않을 수 없다. 생성이 없는 소멸, 그것은 퇴보가 아니라 완벽한 멸망을 의미한다.

하지만 다행스럽게도 생물의 근원인 바다는 아직도 건강하다. 바다는 다른 생물체에게도 마찬가지지만, 특히 인간에게는 모성적 상징 가운데 변하지 않는 존재 중 으뜸이다. 바다에는 죽음이 없다. 죽음의 물이 곧 삶의 물로 바뀌기 때문이다. 죽음의 차디찬 포옹이, 어머니 젖가슴의 체온이 느껴지는 따뜻한 포옹으로 변하게 되는 것, 나아가 바다가 이글거리는 태양을 잠기게 하지만, 다시 그 깊이에서 태양이 탄생하는 것과 같은 이치다. 결코 죽음이 삶을 지배할 수 없다. 바다는 어제처럼 오늘도 계속 푸르고 파도가 쳐오고 번쩍번쩍 인광을 되쏘며 온 세상 생물의 교미를 충동질한다.

「자, 어서! 지금 바로 내쏘라구!」

한쪽에서 새로 태어나고, 또 다른 쪽에서는 그만큼 죽어 나가는 흡사 톱니바퀴의 만남인 양 맞물린 회전. 어찌 보면 사소하고 단순한, 그래서 보잘것없는 사건 같지만 그보다 더 무한한 위력도 없다. 오죽하면 삐쭉한 돌기에서 뿜어져 나오는 무더기 사정이야말로 '누구든지 감탄할 수밖에 없는 가장 황홀한 것'이라고 하겠는가. 가장 황홀한 교미는 또 무엇인가. 한마디로 교미는 바퀴 달린 수레다. 유전자들을 태우고 전속력으로 달리는 수레. 그들이 결승점에 성공적으로 도착했을 때 비로소 생명의 신비가 시작된다.

교미 수레의 안착과 두 유전자 세포와의 극적인 만남. 그들은 축배를 들 겨를도 없이, 수컷 유전자 절반과 암컷 유전자 절반이 어깨를 맞대고 협력하며 분열을 꾀하지만, 그렇다고 유전자 자체가 섞이는 법은 없다. 어떤 유전자든 그 자체는 차돌같이 단단한 내구성이 있기 때문이다.

모든 생물체들은 자신이 만들어진 과정을 되돌아보면서 말한다. 나의 조상들은 위대하다. 왜냐하면 성년에 도달하기 전에 죽은 자가 한 세대도 없기 때문이다. 그들은 건강하고 왕성한 성 능력을 갖고 배우자를 만나 황홀한 생식 활동에 성공했다. 바꿔 말해 나의 조상 중에서 한 명의 생명도 생산하지 못한 채 바이러스에 감염되었거나, 천적을 만났거나, 괜히 허둥대다가 절벽 같은 데에 발을 헛디뎌 죽은 경우는 없다. 그만큼 복제 본능에 철저했다는 얘기도 되지만 한편으로는 너무 미세해서 보이지 않는 상황까지도 철저히 검증했다는 결과이기도 하다. 예컨대 오죽하면 '생명의 일생 중 정말로 가장 중요한 시기는 출생도 아니고, 결혼도 아니고, 죽음도 아니다. 그것은 낭배기다'라고 얘기할 정도일까.

낭배기는 또 무엇인가. 낭배기의 모습을 설명하자면 한 겹의 세포들로 이루어진 속이 빈 공 모양의 포배 한쪽이 찌그러져 들어가서 안쪽과 바깥, 두 개 층으로 나뉘어진 컵의 형태다. 즉 밀려들어갔다가 밀려 나오고, 불거졌다가는 쭉쭉 넓어지는 일을 수없이 되풀이하면서 배의 각 부위가 대단히 동적이면서도 잘 통제되어 차별적으로 성장한 뒤에 화학적·생리적으로 다른 수백 개의 세포들이 분화한 끝에, 그리고 그런 세포 수가 수초에 달한 뒤에 태어난 최종 산물이 바로 생명체인 것이다.

가령 앵강바다 부근 해류에 떠다니는 굴 포자가 그러하다.

바다에서부터 육지에 이르기까지, 그 오묘한 탄생과 황홀한 변신, 그리고 당당하게 자기 삶을 살아가기 위한 생물들의 끝없는 투쟁에 대해 오주팔이 특별한 관심을 갖게 된 결정적인 동기는 말할 것도 없이 뛰골포구다. 만약 어린 날 그의 놀이터가 파도치는 앵강도 바닷가가 아니라, 삼천포 어느 골목 유치원 마당이었다면 과연 오늘의 오주팔이 만들어질 수 있었을까.

기억해 보면 아장아장 걷기 시작할 때부터 오주팔은 바닷가에 혼자 버려져 놀았다고 해도 과언이 아니다. 버려졌다는 것은 보호자가 없었다는 뜻이 아니다. 잡아다 놓으면 다시 아장아장 걸어가 버리고, 또 잡아다 놓아도 역시 같은 행위를 반복하는 고집불통의 아이……. 그러니까, 으르렁거리며 끊임없이 쳐오는 파

도는 두려움과 위험의 대상이 아니라, 그냥 포근한 사람의 품속
쯤으로 가볍게 생각했던 것이다.

　실제로 어린 날 오주팔이 파도에 쓸려 깊은 바다로 떠밀려 간
사고도 있었지만, 마치 모래 구덩이에서 막 탄생한 새끼 거북이
가 그러는 것처럼 본능적으로 헤엄을 쳐서, 때마침 포구로 들어
오던 작은 고깃배가 건져 내기도 했던 터다.

　「아이고야, 머 요런 아가 다 있노? 허푸허푸 허면서도 물 한 모
　금 안 묵고, 울기는커녕, 히죽히죽 웃고 있는 아가 세상에 또
　어디 있겠노?」

　두 살배기 오주팔을 물에서 구해 낸 동네 어부가 내뱉었던 말
이다. 그처럼 바다와의 접촉과 경험이 스스럼없었다고나 할까.
처음에는 파도와 햇빛과 모래밭과 자갈밭과, 어슬렁어슬렁 기어
다니다가 인기척만 나면 재빨리 그 모습을 감춰 버리는 붉은 엄
지게와 그 밖에도 많은 바다의 풍물들 모두가 똑같은 관심사였
지만, 언제부터인가 썰물에 드러난 바위틈의 작은 물구덩이가 오
주팔의 혼을 깡그리 빼버렸던 것이었다.

　그런 물구덩이가 널린 곳을 조간대라고 한다. 조간대는 밀물
때 바닷물에 잠겨 있다가 썰물이 되면 물이 빠져 공기 중에 노출
되는 지역이다. 그러니까 갯바위 일대가 다 조간대인 셈이다. 조
간대는 사람이 쉽게 드나들 수 있어 친숙한 공간이지만, 반대로
생물들에게는 혹독한 환경을 이겨야 하는 시련의 장소이기도 하

다. 바닷물에 잠겨 있을 때와 공기 중에 노출될 때의 두 가지 상반된 환경 외에도 썰물 때 비라도 내리면 바닷물 아닌 민물의 위력도 견뎌 내야 하고, 따가운 햇볕과, 하얗게 피는 소금기며 파도의 파괴력도 이겨 내야 한다. 그처럼 변화무쌍한 극단적인 환경에 적응하는 조간대 생물은 따개비, 홍합, 거북손, 군부, 말미잘, 고둥, 그리고 어린 날 오주팔의 혼령을 깡그리 빼놓았던 형형색색의 작은 물고기들이다. 작은 물고기들은 바위틈에 고인 물구덩이에 산다. 흡사 넓은 대접처럼 움푹 파인 바위 구덩이에는 바닷물이 늘상 찰랑찰랑 고여 있기 마련이다.

따지고 보면 오주팔의 유년기를 통틀어 바위틈에 고인 해수는 언제나 유일한 놀이터이자, 흥미진진한 놀이 기구였다.

해수면과 맞닿은 비탈밭의 유채꽃이 노랗게 만발해 있었으니까 때는 늦은 봄이었을 터다. 땅 위의 생물들이 다 그렇듯 바다도 예외가 아니다. 바닷물이 찰랑대는 작은 바위 구멍조차 마치 봄의 전령인 듯 새롭게 태어난 생명들로 온통 법석을 떨던 참이다. 연둣빛 파래며, 검푸른 모자반 같은 키 작은 해초도 그러하지만, 그 해초 속에 몸을 숨기고 있다가 기어코 구경꾼의 혼을 빼놓고 말겠다는 듯 언듯언듯 자태를 드러내는가 싶으면 금세 숨어버리는 이름 모를 새끼 고기의 날렵한 몸놀림이라니…….

반투명 황금색 줄무늬나, 형광 물체인 양 분홍빛을 발산하는 지느러미 많은 녀석도 있다. 그것도 한두 마리가 아니다. 그 작은 웅덩이에 열 마리 스무 마리도 넘게 떼 지어 노니는 광경을 드물지 않게 볼 수 있다.

게기야 놀자.

나하고 놀자.

오주팔이 열 손가락으로 어설픈 그물을 만들어 해초 사이를 휘저으며 노래를 불러 보지만 그야말로 언감생심이다. 녀석은 빠르다. 전광석화다. 다 잡았다 싶은데 휙 하면 없어져 버린다. 미끄덩, 손가락 그물코를 간질이며 달아나는 그 감촉처럼 야릇한 것도 없다.

에이, 씨.

아무리 아쉬워해도, 투덜대 봐도 별 뾰족한 수가 없다. 한나절을 그렇게 머리 싸매고 씨름해 봐야 단 한 마리도 잡지 못한다. 간혹 서늘한 봄 해풍이 불어오는데도 이마에 땀방울이 송송 맺힐 정도다. 그래도 오주팔은 포기하지 않는다. 기어코 바위 구멍에서 유유자적하며 자신을 조롱하는 저 버르장머리 없는 물고기들을 모조리 사로잡고 말리라 입술을 앙다문다. 그리고는 고작 생각해 냈다는 게 고무신짝이다.

그래, 다 퍼내 삐고 말 기다!

오주팔이 구덩이 앞에 쪼그리고 앉는다. 작은 고무신짝을 움켜쥔다. 구덩이에 담근다. 물이 가득 채워지도록 한다. 그리고 잽싸게 떠올려 주변 바위 쪽으로 끼얹는다.

하모, 이 물만 없다 쿠모, 네놈들이 갈 데가 읍는 기라. 여이싸, 여이싸 오주팔이 열심히 물을 퍼낸다. 봄볕에 바짝 말랐던 바위가 오주팔이 끼얹은 물로 검은색을 띤다. 그렇지만 아무리 여이싸 여이싸 기를 써봐도 고무신짝으로 퍼내는 물이 오죽할까. 딴엔 쉬지 않고 용을 쓰는데도 벌써 검은색 바위가 허옇게 바래고 있다. 어느새 증발하기 때문이다.

그때 바위 위에 펼쳐지는 하얀 소금기는 영락없이 한 폭의 비구상 그림이다. 마치 물고기를 포획하기 위해서가 아니라 소금 그림을 그리기 위해 고무신짝 물을 바르는 것 같은 저 하릴없는 조막손의 하루 품. 그런 집념의 현장을 증언이라도 하듯 저공비행하는 갈매기의 끼룩 소리, 유채밭에 왔다가 길을 잃고 오주팔의 머리 위에서 팔랑대는 노랑나비의 비상, 그리고 서서히 거칠어지는 파도 소리, 파도가 바위 구멍들 속에 들어갔다가 다시 빠져나오는, 모종의 음모를 연상케 하는 굉음…….

지성이면 감천이라 했던가. 그처럼 작은 고무신짝으로는 어림없을 것 같았는데, 어느새 바위 웅덩이의 해수는 바닥을 보이기 시작한다. 대충 엎드려서 한들거리던 해초들도 이제 넋 놓고 누워 버린 형국이다. 넉넉잡아 10여 분만 사력을 다하면 소기의 목적을 거둘 찰나다. 쌤통인 기라고마! 오주팔은 놈들을 마침내 포획하게 되었다는 사실에 짜릿한 희열을 느낀다.

내가 놀자 쿨 때 놀았시모 올매나 좋았겠노……? 오주팔이 목소리를 부드럽게 조절한다. 게기야 내 말 들리나? 물론 응답이 있을 턱이 없다. 반투명 황금빛 줄무늬 녀석도 형광 물체인 양 분홍빛을 발산하는 녀석도 어디에 숨어 엎드렸는지 기척도 하지 않는다. 그래 조타! 대신 내 손에 잡혔다 카모 가만 안둘 기다! 알것제? 괜히 혼자 어른 목소리를 흉내 내어 나무라기도 하고, 그동안 참았던 오줌을 내갈기기도 하고, 두 손을 허리에 붙인 채 하모, 혼이 나도 크게 날 기다. 마치 아버지가 동네 머슴 닦달하듯 물고기들에게 으름장을 놓기도 한다.

한데, 이게 무슨 일일까. 이건 고생 뒤의 낙이 아니라, 다 먹은 밥에 코 빠지는 격이 되어 버렸다. 이 물구덩이와는 전혀 상관없는 것처럼, 저 멀리 존재했던 파도가 밀물로 바뀌어 코앞에 들이닥친 것이다. 그토록 죽을힘을 다해 두세 시간 물을 퍼냈건만 단 한 차례의 파도로 물거품이 되다니…….

아마도 오주팔이 좌절이 무엇인가를 처음으로 자각케 된 순간이리라.

06

그 무렵까지만 해도 오주팔은 매우 예뻐 보이는 형광빛 물고기의 이름은 알지 못했지만, 그런 종류의 희한한 생물이 바위 물구덩이에 살고 있겠거니 했었다. 하지만 황금색 줄무늬가 변태기에 들어선 독가시돔의 새끼이고, 형광 몸체에 분홍빛이 박힌 긴 지느러미의 그것이 더 성장하여 뱅에돔이 된다는 사실을 알게 된 것은 훨씬 뒤, 그러니까 수산학교에 진학하고 나서다.

그뿐 아니다. 왜 밀물따라 넓고 시원한 바닷속으로 나가지 않고 비좁은 바위 물구덩이에 갇혀 있을까란 의문 역시 그러하다. 오주팔은 물고기 생태에 제법 일가견이 있다고 자부해 마지않던 수산학교 학생 시절에도 밀물에 미처 몸을 맡기지 못해 바위 구덩이에 남게 되었으리라 믿어 의심치 않았는데, 웬걸 타의에 의해 갇힌 게 아니라 스스로 선택했다는 사실을 접하고 자연 생태 흐름에 대체 얼마나 몰상식했던가, 스스로 반성해야만 했다.

　그러니까 어린 날 오주팔을 그토록 유혹하고 황홀하게 만든 비단물고기들은 먹이 사슬에서 벗어나기 위해, 아니 큰 물고기들에게 잡히지 않게 안전지대인 물구덩이로 피신, 완벽한 하루의 평화를 보장받았던 것이다. 옳거니, 자연 생태의 조화란 어렵고 복잡한 것 같으면서도 또 그처럼 단순할 수도 있구나. 오주팔은 몇 번이고 혼자 고개를 끄덕이지 않을 수 없었다.

07

섬 마을 아이들 놀이도 단계가 있게 마련이다. 다섯 살 미만이 백사장의 모래라면, 다음 단계는 바위 물구덩이의 비단물고기고, 그다음이 본격적인 수영이다. 물론 오주팔도 그런 단계를 밟아 왔고, 그 단계 때문에 바다 생물 생태에 누구보다 빨리 눈을 뜨게 되었는지도 모른다.

섬 마을에서의 아이들은 학교만 파하면 책가방 내팽개치고 물 속에 나뒹구는 것이 오랜 습관이고 전통이다. 하나 물장구를 치거나 본격적인 헤엄을 시도하거나 물속에서 시간을 보내는 행위 역시 단계와 수준이 있게 마련이어서 노는 장소부터 층층이다. 소년기 아이들은 물 깊은 너럭바위 해안이고, 중간치들은 자갈밭, 그리고 이제 수영을 터득하기 시작한 꼬맹이들은 백사장이

제 놀이터다.

그러나 오주팔은 제 또래와 함께 어울리는 법이 없다. 또래들이 배꼽 닿는 얕은 물에서 텀벙일 때, 그는 두 길 세 길 깊은 물에서 자맥질을 즐겼으며, 심지어 고학년 아이들도 주춤거리는 너럭바위 꼭대기에서 바닷물로 뛰어내리는 모험까지도 마다하지 않았다. 흡사 다이빙대처럼 철 구조물로 세워 놓은 듯 우뚝 솟은 곳이 너럭바위다. 대충 4미터쯤 될까. 4미터면 1미터짜리부터 시작하는 스프링보드 수준을 뛰어넘어 하이 다이빙에 이르렀다 해도 과언이 아니다. 실제로 너럭바위 꼭대기에 서서 물밑을 내려다보면 까마득하고 아슬아슬하다. 밀려오는 공포감에 오래 서 있는 것조차 두려울 정도다.

소년기 아이들의 리더들은 대개 싸움 잘하는 순위에 따라 결정되지만, 따지고 보면 싸움이라는 것도 일종의 담력으로 누가 먼저 어렵고 두려운 일들을 극복하느냐가 관건이라면 관건이다. 너럭바위 꼭대기에서 파도 넘실대는 바다로 내리꽂히는 다이빙도 마찬가지다. 두려움과 공포감을 뛰어넘어, 허공을 차고 오를 수 있는 용기 있는 아이들만이 누리는 기쁨이고 쾌감이다.

그러나 나이 들었다고 해서 누구나 그런 용기가 있는 것은 아니다. 열이면 한두 명은 아예 엄두조차 내지 못하는가 하면 그중 절반 정도는 어찌어찌 시도는 하지만 눈 질끈 감고 그냥 뛰어내리는 데 급급한 부류가 있고, 그야말로 용기와 담력이 뛰어나 전문 다이빙 선수처럼 훌쩍 몸을 던져 한두 번 재주를 넘었다가 쭈욱 뻗은 두 손 끝부터 입수되는 수준에 이른 아이도 더러 있다.

아이들 모임의 대장은 대개 그중 하나가 맡게 마련이다. 한데 대장의 입장에서 확고함을 과시하기 위해 보여 주는 위험한 묘기를 어린 오주팔이 흉내 내어 오히려 더 깨끗하고 유연한 모습으로 깔끔하게 성공시키곤 했으니, 그때마다 와와 아이들의 함성이 터지기 일쑤였다. 어쩌면 대장이 아니라 오주팔의 묘기가 아이들의 기를 더 납작하게, 그리고 확실히 눌러놓는지도 몰랐다.

그러나 오주팔은 그 정도로 만족하지 않는다. 대여섯 살이나 손위인 형들도 시도하지 못하는 뒤로 뛰어올라 한 바퀴 몸을 휘돌고 수직으로 내리꽂히는 고난도 재주까지 보여 주어 형들을 경악케 했던 것이다. 그것도 이제 국민학교 1학년짜리가 새처럼 창공을 호쾌하게 공중회전으로 날았다가 아주 안정된 자세로 물 한 방울 튀지 않게, 첨벙 아닌 쏘옥 소리와 함께 입수하기란 결코 쉬운 일이 아니다.

와, 머 저런 아가 다 있노? 형들이 혀를 내두르다 못해, 저건 물건이라 그마, 아예 고개마저 살살 젓는다. 건방지게 형들 노는 곳에 와서 껍죽거리는 오주팔을 못마땅하게 여기던 부류들도 결국 하모, 물건은 진짜 물건인 기라 일단은 수긍부터 하지 않을 수 없을 지경이다. 오죽하면 높은 너럭바위 끝에서 뛰어내리기가 두려워 멈칫멈칫하는 아이가 있거나, 뛰어내렸다 해도 멋대가리 없이 배치기부터 하는 아이가 있을라 치면, 에라이 자석! 꼬맹이 주팔이도 저리 잘 배기 쌌는데, 4학년이나 되가지고 니는 와 그 모양이고? 야단맞기 다반사였겠는가. 예컨대 오주팔만 없었더 라면 받지 않아도 될 야유다. 그래서 대체로 그리 썩 반기는 눈 치는 아니다. 하지만 오주팔은 전혀 영향을 받지 않는다. 때로는 상급생들의 공공연한 구박과 지청구를 받고도 물속 깊이 잠수하 며 즐거운 여름 한때를 보냈던 것이다.

08

확실히 손위 형들과 어울리다 보면 배울 것이 많다. 너럭바위 수직 다이빙도 그러하지만 물속 잠수 또한 하면 할수록 그 재미가 무궁무진하다. 잠수는 얼마나 오랫동안 물속에서 호흡을 참고 견딜 수 있느냐가 요령이다. 그러나 호흡만 길다고 해서 장땡은 아니다. 그 긴 호흡을 여하히 활용하여 더 깊은 바닷속으로 얼마큼 많이 들어갈 수 있느냐가 관건이라면 관건이다.

그리고 그다음 단계가 깊은 물속을 유유히 헤엄치고 다니는 물고기를 삼지창으로 찍어 내는, 소위 말하는 작살 사냥이다. 오주팔만큼 잠수에 소질을 보인 아이도 흔치 않다. 그것이 어느 정도냐 하면 오주팔을 압도할 정도로 깊이 잠수하는 경쟁자는 적어도 너럭바위 마을 애들 중에서는 찾기 힘들다. 평균 다섯 살씩 나이 차이가 나는데도 말이다.

오주팔은 물속에 들어갈 때 눈을 감지 않고 부릅뜬다. 그리고 사물을 찬찬히 본다. 흐느적거리는 키 큰 해초도 보고, 쏜살같이 그러나 방정맞은 초랭이처럼 휙휙 방향을 바꾸는 색줄멸 무리도 보고, 마치 하얀 모시옷 입고 당산나무 아래 나와 앉는 동네 어른인 양 점잖고 품위 있게 헤엄치는 어미 고기들도 본다. 그중 검은색 줄무늬 감성돔이며, 씨름 선수 손바닥보다 넓고 두꺼운 청색의 뱅에돔 어류를 손에 잡힐 듯 가까운 곳에서 목격하는 감흥은 말 그대로 그 혼자만 은밀히 간직하고 싶을 정도다.

그가 접시형의 돔 종류를 특별히 자주 만났던 것은 그들의 터전이 바로 너럭바위 같은 해안이기 때문이다. 어미 돔들은 깊은 바다 가운데로 나갔다가도 다시 육지로 돌아와 바위에 다닥다닥 붙어 있는 담치 무리 홍합도 쪼아 보고, 따개비도 쪼며, 한가로운 일상을 보낸다. 물론 나중에 알게 된 사실이지만, 돔들의 턱과 이빨의 뼈대는 다른 물고기들은 흉내도 내지 못할 정도로 강해서, 실제로 따개비의 딱딱한 껍질 조각도 선호하는 먹이 중 일부분일 뿐이다. 그러다 보니 너럭바위 아이들의 작살 끝에 퍼덕이며 매달려 나온 물고기 중 돔 종류가 특별히 많을 수밖에 없다. 다시 말해 돔들이 바위에 붙은 따개비 따위를 쪼아 대는 빈도수와 비례한다고나 할까.

그러나 처음부터 오주팔이 작살 사냥의 일인자였던 것은 아니다. 오히려 그 일에 매달리는 보통 아이들보다 턱없이 진도가 늦은 편이었다. 물속에 들어갔다가 누구보다 늦게 나오면서 늘상 빈손이다. 잡힐 듯 잡힐 듯하면서도 고기는 오주팔의 삼지창에 쉽게 찔려 나오지 않았다. 푸야푸야 가쁜 호흡 소리를 내는 그를 동네 선배들은 가만두지 않는다.

아이고야, 그마 치아 삐라. 다이빙은 잘허는지 몰라도 작살은 안 되는 기라. 그 실력으로 우찌 게기를 잡겠노? 쯧쯧……. 하모, 게기를 잡는 기 아니라 게기가 널 잡겠다 히힛! 그렇게 놀림감이 되어도 오주팔은 개의치 않는다. 아니, 꾹꾹 눌러 참는다.

09

어쩌면 손위 형들의 딴죽이나 이죽거림보다 오주팔의 더 열불 나게 하는 것이 있다면 그것은 작살 사냥에 성공한 아이들이 내 지르는 함성일 게다. 오주팔은 빈손으로 수면에 얼굴을 내밀었 는데, 다른 아이가 퍼덕이는 벵에돔을 작살에 꿴 채 올라와 그것 을 하늘 높이 치켜들고 마치 세상이라도 정복한 것처럼 고함을 내지를 때, 그리고 구경꾼들이 와, 크다! 진짜로 큰 거 잡아 올렸 다! 환호성으로 답례할 때, 오주팔은 더욱 좌절의 쓴맛을 맛보지 않을 수 없었다.

실제로 그는 작살 사냥에 성공한 형들이 부럽다. 아니, 자신도 환호성을 내지르고 싶다. 구경꾼들로부터 박수갈채를 받고 싶 다. 보기에도 우람한 감성돔이 작살에 관통되어 퍼덕일 때마다

표피에 와 닿은 햇빛이 마치 손거울의 반사처럼 그의 눈을 따갑게 파고들 때, 오주팔은 앙다문 입술에 힘을 준다. 그리고 다짐한다. 두고 보그라. 내도 언젠가 꼭 잡아 올리고 말 기다!

오주팔은 정진에 정진을 계속한다. 그러다가 터득한 것이 돔종류의 일관된 습성이다. 녀석들은 바위에 붙은 따개비 따위를 억센 이빨로 쪼는 일을 반복하다가, 마치 전투기 곡예 비행하듯 갑자기 몸을 비틀어 방향을 바꾸는 동작을 시도한다. 그러니까 폭넓은 복부를 순간적으로 노출하는 셈이다.

감성돔에게는 최악의 취약점이지만, 작살을 겨냥한 사냥꾼에게는 더없는 찬스다. 오주팔은 그 순간을 놓치지 않는다. 일직선으로 내려찍으면 말 그대로 백발백중이다. 식은 죽 먹기다. 그처럼 거의 반년을 날렵하게 피해 다니기만 하던 녀석들이 그것을 터득하고 난 뒤부터 찍었다면 어김없이 작살 끝에 꽂혀 나오는 판이니 그보다 더 신나는 일이 어디 있겠는가. 어디까지나 알기 전이 문제이지 일단 터득하고 난 뒤는 그렇게 순조로울 수가 없다. 모든 것이 내 손아귀에 들어 있는 것 같다. 예컨대 작살 창이 감성돔의 복부를 꿰뚫는 순간, 심하게 지힝하여 퍼덕이던 놈이 구구 구구 하는 소리를 낸다는 사실도 그러하다. 물론 해면 가까이 있던 감성돔은 그 울음소리를 듣고 재빠르게 몸을 날려 깊은 곳으로 달아나 버린다. 일종의 위험 신호다. 오주팔은 아주 뚜렷하게 감성돔의 구구 울음소리를 감지할 수 있는데, 웬일인지 그처럼 다급한 울음소리를 듣고 곧바로 행동으로 옮기는 것은 같은 종족인 감성돔뿐이다.

지척에서 함께 노닐던 검은색 얼룩 뿔을 뒤집어 쓴 뽈락이라든가, 무리 어종이지만 색깔이 다른 벵에돔의 경우는 그것을 위험 신호로 받아들이는 것 같지 않다. 그러기에 태평스럽게 유유히 헤엄치다가 또 다른 작살에 포획되는 액운을 겪는다.

그뿐 아니다. 벵에돔, 은눈돔, 부시돌치 등도 똑같이 구구 또는 궈궈, 우우, 워워 따위 위험 신호를 보내지만, 알아듣고 줄행랑을 놓는 것들은 모두가 제 종족일 따름이다. 그렇다면 소리를 흡수하는 빨판의 형태가 종족별로 다르다는 얘기인데, 오주팔의 귀에도 세세히 전해질 정도로 울림이 큰 소리를 왜 고기들은 듣지 못하는 것일까.

또 있다. 종족 불문하고 똑같이 10센티미터 정도의 작은 새끼들은 아무리 찔러도 소리를 내지 못한다. 그러니까 10센티미터 이상 자란 뒤라야 구구 울 수가 있다는 결론이다. 오주팔은 훨씬 나중에 구구 울던 감성돔을 해부한 끝에 배 안의 부레로 소리를 낸다는 사실을 알게 되었지만, 어떤 경로를 통해 이뤄지는지, 그리고 왜 다른 어종들은 그것을 감지할 수 없는지 끝내 규명하지 못하고 말았다.

어쨌거나 오주팔은 어느 날 갑자기 작살 사냥 일인자로 일약 명성을 떨치게 된다. 니 오늘 머 묵고 나왔노? 한 마리도 몬 잡던 자석이 우찌 들어갔다 카모 잡아 올리는 기고? 모두 다 눈이 휘둥그레졌지만 오주팔은 그냥 회심의 미소만 은밀히 날릴 뿐이다. 그렇다. 찌르기 전에 돔의 생태를 엿보고 그 습성을 면밀히 연구했으니 망정이지, 다른 아이들처럼 무작정 고기를 따라다니며 작살질만 반복했더라면 아이고야, 그마 치아 삐라. 게기가 널 잡겄다! 식의 야유를 달고 살았을지도 모른다.

물론 처음부터 연구를 위해 놈들을 그토록 세밀히 관찰한 것은 아니다. 어떻게 하면 저처럼 재빠르게 도망쳐 버리는 고기를 찔러 잡을 수 있을까 궁리에 궁리를 보태다 보니, 자연히 놈들의 생태를 유심히 살펴보게 되고, 특유의 습성을 아는 것과 동시에 신비에 가려진 놈들의 비밀스런 성장 과정을 추적할 수 있게 된 것이었다. 아카시아 꽃이 만발하는 초여름부터 코스모스가 하늘거리는 초가을까지, 다이빙에서도 작살 사냥에서도 단연코 일인자로 군림했던 오주팔의 소년 시절은 마냥 즐겁고 행복했다.

그러나 아이들 앞에서 뻐기기 위해 높은 곳에서 뛰어내리고, 깊이 잠수하여 더 큰 물고기를 잡아 올리는 행위도 한계가 있었다. 어쩌면 아이들과 관계없이 희귀한 새끼 고기들을 산대망으로 상처 없이 잡아 올려 포르말린 표본을 만드는 것이 더 흥미롭고 경이로운 일이었는지도 몰랐다.

그것은 바다 생태의 오묘한 탄생, 그리고 끝없는 변신과 살아남기 위한 처절한 투쟁의 기록이었다. 오주팔은 그 일에 심취했다. 아니, 그것처럼 재미있는 일이 없었다. 잠자리에 들어 눈을 감아도 돌돔, 방어, 전갱이, 꼬치고기, 쥐치류, 날치류의 아름다운 치어들의 자태가 눈앞을 아른거렸고, 그것들이 성어가 될 때까지 또 어떤 형태로 탈바꿈하며 주어진 위기를 극복하는가 그 과정을 하나하나 펼쳐 보곤 한다. 가령 몰자반 밑에 매달려 올챙이처럼 졸졸졸 자태를 숨기느라 필사적이었던 1센티미터짜리 고기새끼가 그것이었다.

작은 나비를 연상케 하는 귀여운 가슴지느러미와 유난히 길고 날렵한 배지느러미를 흡사 날개처럼 좌우에 매단 황금색 치어의 요염한 자태. 난생처음 보는 녀석의 정체를 추적하기 위해 그는 온갖 기억과 지식을 다 동원해 보지만 역부족이다. 얼핏 방어 새끼 같지만 찬찬히 뜯어 보면 어미 방어의 자태와 너무 다른 몸체를 하고 있다. 그렇다면 전갱이일까. 아니야. 날치류일지도 몰라. 날치라면 은빛인데 왜 배추꽃색을 하고 있는 걸까. 아니, 아예 기본 틀부터 다르지 않은가. 날치의 성어가 되려면 가슴지느러미가 아니라, 등지느러미가 오히려 크고 길어야 하는데, 이 녀석은 지나치게 큰 배지느러미만 날개처럼 달고 있지 않은가.

그렇다면 날치도 아니고…… 전갱이도 아니고, 쥐치도 아니고…… 오주팔은 엎치락뒤치락 잠을 이루지 못할 지경이다.

비단 녀석들의 정체를 추적하는 일뿐 아니다. 중학교 2학년 때던가. 햇빛 쨍쨍했던 어느 여름날 그는 작살 채비를 하고 나서다가 허리밖에 차지 않는 바위에 서서 문득 바닷속을 들여다본다.
뭔가 있다. 바위 밑 검은 뻘밭이다. 오주팔의 작살이 가차 없이
놈의 몸체를 내리찍는다. 백발백중이다. 작살 끝이 묵직하다. 퍼
덕이는 힘으로 보아 보통 놈이 아닌 것 같다. 물속에서 햇빛으로
올라왔을 때, 요동치는 녀석의 저항 때문에 오주팔의 몸이 휘청
거릴 정도다. 붉은빛이나 황금색이나 은빛이 아니라, 온통 거무
튀튀해서 더 우람하게 그리고 더 생경하게 보였으리라. 더구나
영롱한 햇빛을 머금은 크고 두꺼운 비늘들이 마치 수백 개의 손
거울을 매단 것처럼 제각기 빛을 반사했으므로 더욱 요란스러웠
던 것 같다.

우와, 괴물이다! 아이들이 탄성을 지른다. 괴물 아니건마는. 하
모, 가시도치인 기라. 가시도치라꼬? 치아라 그마. 가시도치가
우찌 저리 크노? 모리는 소리, 가시도치도 백 년 묵으모 이무기
된다 카더라.

아이들이 티격태격하는 동안 오주팔이 발견한 것은 녀석의 배
에서 물컹물컹 흘러내리는 물체다. 난립(卵粒)이다. 괴물을 연상
케 할 정도로 큰 녀석이 여기까지 헤엄쳐 온 것은 순전히 산란
때문인 것 같다. 오주팔은 꾸역꾸역 흘러내리는 그것을 보며 갑
자기 야릇한 기운을 감지한다. 정말 알 수 없는 야릇함이다.

농익을 대로 농익어 수컷의 정액만 끼얹었다 하면 그대로 생명
체로 태어날 것 같은 가시도치 난립들……. 한참 세월이 지난

뒤에야 알게 되었지만, 암컷 난자의 경우, 그 시기가 절묘하게 맞
아떨어지지 않으면 아무리 수컷이 흰 정액을 흘러넘치게 쏘아
댄다 해도 새 생명을 만들기는 역부족이라는 사실이다.

문제는 절묘한 타이밍이다. 그 타이밍을 놓치지 않고 정확하게
정액을 사출해야만 소기의 목적을 거둘 수 있다. 그것이 자연의
섭리고 이치다. 그러니까 암컷의 알집을 넉넉히 확보했다고 해
서, 그리고 수컷의 정액을 구했다고 해서 인공 부화가 저절로 이
뤄지는 것이 아니다.

어쨌거나 그날 가시도치의 농익을 대로 농익은 난립들이 노르
무레하게 흘러내리는 광경을 보고 왜 오주팔이 야릇한 기운을 감
지했던 것일까. 바로 저 농익음이 절묘한 타이밍에 이른 상황일
것이라는 믿음 탓이었을까. 왜 그 순간 지금이 기회다, 어서 사정
하라구! 어서 쏴버려! 다그치는 파도의 채근이 너무나 또렷이 들
려온 것일까. 그렇다. 생명체를 탄생시키기 위해 제반 준비를 끝
낸 생물에 대한 무한한 관심이랄까, 호기심이랄까. 아무튼 오주
팔 자신도 가늠할 수 없는 야릇한 충동과 열정이 막 버튼을 누른
분수대의 물줄기인 양 대책 없이 솟구쳐 올라오는 것이었다.

그 비슷한 분위기, 아니, 상황은 조금 달랐지만 근간은 하등 다
를 바 없는 상황을 오주팔이 몸소 겪었는데, 그것 역시 오랜 옛날
일이다. 그해 겨울밤 사건을 오주팔은 결코 잊을 수 없다.

10

그날은 앵강도 총각 김봉삼이 장가든 날이다. 함양인가 산청인가에서 골라 온 색시가 너무 참하고 이뻐서 마을 사람들이 저마다 봉삼이 집에 호박이 넝쿨째 굴러 왔다고 부러워하던 참이다.

김봉삼은 오주팔의 국민학교 2년 후배다. 후배이긴 해도 천성적으로 큰 체구를 타고난 데다, 또 씨름이라면 인근 동네에서는 봉삼이를 이길 장사가 없을 정도로 다부졌던 아이다. 그래서 그랬는지, 아니면 애초부터 오주팔과 똥창이 잘 맞아떨어져서 그랬는지, 제 동급생과는 놀지 않고 오주팔 또래와 유독 자주 어울렸던, 왈 불알친구다.

설령 그런 관계가 아니었더라도 그 결혼식에 최선을 다해 성의를 표했을 오주팔이지만, 어쨌든 분수에 넘칠 만큼 부조를 해서 그 돈으로 신부의 혼숫감을 장만했을 정도다. 그러니까 오주팔은 그 결혼식의 후견인쯤 되는 셈이다.

물론 어떤 음흉한 목적을 전제로 희사한 부조가 아니다. 말 그대로 순수한 우정의 표시일 뿐이다. 한데 엉뚱한 일이 벌어졌다. 그러니까 신부가 첫날밤을 치를 시간인 밤 9시쯤 됐을까. 김봉삼이 원래 여자 앞에만 가도 얼굴이 붉어질 정도로 그 방면에 숫기가 없는 데다, 워낙 친구들과 술 마시고 노래하는 자리를 즐기는 편이어서 8시가 되고 9시에 가까워지는데도 도무지 일어설 기미를 보이지 않았다.

　　오늘도 걷는다마는 정처 없는 이 발길
　　지나온 자국마다 눈물 고였네
　　선창가 고동 소리 옛님이 그리워도
　　나그네 흐를 길은 한이 없어라

놋쇠 젓가락을 양손에 쥐고 밥상을 두드리는 장단은 언제 들어도 어깨춤이 절로 춰질 정도로 구성지다. 얼씨구절씨구, 노래가 끝나면 또 신랑 녀석이 후렴을 부르고, 후렴 끝나면 가련다 떠나련다, 어린 아들 손목 잡고 식의 다른 노래가 이어지고……, 궁짜라 짜짜궁 따라따따, 노래가 나옵니다 궁짜라 짜, 짜, 장벽은 무너지고 강물은 풀려 어둡고 괴로웠던 세월은 흘러……, 또 시

64

작이다.

　막걸리 잔에 소주를 타서 대접으로 들이켜다 보니, 절로 화장실행이 잦다. 오주팔도 순전히 그 일 때문에 술자리에서 나와 달이 휘영청 밝은 겨울밤의 마당귀에 오줌을 내깔기고 문득 신방을 본다. 방이 캄캄하다. 이쁘고 탐스런 신부가 이부자리 깔아놓고 오도카니 등잔불 앞에 앉아 신랑을 기다리고 있을 터다.

　오주팔은 아무 생각 없이, 정말 무심코 손가락에 침을 묻혀 창호지를 뚫고 신부를 본다. 정말 비단 이부자리를 펴놓은 그 옆에 다소곳이 앉아 있다. 꾸벅꾸벅 졸고 있다. 오히려 등잔불보다 달빛이 더 밝아 보이는 탓일까. 갑자기 볼이 뜨겁다. 불이 이글거리는 화롯불에 얼굴을 처박은 것같이 화끈거린다. 도무지 견딜 수가 없다. 그가 신방의 문을 연다. 등잔불을 후 불어 끈다. 그리고 아무 말 없이 신부를 왈칵 끌어안고 이부자리 위로 뒹군다.

　여전히 놋쇠 젓가락으로 밥상 두드리는 장단이 그치지 않고, 그사이로 봉삼이의 걸걸한 노래가 이어진다.

　　　푸르른 달빛이 파도에 부서지면
　　　파이프에 꿈을 실은 첫사랑 마도로스
　　　배 귀에 기대서면 그날 밤이 그립고나

11

오주팔이 수산학교를 작파하고 뙤골포구에서 두문불출하다가 어느 날 홀연히 자취를 감춘 사건이 없었던들 과연 오늘 너나없이 공인하는 생굴양식 일인자가 될 수 있었을까.

그때 오주팔이 몸을 들이민 곳은 일본이다. 물론 정식 비자를 받고 찾아간 케이스가 아니다. 그 무렵만 해도 유행병처럼 번졌던 밀항이다. 오주팔이 어렸을 때 뙤골포구를 방문, 한 달여 비공식 해양 생태 조사를 했던 구마모토를 찾아 무작정 밀항을 시도한 것이었다. 그때 녀석의 밀항을 도운 친구는 국민학교 동기생뻘득이다. 밀항에 필요한 자금도 자금이었지만, 앵강도에서 법적 가족인 오주팔의 여동생 난순이에게 관심을 보이고 늘상 집을 찾아와 주었기 때문이다.

말이 여동생이지, 오주팔과는 피 한 방울 섞이지 않은 남남이
다. 그래도 호적에는 어엿한 여동생으로 입적되어 있다. 아버지
에게 두 번째 시집왔다 죽은 새어머니가 데려왔던 계집아이다.
처음부터 잔귀가 먹은 데다 말까지 더듬는, 말 그대로 못난이 여
동생이다. 그래서 학교도 제대로 다녀 보지 못했다. 시집왔던 새
어머니가 죽은 뒤로 고성 외삼촌 집에 얹혀살다가 열여섯 살 되
던 해 갑자기 아버지를 찾아 뙤골포구에 들어왔던가.

오주팔 역시 그녀를 보고 깜짝 놀랐다. 얼굴이 완전히 바뀐 탓
이다. 죽은 새어머니를 닮아서인지 제법 인물이 해맑아지고 반반
해진 것이다. 물론 아버지도 그 다음다음 해 세상을 떠나 버렸으
므로 갈 데 올 데 없었는데, 어떻게 된 영문인지 뻘득이와 눈이 맞
은 모양이었다.

일본 밀항 계획에 한참 골몰해 있던 오주팔을 하루가 멀다 하
고 찾아왔던 뻘득이기에 아주 자연스럽게 상담자 역할을 맡았다.

「일본에 누가 있는데 밀항헐라 쿠노?」

「니, 울 아부지 친구 구마모토 알제? 우리 국민학교 1학년 때
앵강도 와서 한 달 살다 간 사람.」

「아, 머구리 배 타고 온 백구두 신사 말이가?」

「하모, 그 어른이 지금 일본에서 진주양식장을 허고 있는 기
라. 그 방면 기술은 아무도 따라올 사람이 없다 안 카나.」

「그 사람 찾아가서 먼 기술 배울라꼬?」

찢어져 올라간 눈이 번득인다 싶은데 서둘러 뻘득이가 말을 잇는다.

「아, 니 진주양식장 헐라 쿠제? 그거 억수로 돈 번다 쿠던데…… 맞는 기라, 하모, 진주양식장이라그마!」

지레 흥분해 마지않는다. 오주팔이 차분한 목소리로 대답했다.

「그건 내도 모린다. 진주양식장을 헐지, 멀 헐지……. 그냥 해양 생물이라모 머든지 다 배워 각고 올 기다……. 대한민국 최고 기술자가 되고 말 기다.」

「기왕이모 다홍치마라꼬 진주양식 기술이 최곤 기라. 안 그러나?」

「글쎄다…….」

「구마모토 그 사람, 니가 가모 어서 오니라 받아 주겠나? 믿지 마라 미국, 속지 마라 소련, 일어선다 일본 안 카더나? 세상에 지 욕심만 챙기는 사람이 일본 사람인 기라.」

「구마모토는 안 그런다. 울 아부지허고 인연 맺은 사연 니도 알제? 그 사람덜 배가 기관 고장으로 표류헐 때 누가 살렸는지 아나? 바로 울 아부지다. 울 아부지가 그 즉시로 삼천포병원에 입원 안 시킸시모 벌써 저세상 사람 됐씰 기다. 생명의 은인이라고 여기도 두 번씩이나 방문헌 기다. 참, 구마모토 상이 울 아부지를 행님이라 부르는 거 니도 봤제?」

「그거는 모린다. 내가 그 나이에 우찌 일본 말을 알아들었겄

노? …… 그거는 그렇다 쿠고, 구마모토 그 사람한테 허락은
받은 기가?」

「허락은 아니라도 편지는 몇 번 주고받았다.」

「그래, 오라 쿠더나?」

「아직도 외교적으로다가 안 풀리 갖고 정상적으로는 어렵다
카더라. 그래서 골 때리는 기라.」

「골은 와?」

「비용 때문에 안 그러나. 들어도 이거는 너무 많이 드는 기라.」

「무신 비용이 많이 드는 기고?」

「밀항 말이다. 참 뻘득이 니 이번에 타노모시 탔다 쿠데, 그기
얼매고?」

「얼매 안 된다.」

「그래도 100만 원은 넘제?」

「타노모시 탄 거허고 수협에 저금헌 거허고 다 보태몬…… 그
거보다야 많을 기다.」

오주팔이 한 발짝 당겨 앉으며 입을 연다.

「그거 좀 내가 빌리 쓰모 안 되겠나?」

「안 될 건 없지만…… 조건이 있다.」

「조건이라니?」

「주팔이 니 이름으로 등기된 외동 바닷가 밭 있제? 900평짜리
콩밭. 그거 내 이름으로 돌리 주고…… 또 하나는…….」

「또 하나는 머꼬?」
「난순이 안 있나.」
「난순이?」
「그래, 난순이도 내 주라.」

12

그런 식으로 마련한 여비를 밑천 삼아 오주팔은 벼르고 벼르던 일본 밀항을 시도했다. 무역선 배 밑창에 처박혀 숨도 제대로 쉬지 못한 사흘. 드디어 자유의 몸으로 풀려난 곳이 시모노세키 항이라던가. 그래도 1년 넘게 준비한 보람이 있었다면 독학으로 공부한 일본 말이다.

아니, 어쩌면 큰 지장 없이 일본 땅을 활보할 수 있었던 것은 서투른 일본 말보다 정상의 몸이 아니라는 사실이 더 주효했는지도 모른다. 일테면 라콤파르시타 식의 절름발이가 설마 밀항을 했을까 하는 선입견을 안겨 주었을 법하다.

어쨌거나 장애인에 대한 배려가 남다른 일본인들의 품성 탓에 오주팔은 구마모토가 사는 곳을 찾아 기차와 버스를 무수히, 아무 문제없이 바꿔 탈 수 있었다. 구마모토의 주소지는 동경에서도 많이 떨어진, 이른바 오지 중 오지였다.

우리나라 같으면 경상북도 영덕쯤이라고나 할까. 그래서 이름도 노토[能登]반도다. 늘상 파도가 높은 동해를 마주 보고 있다. 으르렁거리는 파고가 끊임없이 밀려와 넘어지는 지대가 다 그렇듯, 노토지마 해안 역시 카르스트 지형이다. 험준한 바위투성이다. 그것도 거무튀튀한 색깔이 아니다. 백색을 더 많이 띤 기기묘묘한 바위들이 해안을 끼고 단애(斷崖)를 이루고 있다. 태고의 해풍과 파도에 저항한 흔적이 뚜렷하다. 흔적은 거개가 구멍이다. 백색 바위에 크고 작은 구멍이 숭숭 뚫려 있다. 구멍은 검은색이다. 마치 흰 도화지에 검은 붓 자국이 점점이 찍혀 있는 것 같다. 그래서 멀리서 보면 백색이 아니라 쥐색이다. 뭐랄까. 벼랑 전체를 밝은 회색으로 막 칠해 놓은 것 같은 산뜻함이라고나 할까. 그렇다. 영락없는 지중해 연안의 중세 고성이다. 깎아지른 고성 지붕 위는 원시의 숲이다.

앵강도의 그것이 육손이, 짝밤나무 따위 부드러운 식물군이 주를 이룬다면 노토의 그곳은 해송, 가문비나무 등등 날카로운 일엽송이 빽빽이 자리 잡고 동해의 광풍과 맞서고 있다. 그중 장관인 것은 단연코 동백나무다. 온통 동백 숲으로 꽉 차 있다. 다른 종이 침범 못하도록 일촌의 틈도 허락하지 않는 저 깐깐한 욕심이라니. 물론 노토 지역의 원시림이 저토록 풍성하고 빽빽한 것은 오지 중 오지로 애초부터 사람의 왕래가 적은 탓도 있지만, 지나칠 정도로 수선을 떠는 일본 사람들의 보존 의식도 한몫한 것 같다.

진주양식의 대가 구마모토가 사는 집은 노토지마[能登島]다. 망망대해의 동해를 바라보며 우뚝우뚝 서 있는 잿빛 벼랑을 따라 휘휘 돌아서면, 갑자기 반대 방향으로 움푹 파인 해안선이 나타나는데, 그곳이 노토 호수로 불리는 조용한 바다다.

대충 눈가늠으로 셈해도 30킬로미터가 넘는 만(灣)이다. 그러니까 사람의 손길과 관계없는 천혜의 방파제라고나 할까. 벼랑을 파먹을 듯 24시간 으르렁거리던 성난 파도가 갑자기 기세를 멈추고 손발을 놓아 버리는 곳, 그곳이 노토지마다. 그렇게 온순할 수가 없다. 말 그대로 평온 그 자체다. 조용하다. 엄연한 바다인데도 영락없는 호수다. 천혜의 방파제 너머는 원한 많은 유령이 흐흐흐, 이빨을 드러내고 웃기라도 하듯 흰 파고가 끊임없이 몰아쳐 오는데도 노토지마 이쪽은 태고의 고요를 잔뜩 머금은 채 먹잠을 자고 있었다. 그 여파가 전혀 없는 것은 아니지만, 흡사 풀장의 아이들 놀이 파문인 양 간헐적인 파도가 잔잔하게 들이쳤다가 빠지고, 빠졌다가 다시 밀려 들어온다.

바다 호수의 해안은 온통 송림이다. 30킬로미터 거의 전부가 아름드리 해송으로 빼꼭하게 들어차 있다. 방풍림으로 인공 조림한 숲인지, 천혜의 방조제처럼 자연적으로 자생한 숲인지 분간이 안 되는 끝없는 소나무밭이다.

그 밑은 포장 안 된 흙길이다. 늘상 솔잎으로 노랗게 덮인 길이다. 그러니까 해송 터널이라고 해야 옳다. 실제로 그 길을 걷다가 고개를 쳐들면 하늘이 보이지 않는다. 소나무 지붕이다. 마치 고대 왕궁의 회랑인 듯 솔 지붕이 끝을 알 수 없게 연속으로 이어져 있다.

그 솔 지붕에서 바다 쪽으로 몇 걸음만 비집고 걸어 나오면 눈부신 백사장이 펼쳐진다. 모래밭이 아닌 곳은 똑같은 계란 크기의 검은색 자갈밭이다. 그것도 아니면 조개껍질밭이다. 그래서 조용하게 치는 파도 소리가 해안에 따라 다르다. 모래밭은 주르르, 자갈밭은 짜르르, 조개껍질밭은 싸르르…….

오주팔이 무거운 가방을 메고 절룩거리며 완행버스에서 내린 곳이 그 숲길이고, 그리고 3년 후 노토지마를 떠나기 위해 경찰서 호송 차량에 몸을 실었던 곳도 바로 그 솔숲길이다. 물론 그 솔숲 속에 구마모토가 살았던 것은 아니다. 그의 진주양식장은 노토 바다 중앙에 자리 잡은, 그야말로 노토지마다. 섬이다. 그 솔숲 해안에 자리 잡은 아담한 어촌에서 개인 보트를 타고 왕래하지 않으면 안 되는 작은 섬. 굳이 평수로 치자면 3천여 평. 이쪽저쪽이 다 한눈에 들어오는 아름다운 산호초 섬이다. 그래도 모래사장이며 동백 숲이며 아름드리 해송도 있고, 높지는 않아도 멀리 수평선이 보이는 바위 동산도 있다.

그 동산 남쪽 언덕이 작업장이고, 인부 숙소고, 그리고 그 옆에 우뚝 선 고풍스런 2층 목조 주택이 백 년 전통을 자랑하는 구마모토 본가다. 어쨌거나 아무 통보 없이 불쑥 찾아 들어간 오주팔을 구마모토는 전혀 기억하지 못한다. 그가 앵강바다와 구마모토의 고장 난 배를 구조했던 일을 두서없이 설명하고, 아버지 이름까지 거명하자 그제야 고개를 끄덕인 다음,

「그래서 이렇게 찾아왔단 말인가?」

그것도 특유의 표정 없는 얼음처럼 차가운 얼굴로 응대한다.

「네, 공부하러 왔습니다.」

오주팔이 정중하게 대답한다.

「공부?」

구마모토가 반문한다.

「무슨 공부 말인가?」

「저번에 드린 편지 그대롭니다.」

「나한테 편지를 보냈었나?」

어이가 없었지만 오주팔이 침을 삼키며,

「답장도 주셨는걸요.」

주섬주섬 보물처럼 간직했던 구마모토 친필 편지를 꺼내 놓는다.

「아, 그래. 내가 그런 편지를 썼었지. 열심히 하라는 격려 차원으로…… 하지만 자네더러 일본까지 찾아오라는 내용은 쓰지

않았을 텐데?」

「그래도 답장을 주셨다는 그 자체가 저한텐 큰 영광이거든요.」

「좋아. 공부하고 싶다는 걸 누가 말리겠나. 그래, 학교는 어디로 정했나?」

「학교라뇨? 전 학교에는 관심이 없습니다.」

「학교에 관심이 없다면, 왜 일본에 찾아왔나?」

「저는 다만…… 구마모토 선생님 수하에서…… 실무를 익히고 싶어서…….」

구마모토의 음성이 찢어진다.

「자네, 설마 유학 비자 없이 무턱대고 온 건 아니겠지?」

오주팔이 주저하지 않고 당당히 말한다.

「맞습니다. 저 비자 없이 그냥 찾아왔습니다.」

「밀입국했구먼.」

「그렇습니다.」

「이런 낭패가 있나?」

잠시 눈을 감고 골똘히 생각하다 말고 거침없이 일갈해 버린다.

「난 불법은 죽어라 싫어하는 성밀세. 내일이라도 당장 자수하게. 법에 따라 일본에 남을 수 있으면 남고, 안 그러면 자네 본래 거처로 돌아가게.」

「전 돌아갈 수 없습니다.」

「뭐라고?」

「선생님께 기술을 배우기 전에는 한 발짝도 떼지 않겠습니다!」

그처럼 완강히 버틴 것이 주효했을까. 아니면 진주양식장 일이 그만큼 눈코 뜰 새 없이 바빴던 탓이었을까. 공교롭게 주요 업무를 담당했던 기술자 중 한 명이 개인 사정으로 섬을 떠난 직후라서 안 그래도 사람을 급히 구하고 있었던 터다. 하여, 오주팔은 그 이튿날 당장 방수 처리된 앞치마를 걸칠 수 있게 되었는데, 그렇다고 정식 근로 계약을 맺은 상태는 아니다. 어디까지나 임시방편으로 사람을 구할 때까지만 일한다는 단서를, 그것도 구마모토가 아니라 진주양식장 기술자 중 한 사람을 통해 전달받았을 뿐이다.

13

　진주양식장은 수면 위에 사다리형의 뗏목을 겹겹이 띄워 놓고 그 아래 그물망에 매달아 진주조개를 생육시키는 형태다. 그러니까 뗏목의 수가 얼마냐에 따라 그만큼 양식하는 진주조개가 많다는 계산이 나온다. 뗏목 옆에는 수상 건물도 군데군데 붙어 있는데, 그것은 수확을 기다리는 조개를 끌어올려 일차 분류하는 작업장 용도로 쓰이는 곳이다.

　구마모토 진주양식장은 바다 위에 떠 있는 수상 작업장 건물만 일곱 개가 될 정도로 그 규모가 방대하다. 단연 인근 양식장 중 으뜸이다. 규모뿐만 아니라 양식 기술이나 각종 자료 보유 면에서도 구마모토를 따라올 경쟁자가 없다. 대대로 내려오는 2층 목조 저택 곁에 지어진 구마모토 개인 연구소만 해도 그렇다.

우선 진주양식과 관련된 조개 표본 채집 병만 수천 개가 넘는다. 표본뿐 아니다. 연구실 두 벽을 빽빽이 장식한 전문 서적만 수천 권에 달한다. 예컨대 일본 다이쇼 시대에 출판된 야구라후다가 쓴 《패총총서》라든가, 원래 뭉툭뭉툭했던 진주를 보석처럼 매끄럽게, 그리고 둥글게 만들어 내는 일에 여생을 바친 미키모토 코우키치의 자서전 《조개와 나》 같은 책이 그러하고, 독일의 어류학자 도프렌의 저서 《1906년 동아시아 기행》 같은 희귀본이 그러하다.

물론 첫날부터 그 귀중한 자료를 오주팔이 마음대로 찾아볼 수 있게 한 것은 아니다. 그가 처음 노토지마에 몸을 의탁했을 때 연구실은 출입 금지 구역이었다. 늘상 커다란 자물쇠가 채워져 있다. 구마모토가 출타 중에는 말할 것도 없고, 그가 섬에 남아 있을 때도 자물쇠는 그대로다. 그러니까 자물쇠가 벗겨졌다는 것은 구마모토가 연구실에 들어가 앉았다는 것을 의미한다. 그것도 아무나 불쑥불쑥 출입할 수 없도록 안으로 잠가 놓았다.

일꾼들에겐 일종의 성역인 셈이다. 그런 연구실의 출입 통제가 어느 날 갑자기 풀렸는데 그것은 순전히 오주팔의 활약 덕분이다. 활약이라고 하니까 무슨 대결이나 싸움을 연상시키지만, 사실은 모종의 공작이라고 해야 옳다. 그만큼 구마모토의 폐쇄성은 하늘 높은 줄 몰랐던 것이다. 다른 일꾼들이야 이름난 과학자 신분이므로 당연히 거만할 수 있고 고약할 수 있고 괴팍스러울 수 있다고 접어 생각하는 눈치지만 오주팔의 생각은 정반대다. 꼭 후진 양성 차원이 아니라도 양식 기술에 관한 의문점이 생겼다면 당연히 현미경 앞으로 달려올 수 있도록 연구실 문을 열어놓아야 하고, 사안에 따라 구마모토가 직접 나서서 원인 규명도 하고 설명도 해야 한다고 오주팔은 굳게 믿는 터였다. 한데 구마모토도 일꾼들도 누구 하나 연구실 통제에 대해 문제 삼거나, 그 통제가 풀려야 된다고 주장하는 사람이 없다.

하긴, 노토지마 진주양식장에서 일하는 수십 명의 일꾼들은 기술 전수나 연구가 목적이 아니고, 임금을 받기 위해 작업에 임할 따름이므로 굳이 연구실을 들락거리며 콩이니 팥이니 할 까닭도, 시간적 여유도 없다. 하지만 오주팔의 입장은 다르다. 오로지 새로운 양식 기술을 배울 욕심으로 뙤골 콩밭을 헐값에 넘기고 밀항까지 시도했는데, 마음대로 현미경도 보지 못하게 한다면 이거야말로 위압을 넘어 압제에 가까운 횡포인 것이다.

그의 공작 상대는 구마모토가 아닌 그 부인 야하코다. 본부인을 상처하고 재혼을 해서인지 나이 차가 무려 아홉 살이다. 당연히 남편에 비해 두드러지게 젊어 보인다. 게다가 그 나이 또래 일본 여자가 대개 그렇듯 여간 상냥하고 나긋나긋하지 않다. 남편에게도 그럴 수 없이 충실하다. 구마모토가 선호하는 녹차며 매실즙이며 정성스레 담아 들고 종종종 연구실 드나드는 모습이 꼭 훈련 잘된 충견 같다. 오주팔이 야하코의 환심을 사기 위해 몇 가지 작전을 썼는데, 그중 주효했던 것이 집 주변 청소가 아닌가 싶다. 그녀가 구마모토를 데리고 아침 산책길에 나설 때를 기다렸다가 대빗자루로 싹싹 쓸어 내고 있을라 치면, 너무 힘들지 않아? 난 깨끗해서 좋지만 하고 보기 좋은 미소를 꽃잎처럼 흩날리며 말을 걸어 준다. 괜찮습니다. 오주팔도 화답해 마지않는다. 저도 깨끗한 것을 좋아하니까요. 어머, 그래? 나하고 똑같네……. 그녀는 걷다가 뒤돌아보고, 또 돌아보곤 한다.

비록 다리는 절룩거리지만 개성미 넘치는 얼굴하며, 예의바른 인사성하며, 다른 일반 일꾼들의 그것과는 뭔가 달라도 많이 다르다. 우선 오주팔은 공식적인 월급이 없다. 불법 체류자라서 근로 계약서를 주고받을 수 없는 약점도 있지만, 그보다 처음부터 기술을 배우기 위해 제 발로 걸어 들어왔으므로 일정 보수를 위해 땀 흘려 일하기보다 위대한 스승의 진주양식 기술을 전수받기 위해 전력투구한다는 그 자체가 일반 일꾼들과 크게 다른 점이라면 다른 점이다. 그런 사실을 그녀가 쉽게 인식할 수 있도록 온갖 연기력을 다 발휘할 줄 아는 것 또한 오주팔의 재주다. 어쨌거나 기회 있을 때마다 지속적으로 반복한 그의 히소언에 야하코는 결국 두 손을 들고 만다. 남편을 설득하여 오주팔이 연구실을 마음대로 이용할 수 있게 해주겠다고 약속하고 다짐한 것이다. 물론 그런 결과를 낳기까지는 오주팔의 연기력이나 호소만 작용한 것은 아니다.

　어느 측면에서는 또 다른 호기심도 발동했음을 오주팔은 은밀히 감지하고 있다. 예컨대 구마모토가 외출하고 없을 때, 야하코가 오주팔을 불러 일본 차와 너무 달아서 속이 느끼해지는 일본 과자를 곧잘 내놓았기 때문이다. 그러나 오주팔은 내심으로 그녀의 호의 따위에는 전혀 관심이 없다. 그의 관심사는 오로지 연구실 무상출입뿐이다. 물론 여자라면 미추를 구분하지 않고 사족을 못 쓰는 게 오주팔의 성미이긴 하다. 그럼에도 불구하고 그녀에게는 도통 느낌이 없다. 그녀가 존경하는 스승의 부인인 탓도 아니고, 그녀의 스타일이 오주팔이 좋아하는 형과 달라서도 아니다. 스타일로 치면 그녀만큼 오주팔의 기호를 잘 맞춘 유형도 드물다. 우선 살결이 희고 깨끗했으며, 오뚝한 콧날에 비해 터무니없이 작은 얼굴하며, 숱 많고 풍성한 머리채하며, 반달 같은 눈썹하며 여러모로 매력적인 면을 두루 갖춘 여자임에 틀림없다.

　그런데도 오주팔이 이성적 상대로 그녀를 대하지 않는 것은 한가지 이유, 바로 연령이다. 바꿔 말해 오주팔이 여자에 대한 희열과 열정이 샘솟아 기어코 자신의 정충을 쏟아 넣는 가장 중요한 동기 역시 나이와 무관하지 않다는 애기다. 정확히 계산해서 열여덟 살부터 서른여덟 살 사이이다. 오주팔이 지금까지 앵강바다 뙤골에서건, 삼천포에서건 마음에 드는 이성을 선택하여 암탉 등에 올라탄 수탉처럼 군림했던 경우는 열여덟 이하도, 서른여덟 이상도 없었음은 사실이다.

그러니까 그 나이 대에 이르지 못했거나, 넘친 경우 숫제 오주팔의 사정거리에서 멀어졌다고 해야 옳다. 오히려 혐오의 정만 가득하다고나 할까. 그렇다. 오주팔이 의식하든 의식하지 못하든 선택의 핵심은 수태 가능성이다. 다시 말해 생식 능력에 적합한 나이 안에 있지 못하면 그것에 비례해 이성적 매력을 상실했다고 치부해 버린다. 막말로 더 이상 여자가 아닌 것이다. 여자로서의 본분을 다 쏟아 버린 빈 껍질뿐인 상태이다. 굳이 따지자면 야하코가 바로 그런 경우다.

어쨌거나 오주팔은 야하코 덕분에 그토록 까다롭다는 구마모토의 고집과 기세를 누르고 연구소 열쇠를 손에 넣게 되었다. 아니, 표면적으로는 복사한 열쇠를 일꾼 휴게소에 걸어 놓고 누구든 원하면 쓸 수 있도록 했지만, 예상대로 오주팔 외에는 그것을 필요로 하거나 실제로 연구소 문을 따고 들어서는 사람이 없었다. 결국 오주팔 전용이 될 수밖에 없다. 대신 주어진 기회를 활용하는 데 열과 성을 다한다. 과히 초인적인 능력 발휘다. 세상없어도 신새벽에 기상하여 연구소부터 쓸고 닦았는데, 그것은 구마모토가 있건 없건 하루도 빠짐없이 실행하는 의무 작업이다. 그리고 진주양식장 고정 업무를 끝내고 남들은 술을 마신다 바둑을 둔다 텔레비전을 시청한다 여념이 없을 때, 오주팔 혼자 연구실에 들어앉아 현미경과 씨름을 했다. 하지만 문제 있다고 오주팔이 코를 불며 들고 들어온 생물들은 이미 구마모토가 수년 전에 해결해 버린 케이스들이다. 구마모토의 위대함은 그 케이스들을 일일이 실험 유리병에 보존시켜 놓았다는 점이다. 정말 빈틈이 없다. 진주양식 조개의 성장에 따른 각종 문제점이 사안별로 포르말린 유리병에 조심스럽게 담겨, 그 해결 방안이 무엇인가까지 깡그리 설명하고 있었다. 그런 유리병이 열 개 스무 개가 아니다. 수백 개다. 헤아릴 수가 없다.

오주팔이 더 놀란 것은 연구 표본실이 진주양식 조개에 관한 부분만으로 채워진 것이 아니라는 사실이다. 하나부터 열까지 그가 새롭게 공부하고 새롭게 체험해야 될 자료로 꽉 차 있다. 실로 무궁무진하다. 그중에서도 특히 관심을 끄는 것이 구마모토가 조선총독부 수산 시험장 간부로 재직했던 일본 강점기에 채집한 남해안 생물들이다. 각종 어류 표본, 어패 표본, 해초 표본들이 진귀한 보물인 양 오주팔과의 만남을 손꼽아 기다린 것처럼 여기저기 부끄럽게 숨어 있다. 앵강바다도 더 좁혀 뙤골 너럭바위 산호초밭도 채집 지역 표기 속에 자리 잡고 있다. 하나같이 진귀한 채집물들이다. 가령 앵강바다 망상어만 해도 그러하다. 난의 성숙에서부터 난과 자어, 부화 직전의 난, 입이 열리는 때의 태자, 치어, 변태어, 성어 등 무려 열두 단계에 걸쳐 세세한 설명과 함께 표본되어 있어 벌어진 입이 다물어지지 않을 정도다.

지금이니까 연구실 문에 열쇠를 채워 놓는 날이 그렇지 않는 날보다 많지만, 한창 때는 한번 틀어박혔다 하면 일주일 내내 바같출입을 하지 않아, 옆디면 지척인데도 음식이며 음료를 운반해 왔을 지경이었다는 것이다. 하긴 오주팔이 진주양식장 비공식 일꾼으로 자리 잡은 뒤에도 구마모토는 일단 연구실에 들어앉았다 하면 밤을 꼬박 새울 때가 다반사다. 그때마다 구마모토가 원하든 원하지 않든 오주팔도 만사를 작파하고 연구실에 주저앉는다. 그리고 작심하고 잠을 자지 않는다. 하루 온종일 중노동을 했으므로 쏟아지는 게 잠인데도 오주팔은 두 눈 부릅뜨고 억지로 참는다. 뭔가를 전수받아야 한다는 조바심 때문이다.

구마모토는 오주팔이 옆에서 얼씬거리는 것을 크게 개의치 않는다. 어쩌면 저리도 무관심할까 하는 생각이 들 정도다. 묵묵히 문제가 된 표본 조개 속을 뒤집어 세포를 떼어 내고 현미경으로 확인하고 약물을 주입하고 그 변화를 재삼 관찰하는 일에 깊이 몰두하는 것이었다. 따지고 보면 오주팔도 오십보백보다. 구마모토의 손놀림 하나하나를 놓칠세라 뚫어지게 보고 메모하고 확인한다. 구마모토가 골똘히 들여다봤던 현미경을 기다렸다는 듯 오주팔이 대신 차고앉기도 하여 핀잔을 들은 적도 한두 번이 아니다. 정말 오주팔만큼 매사에 호기심을 보이는 경우는 적어도 구마모토 진주양식장 일꾼 중에서는 찾아보기 힘들다.

그 예민한 호기심의 안테나가 작동하기 시작하면 아무리 무뚝뚝한 구마모토도 감당하기 어렵다. 끝없는 질문 공세가 이어진다. 진주가 어떻게 조개 속에서 성장하는지, 똑같은 조건인데도 어느 것은 매끈하고 아름답게 자라는데 어떤 것은 모양도 뒤틀리고 자라다가 중단하는가, 뭉툭하게 탄생한 진주를 어쩌면 보석처럼 매끄럽게 그리고 둥글게 재생산해 낼 수 있는가 따위 물음이 그것이다. 그러나 그 모든 것들의 해답은 구마모토의 설명으로 얻은 것이 아니다. 그냥 열심히, 답도 시원찮은 질문을 반복함으로써, 그리고 실제 구마모토가 시도하다 버려 둔 조개를 일일이 까발려 보고, 정상 조개와 비교해 보고, 현미경으로 확대해 보는 과정에서 혼자 터득해 낸 결과였다.

예컨대 조개 속에 존재하는 메커니즘, 이른바 생체 방어 시스템만 해도 그러하다. 이를테면 몸속에 들어와서 방출되지 않는 이물질을 자신이 분비하는 진주층으로 싸서 조개 안쪽의 재질과 같이 매끈매끈하게 만들고자 하는 특성이 없다면 과연 진주라는 보석이 탄생할 수 있었을까. 그런 까닭에 자연적으로 만들어지는 진주 핵은 모래알이 될 수도 있고, 기생충이 될 수도 있다.

일단 새로운 지식을 습득하거나 스스로 깨우치고 난 뒤의 오주팔의 응용력은 어쩌면 스승인 구마모토를 압도하는지도 모른다. 생각났다 하면 시도 때도 없이 서두르는 그 왕성한 현장 확인이 그런 경우다. 오주팔은 뗏목 밑에 사다리꼴로 매달린 조개 망태를 끌어올려, 외투막, 이른바 끈으로 불리는 부분을 잘라 내기도 하고, 분비물을 따로 채집, 그 성분을 분석하기도 하는 등 나름의 의문점을 체크했지만, 조개 성장에 피해를 줄 수도 있다는 지적

86

을 듣고 나서는 직접 바닷속으로 잠수, 4미터 깊이의 문제 조개
만 골라 작업대 위에 올려놓고 씨름을 벌였다.

그리하여 오주팔이 구마모토와 상의 없이 순전히 독단적으로
만들어 낸 것이 반구 진주다. 원래 정해진 구슬 핵을 어미 조개
외투막에 아무 상처 없이 자연스럽게 삽입시켜 키우는 것이 관
례였지만, 그는 금기시된 두 배 크기의 죽은 조개 진주, 다시 말
해 성장하다가 실패한 진주 새끼를 과감하게 어미 조개 외투막
을 억지로 벌려 꽂아 넣는다. 물론 성공 확률은 높지 않다. 열 마
리 중 두 마리 정도라고나 할까. 너무 큰 구슬을 품지 못하고 제
풀에 토하거나, 호흡이 막혀 죽기도 하지만 대신 어찌어찌 적응
을 끝내고 제 페이스를 찾기만 하면 그동안 보기 힘들었던 엄청
큰 대형 진주가 탄생되는 것이다.

물론 오주팔이 상품으로 인정될 만한 진주를 성공적으로 생산
한 적은 없다. 아니, 성공할 수 있는 시간적 여유가 없었던 거다.
중요한 것은 하늘 높은 줄 모르는 호기심이고, 그 호기심을 실제
화할 수 있는 구체적인 아이디어다. 오주팔의 평소 장점이라면
상황이 어렵다고 해서 쉽게 포기하지 않고 어려우면 어려울수록
더욱 기승을 부려 그것을 기어코 현실로 응용하고 마는 뚝심이
다. 다른 일꾼 같으면 구마모토의 노골적인 핀잔에 진작 물러나
서 주어진 일이나 끝내고 휴일이 언제 오나 달력 보기에 여념이
없겠지만, 웬걸 오주팔은 구마모토가 싫어하건 말건 개의치 않고

꾸역꾸역 실험실로 밀고 들어가 시키지 않는 바닥 걸레 청소를
하고, 그것도 모자라 유리병 속의 침액(浸液)을 교환하거나 보충
하는 일을 스스로 찾아 실천했다.

　지성이면 감천이라고 하던가. 기실 구마모토도 과학자적인 호
기심을 외면하기는 힘들었을 터다. 오주팔의 그 저돌적인 도전
에 두 손 바짝 들었을 만하다. 물론 실험실 열쇠를 복사하게 한
것은 그보다 훨씬 뒤의 일이지만, 현미경 시안에 놓아야 할 상황
이 생기면 어김없이 오주팔을 불러 함께 들여다보게 하고, 그 결
과를 기록하게 하는, 왈 실험실 조수 역할을 담당케 한 것은 정확
히 구마모토에게 몸을 의탁하고 2개월 만이었다.

　오주팔의 노토지마 외곬 3년은 그런 식으로 구차하게 흘러간
세월이었다.

14

　각설하고, 오주팔이 노토지마 진주양식장에 눌러앉고 나서 첫 번째 깜짝 놀란 일이 있다면 그것은 일본 사람들의 극성스러움이다. 섬 전체가 꼭 같이 분주하다. 어느 누구도 한가한 사람이 없다. 구마모토는 말할 것도 없고, 그 직계 가족들도 너나 할 것 없이 새벽부터 작업복 차림으로 맡은 일을 끝내고 나서, 학생은 학교로, 주부는 부엌으로 돌아가는 식이다. 그러니까 노토지마의 아침이 그러하다. 노인은 노인대로, 아이들은 아이들대로 적절하게 주어진 일을 너무나 즐겁게, 그리고 쉽게 해치워 버린다는 사실이었다.

　가령, 진주양식장에서 나오는 각종 홍합류, 그중에서도 가장 많이 생산되는 조갯살만 해도 그러하다. 원래 진주를 얻어 내기 위해 조개를 양식하는 것이므로 조갯살은 그 부산물쯤으로 간주하고, 그것들만 거두러 다니는 구입 상인들에게 헐값으로 넘겨버리는 것이 상책 같은데도 구마모토 가(家)는 그렇지 않다.

그 많은 조갯살들은 일일이 손질하고, 쪄내고, 건조하고, 공기압축 포장해서 '소노아야코〔曾野綾子〕조갯살'이란 상표를 부착하여 시장에 내놓는다. 소노아야코는 구마모토의 증조할머니 이름이다. 다시 말해 약 백 년 전부터 소노아야코 상표로 조갯살을 비롯한 홍합류 어묵을 가공 판매해 왔다는 얘기다.

그것도 유통 기간이 3개월이나 되어서 웬만큼 거리가 먼 곳도 얼마든지 주문 판매가 가능하고, 실제로 노토지마 일원뿐 아니라 수백 킬로미터 떨어진 오카야마나 후쿠시마 지역 백화점까지 납품이 이뤄지고 있을 정도다. 그만큼 단골이 많아져서 맛으로나 품질로나 전국적인 경쟁력을 갖췄다는 결론이다.

그러나 소노아야코 조갯살만 특별히 명성이 높은 것은 아니다. 어쩌면 노토지마 연안에 사는 어민들 중, 뜨내기를 제외하고 토박이들은 거의 모두가 구마모토 가 여자들처럼 부업으로 소규모 조갯살 가공 시설을 보유한 셈이다. 그러니까 대단위 식품 공장에서 똑같은 맛, 똑같은 모양으로 대량 생산되는 일반 제품만큼이나, 소량이지만 그 종류가 수천 가지인 가내 수공업 제품도 많다는 뜻이다.

우리나라 같으면 어림 반 푼어치도 없다. 팔자를 고칠 만큼 큰

돈이라도 나오면 몰라도, 누가 귀찮게 그 소꿉장난 같은 짓거리를 대를 이어 가며 전통을 세워 간단 말인가. 한데 일본 사람들은 다르다. 저마다 특유의 맛을 자랑하는 개성 있는 제품을 이익이 적게 남더라도 가문의 명예를 내걸고 끈덕지게 만들어 낸다.

한데 그보다 더 중요한 것은 가내 수공업의 그 자질구레한 일은 따로 전문 일꾼을 고용하는 것이 아니라, 말 그대로 가족 구성원들의 철저한 분업에 의해 생산된다는 사실이다. 일테면 조갯살을 골라 까내는 일은 구마모토 가에 의탁해 사는 사촌 조카들의 몫이고, 깨끗한 물에 씻어 모래를 걸러 쪄내는 일은 구마모토의 병든 외아들을 돌보는 젊은 며느리 스미요코 일이고, 쪄진 조갯살에 비법인 양념을 하여 진공 포장까지의 최종 공정은 스미요코의 시어머니인 야하코가 맡는다.

그 같은 작업은 모두 아침나절에 이뤄지는 일들이다. 물론 조개를 매일 거두는 것이 아니므로 평균 일주일에 3일 정도만 전 가족이 동원되어 공동 작업에 임한다. 비단 조개뿐 아니다. 명태잡이에 종사하는 집은 명란젓을, 어판장 일을 보는 집은 돔, 새우 등으로 특유의 어묵을 정성 들여 만들어 김씨네 어묵이니, 이씨네 어묵이니 하는 고유의 상표를 부착, 시중에 내놓는다. 오주팔이 일본 밀항을 끝내고 귀국하여 입을 열었다 하면, 증말 대한민국 국민덜 이리 살모 안 되는 기라. 절대로 일본 몬 따라간다. 하모, 일본이 그마 일본이 아닌 기라. 그 사람덜 을매나 부지런헌 줄 아나? 입가에 허연 거품 물며, 일본 자랑에 열을 올렸던 것도, 그래서 친일파란 별명을 라콤파르시타와 코보와 짝귀 뒤에 하나 더 달게 된 것도, 노토지마의 그 쫄깃쫄깃한 조개 경단이나 어묵과 무관하지 않다. 기왕 어묵이 거론되었으니 말이지만, 일본처럼 어묵 종류가 많은 나라도 없다. 더 전문적인 용어로 냉동 연제품 가공이라고 하던가. 그러나 어촌에 산다고 해서 아무라도 어묵이나 경단을 만들 수는 없다. 우선 원료를 안정적이고 싸게 확보할 수 있어야 하고, 구해진 원료로 어묵을 만들어 놓았을 때 살코기의 탄력성이 뛰어나야 경쟁력을 오래 유지할 수 있다. 그런 제반 조건을 갖춘 집에서만 그것을 가업으로 삼아 후손에 대물림할 수가 있다.

오주팔은 구마모토 가에서 생산해 내는 소노아야코 조개 경단을 입에 베어 물 때마다 느끼는 감촉을 좋아한다. 쫄깃쫄깃한 탄력이 저절로 씹히는 것 같다. 같은 조갯살이라도 얼마나 싱싱하냐에 따라, 스팀에 쪄내는 시간에 따라, 그리고 어떤 양념을 했느냐에 따라 탄력과 응고력이 달라진다는 것은 구마모토 며느리 스미요코에게 들어서 안 사실이다. 스미요코는 오주팔에게 그런 설명을 하면서 살포시 미소 지었는데, 그 미소가 어찌나 짜릿했는지 하마터면 오줌을 지릴 뻔했다. 아니, 꼭 미소 탓만이 아니다. 조갯살 경단을 물컹 베어 무는 그 하얀 치아며, 분홍빛 건강한 잇몸이며, 저절로 어디론가 빨려 들어가는 듯한 아련한 느낌이다.

　노토지마에 짐을 풀기 전부터 오주팔의 관심은 온통 그녀에게
가 있었다면 과장일까. 물론 그녀의 미모 때문이다. 빼어나다고
할 수는 없지만 그렇다고 어느 곳 하나 흠 잡을 데 없는 여인이
다. 텔런트처럼 작고 오목조목한 얼굴 윤곽도 그러하지만, 잘 다
듬어진 탄탄한 몸매, 예컨대 잘록한 허리, 각도 없이 흘러내린 어
깨선하며, 팅팅 소리 날 것 같은 엉덩이하며, 의도적으로 외면하
려 해도 도무지 시선이 거둬지지 않는 요염한 체격이다. 온종일
해안을 쏘다녀서 그런지 피부가 갈색에 가까운 것이 흠이라면
흠이겠다. 그러나 오히려 바다를 배경으로 삼는다면 그냥 흰빛
보다 갈색이 훨씬 부드럽고 건강하고 아름답다.

　거기에 비해 그녀 남편의 피부는 희어도 너무 희다. 햇볕을 거
의 쐬지 못한 까닭이다. 병명은 모르지만 중병인 것만은 확실하
다. 한 달이면 열흘은 노토지마 제일의 도시인 나나오〔七尾〕 종
합병원에 입원해 있어야 하기 때문이다. 물론 그 나머지는 멀리
동해로 이어지는 아스라한 수평선과 마주한 그 목조 건물 2층 방
에 칩거할 수밖에 없지만.

　스미요코는 그런 남편 병 수발에도 게으름을 부리지 않는 것
같다. 늘상 바쁘게 집안일에 열중하는가 싶었는데 어느새 그 희
멀건 남편을 부축하고 2층 창가에 우뚝 서 있곤 한다. 내내 구름
에 덮여 있다가 갑자기 활짝 개기라도 하면 그녀는 더욱 바쁘다.

부리나케 정원으로 뛰쳐나온다. 그리고 수백 년 묵은 정원수 이쪽에서 저쪽으로 길게 로프를 늘어뜨린다. 병든 남편이 덮었던 두꺼운 이부자리와 베개와 옷가지들을 햇볕에 널어 소독하기 위해서다.

그때는 누구든지 그녀와 가깝게 있는 사람이 불려 가 빨랫줄 이쪽을 잡아 묶는 일을 도와야 한다. 오주팔도 그 일에 몇 번 부름 받은 적이 있다. 빨랫줄뿐 아니다. 이부자리도 마찬가지다. 남편 것에서, 어른들 것까지 깡그리 끌어내려면 그녀 혼자 힘으로는 역부족이다. 함께 거들어 줄에 걸쳐 줘야 한다.

무거운 요를 이쪽저쪽에서 들어 올리다 보면 문득 튀어나오듯 서로의 얼굴이 가깝게 마주쳐질 때가 있다. 그럴 때 스미요코는 어김없는 미소를 아주 보기 좋게 머금어 준다. 물론 그럴 때마다 오주팔은 오줌 지릴 듯 자지러지는 자극을 받았는데, 다행히 주변 사람들이 얼씬거려 주었으므로 큰 탈 없이 위기의 순간들을 넘기고는 했다.

그가 스미요코의 땅에 힘 좋은 감자 씨 묻듯 자신의 것을 심고 싶다는 열망을 갖게 된 것은, 흡사 넓은 바다의 바람처럼 예사로 일어나는 일상사와 같다. 너무나 스스럼없는 자연 이치라고나 할까. 여기서 말하는 자연 이치를 굳이 구체화시킨다면 일종의 정복욕이다. 적절한 분노와 함께 하는 정복욕. 정복과 분노에는 반드시 에너지가 따라야 한다. 기실 에너지의 근원이 바로 정복과 분노 아니겠는가.

　그렇다고 아직까지도 인격적인 존중이나 인정보다는 불법 체류자의 한 유형으로 무시하고 묵살하는 구마모토에 대한 반발이 스미요코를 정복하는 행위로 대상(代償)하려는 것은 아니다. 그냥 바람 불듯 물 흐르듯 파도치듯 어느 곳에서나 흔히 일어날 수 있는 너무나 자연스러운 현상의 일부일 뿐이다. 설사 그 정복의 분노가 음험하고, 난폭하고, 집요하고, 보복적인 노여움을 상징한다 할지라도 그것 역시 바람이나 물, 파도나 갈매기처럼 늘상 일어나는 자연 현상에 묻혀, 한 송이 아름다운 꽃으로 피어 마침내 탐스런 과실을 맺게 함과 같은 이치다.

　물론 정복을 계획한다고 해서, 거기에 에너지의 원천인 분노를 동반한다고 해서 겨냥하는 곳에 원하는 만큼의 정확한 구멍을 뚫을 수 있다고 장담할 수는 없다. 공격자의 명확한 승리의 보장도 마찬가지다. 어디까지나 들끓은 열정이 있을 따름이고, 그 열정이 능청스럽게 넘치다 못해 난폭해진 에너지로 바뀔 뿐인 것이다. 그것이 바로 자연 복제다. 본능이다. 사람들 거개가 다 마찬가지지만 오주팔의 뇌 속에도 탄탄한 쇠붙이 같은 목적이 가득 들어 있다. 어떤 사물을 보면서 그것이 무엇을 위한 것인지, 또는 그것을 만든 동기나 이면의 목적이 무엇인지 골똘히 따지고 계산하기 마련이다. 실제로 우연한 불운일 뿐인데도 그 속에 함정이 있지 않을까. 악의가 개입되어 나를 이용하지 않았을까

의심부터 하는 본능……. 그러나 복제 본능에는 그런 목적이 없
다. 의심도 없고 의혹도 없고 악의는 더더구나 없다. 복제를 이
루는 난자와 정자의 가교를 통해 유유히 이동하는 미토콘드리아
는 그런 내막도 내용도 알지 못한다. 신경도 쓰지 않는다. 단지
존재할 따름이다. 그러니까 오주팔은 무수한 미토콘트리아의 결
합체인 DNA가 연주하는 '복제 탱고' 음악에 맞춰 정직하게, 그
리고 우아하게 정복자들이 그러는 것처럼 더러 아량도 베풀어
가며 격렬한 율동의 춤을 춘 것이다.

15

　스미요코와 오주팔이 결정적으로 가까워지게 된 동기는 순전히 노토지마의 대표적인 축제 때문이다. 간나메마쓰리〔神嘗祭〕라고 하던가. 그해 포획한 해산물을 신에게 바치는 일종의 제사다.

　그것도 그물로 쉽게 잡는 것이 아니라, 작살로 꿰어 올린 것 중에, 가장 오래되고 가장 큰, 그것도 적홍색 눈금돔이 아니면 제물로 올라갈 수가 없다. 그러니까 눈금돔 잡기 작살 대회가 이 축제의 절정인 셈이다. 올해는 어느 마을, 어느 가문에서 포획한 눈금돔이 제물로 선택되어 올려질 것인가가 이 축제의 관심사라면 관심사다.

　하여 축제날이 가까워 오면 각기 집안이 내세운 대표 선수들의 숨 고르기와 작살 다루는 연습으로 지역 전체가 법석대기 일쑤다. 훈련 장소 역시 본 대회가 열리는 미나즈키〔皆月〕해안을 다투어 선택한다. 기왕이면 대회가 열리는 바닷속 지형에 더 익숙해지기 위해서다. 미나즈키 해안은 깎아지른 벼랑들이 하늘을 찌르고 서 있는 평균 수심이 40미터가 넘는 산호초 바다다. 오주팔이 소년기 여름을 보냈던 앵강만의 너럭바위를 연상케 하는 곳이다. 아니, 너무 유사해서 오주팔은 처음 그 바닷속을 자맥질하며 소년 시절의 그 여름으로 돌아간 것이 아닌가 하는 착각이 들 정도였다. 바위 구조도 산호초 종류도 마찬가지지만, 물속의 생물들이 더 그러하다. 얕은 곳에서 깊은 곳으로 끝없이 이어지는 그 풍성한 잘피밭이며, 모자반이며, 갯녹음이며, 새우말이며, 해초말이며, 거의 같은 식물군으로 수초밭을 이루고 있다.

구마모토 가가 한때 간나메마쓰리를 9년 연속 제패한 전적이 있는데, 그것은 구마모토가 청년 시절에 직접 세운 기록이다. 그러고는 지지부진하다가 우연히 진주양식장에서 일하던 일꾼이 자원을 해주어 영광의 우승을 차지했는데, 그것이 작년에 있었던 일이다. 한데 그 일꾼이 다른 마을의 양식장으로 스카우트되어 올해는 아예 포기 상태다. 그래도 선수는 내보내야 했으므로 고등학교 2학년짜리 구마모토의 조카아이를 등록시켰는데, 녀석조차 급성 맹장 수술로 출전이 불가능하게 되어, 오주팔이 제가 하겠습니다,라고 불쑥 나서기에 이르렀다.

자네가 작살로 고기를 잡아 봤나? 구마모토가 묻는다. 네, 조금 해봤습니다. 조금 가지고 될까? 적어도 아무 장비 없이 5미터 깊이까지 잠수해야 눈금돔 녀석을 잡을 수 있을 텐데……. 자신 있습니다. 오주팔이 힘이 들어간 목소리로 말을 잇는다. 그보다 더 밑으로 내려간 적도 있었으니까요. 산소통 없이 내려갔단 말인가? 그렇습니다. 낼모레니까, 오늘이라도 연습 좀 해두게. 아니, 미나즈키까지 갈 시간도 없겠구만. 그래, 여기서 대신하는 게 좋겠어. 아이야, 구마모토가 둘째 조카를 돌아보며 말을 계속한다. 오 상 말이야. 저쪽 우카이가와로 안내 좀 해줘라. 그쪽이 오히려 미나즈키보다 조건이 좋을지 모르니까. 우카이가와는 노토 섬 끄트머리 해안 이름이다. 진주양식장에서 2킬로미터쯤 떨어진 벼랑 밑이다. 그러니까 구마모토 개인 소유 땅과 맞물린 바다다. 그의 말마따나 미나즈키와 거의 같은 환경을 갖춘 산호초밭이다. 수심도 20미터에서 40미터에 이르는 장엄한 바닷속이다.

일이 묘하게 풀리려고 그랬을까. 구마모토가 그렇게 지시하고 예정된 모임에 참석하기 위해 외출했는데 안내를 맡았던 둘째 조카 녀석, 전화 한 통 받고 나더니 금방 울상이 되어 버린다. 아주 급한 사정으로 친구를 만나야 할 일이 생겼다는 것이다. 발을 동동 구르는 녀석을 물끄러미 바라보던 스미요코가 말한다. 그래, 가봐라. 어서. 어쩔 수 없이, 정말 마지못해 나선 임무라는 듯 그녀는 아무 설명 없이 앞서 걸음을 옮긴다. 그렇게 해서 원시의 정적뿐인 섬 끄트머리에 위치한 우카이가와 해안을 향해 오주팔과 스미요코 두 사람만 앞서거니 뒤서거니 걷기 시작했다.

우카이가와 벼랑 해안은 보트를 이용하는 길과, 동백나무 숲을 가로지르는 길, 그렇게 두 가지가 있다. 마침 보트는 구마모토가 타고 나갔으므로 부득이 숲길을 택할 수밖에 없다. 아니, 발을 동동 굴렀던 조카는 그렇다 치더라도 넉넉잡아 반 시간만 기다리면 학교에서 귀가하는 아이들이 그 보트를 이용하게 되어 있기 때문에, 그리고 그 시간이 되면 다른 일꾼들도 손이 빌 확률이 많아 굳이 스미요코가 직접 나설 이유가 없는데도 그녀 스스로 작살과 물안경을 챙겨 들고 서둘러 앞장서 버리는 게 아닌가.

스미요코의 걸음은 빠르다. 오주팔의 절름발이 걸음으로는 따라잡기 힘들다. 몇 발짝 앞서 가는 것 같았는데, 어느새 동백나무 숲에 가려 모습이 보이지 않는다. 숲 아래는 떨어진 꽃잎으로 마치 짙붉은 얼룩무늬 카펫이 깔린 듯하다. 오주팔도 걸음을 빨리 한다. 숲 속은 컴컴하다. 아름드리 동백나무 가지들이 탄탄한 지붕 역할을 하고 있었지만, 더러 허술하게 뚫리기도 하여 햇빛이 내리꽂히고 있다. 어두운 곳일수록 빛의 위용이 더하는 법이다. 그래서 작열이라는 말이 더 어울리는지도 모른다. 스미요코가 뒤떨어진 오주팔을 기다리며 잠시 서 있는 곳이 그러하다. 햇빛과 그늘이 너무 극명히 위세를 떠는 자리. 그래서일까. 그녀의 자태는 그야말로 아름다움과 신비함이 적절히 조화된 야릇한 분위기를 연출하고 있다. 뒤로 묶었지만, 바닷바람에 삐져나온 잔머리털을 마치 민들레 씨앗인 양 흩어지게 하는 모습, 떨어진 동백꽃을 머리에 꽂기 위해 고개를 뒤로 젖히는 그 가벼운 몸짓하며, 오주팔을 향하고 있으면서도 이쪽을 주시하는 것 같기도 하고 전혀 다른 곳을 보는 것 같기도 한 그 오만한 눈빛하며…….

그때 오주팔이 본 것은 그녀 머리 위에서 소리 없이 프로펠러를 돌리고 있는 소형 헬리콥터인 양 혼자 날개를 퍼덕이는 작은 새다. 뙤골 동백 숲에서도 자주 봐 왔던 동박새. 저 검은 머리 작은 새는 수줍은 동백꽃에서 무엇을 찾고 있는가. 필 때보다 질 때 더 처연하고 결연한 동백꽃. 봉오리째 뚝뚝 떨어지는 꽃, 무슨 소명을 받았기에 저리도 붉디붉은가. 아, 동박새가 동백꽃 황금 수술에 부리를 박고 있구나. 깊이깊이 박고 있구나. 오주팔은 숨이 컥 막힌다. 어찌할 수 없는 본능적인 자극이다. 정말 온 전신으로 파도쳐 온 그 뜨거운 자극대로라면, 허겁지겁 그녀를 껴안고 넘어졌어야 좋겠지만, 그는 가까스로 충동을 감추고 스미요코에게 다가선다. 물론 처음 출발 때처럼 스미요코가 일정한 거리를 두고 다시 걸음을 계속했더라면 그런 불상사는 생기지 않았을 게다. 한데 무슨 심산에서인지 그녀는 오주팔이 코앞에 다가설 때까지 땅에 박힌 말뚝인 양 웬만해서는 움직이지 않을 것처럼 꼿꼿이 서 있었고, 아, 나를 기다리는구나 지레짐작한 오주팔이 막 익기 시작한 능금 같은 그녀의 볼을 그만 두 손으로 감싸 버리고 만 것이다. 그리고 다음 동작으로 이어지려는 찰나, 철썩

소리와 함께 눈앞이 번쩍한다. 오주팔의 따귀를 보기 좋게 올려
붙인 스미요코가 아무 일도 없었다는 듯 다시 앞장서 걷고 있다.
불시에 일격을 당한 오주팔도 혼자 히죽 웃고 나서 그녀를 따라
천천히 걷기 시작한다. 동백 숲이 끝나고 팽나무, 광나무, 고욤나
무가 우뚝우뚝 서 있고, 그 아래 신우대가 빽빽한 숲길이다. 그
녀의 잔머리가 민들레 씨처럼 흩날린다.

16

그날 오주팔은 우카이가와 벼랑 밑에서 적홍색 눈금돔을 세 마리나 잡는다. 그것도 아무 장비 없이 맨몸으로 포획한 수확이다. 다 아는 사실이지만 적홍색 눈금돔은 해저 10미터 이상 내려가지 않고서는 구경도 할 수 없는 까다로운 어종이다. 말이 쉬워 10미터지, 훈련되지 않는 사람은 아무리 수영을 잘해도 8미터 이상 내려가기가 쉽지 않다. 물론 체질에 따라 약간의 차이가 날 수 있지만 체내에 녹아 들어가는 질소 분압이 일정 수준을 넘어서면 신경 세포의 작용을 방해하기 때문에 깊어질수록 큰 부담이 아닐 수 없다. 물고기의 꼬리지느러미에 해당하는 오리발이나 웨이트 같은 잠수 장비 없이 맨몸으로는 더욱이 그러하다. 오죽이나 어려우면 적홍색 눈금돔 잡기가 노토지마 최대 축제인

간나메마쓰리의 하이라이트겠는가. 어쨌거나 오주팔은 그 까다로운 어종을 세 마리씩이나 잡아 올렸다. 그나마 중간치가 아닌 거의 완벽에 가까운 성어(成魚)들이다. 보기만 해도 감탄사가 절로 터져 나오는 그 유려한 색깔하며, 탄력 좋은 몸체하며…… 내일 정식 시합에서 세 마리 중 한 마리만 작살로 잡아도 우승을 장담할 정도다. 네가 설마……. 처음부터 미심쩍어 하던 스미요코도 적잖이 놀라는 눈치다. 그도 그럴 것이 한 번 잠수 때마다 한 마리씩 도합 세 번 잠수에 세 마리를 그것도 삽시에 잡아 올렸으니, 어머, 제법이네! 따귀를 올려붙이던 그 기세가 금세 꺾이지 않을 수 없다. 그녀는 바다 비둘기 똥으로 범벅이 된 벼랑 밑에 예의 머리카락을 흩날리며 서 있었고, 오주팔은 물에 반쯤 몸을 담그고 망 속에서 여직도 펄펄 뛰는 적홍색 눈금돔을 허공중에 치켜들고 득의의 미소를 한껏 날린다.

때마침 모터보트가 벼랑으로 다가왔으니 망정이지 만약 동백 숲에서처럼 두 사람만의 은밀한 공간이 유지되었더라면 스미요코의 그 능금 볼을 또 한 차례 감싸 안고 말았을 오주팔이다. 얼얼한 뺨의 감촉이 오주팔에게는 되레 자극제였으니까. 역으로 너한테 허락할 수도 있다는 통과 신호로 해석되었으니까. 오주팔의 그 자신만만한 열기가 더 구체적으로 자리 잡게 된 것은 그녀의 기를 꺾게 만든 적홍색 눈금돔의 포획만이 아니다. 그보다 훨씬 더 자랑스러운 소득이 있었는데, 벼랑 뒤쪽 수심 3미터 지점에 위치한 큰 동굴을 발견한 것이다. 동굴 속이 조명등을 켜놓은 것처럼 밝았으므로 오주팔이 무심코 머리를 들이밀었는데, 놀랍게도 5미터도 안 되는 통로를 꿰자, 곧바로 제법 큰 방이 시야를 가로막는 것이었다.

그러니까 수중이 아닌 지상 공간인 셈이다. 다시 말해 동굴의 출구는 오로지 수중을 통해서만 가능하다. 뭐랄까. 일종의 천연 비밀 요새라고나 할까. 바닥은 축축이 젖은 모래밭이었고, 사위 벽은 깎아 놓은 듯한 붉은색 바위다. 더욱 경이로운 것은 지붕격인 천장에 작은 구멍들이 뚫려 오후의 햇빛이 내리꽂히고 있었고, 그 빛 때문에 동굴 안이 그처럼 조명 장식을 해놓은 것처럼 밝고 투명했던 거다.

17

다음 날 간나메마쓰리 축제 하이라이트인 적홍색 눈금돔 잡기 대회에서 오주팔은 영예의 일등을 차지했다. 그로서는 당연한 결과였지만, 궁여지책으로 오주팔을 출전시킨 구마모토로서는 예상외의 성과다. 하긴 남들은 최소한 한 달 전부터 그것도 시합 현장까지 찾아 나와, 코치의 지도를 받아 가며 훈련을 거듭하는 것이 관례 아니던가. 한데 오주팔은 그게 아니었다. 훈련은커녕, 시합 하루 전에 물안경을 찾아 들었으니, 언감생심, 누가 감히 기대나 했겠는가. 심지어 전날 세 마리씩이나 눈금돔을 잡아 올린 현장을 직접 목격한 스미요코까지도 설마 우승까지야 하고 반신 반의했었는데, 웬걸, 수개월 연마한 연습 벌레들과 국가 대표급 다이버들을 단숨에 물리치고 우승을 거머쥐었으니, 누군들 놀라

나자빠지지 않을 수 있겠는가. 더구나 노토지마의 명가로 군림하다가 쇠퇴 일로를 걷고 있는 구마모토에게는 오주팔의 우승이 각별할 수밖에 없다. 무엇보다 오주팔이 지난해 우승자를 눌러 주었다는 사실이다. 지난해 우승자였던 진주양식장 기술자가 다른 경쟁 가문으로 전격 스카웃되었던 것도 순전히 구마모토 가의 명성에 흠집을 내기 위한 야비한 도전이었기 때문이다.

어쨌거나 그날 오주팔은 군중 속의 영웅이었다. 구마모토 가의 연승 제패의 현장이기도 했지만, 구마모토 가가 속한 마을의 우승이기도 했으므로 아즈쿠 마을 행정 구역 사람들 모두가 오주팔을 에워싸고 헹가래를 쳐 올렸으며, 목마를 태우고 해신제가 열리는 제단 주변을 춤추며 축하 행진을 했다. 오주팔과 스미요코와의 은밀한 접속이 시작된 것은 바로 그 순간이다.

오주팔이 군중 속에 섞여 난무하는 수많은 손 중에 스미요코의 것을 구별하여 덥석 잡았고, 그녀 역시 기다렸다는 듯 스스로 각지를 꼈으니 놀라운 일이다. 헹가래를 칠 때도, 목마를 태울 때도 마찬가지였다. 오히려 스미요코가 그 손을 놓지 않았다. 축제 우승에 들떠 마신 술 때문에 모두가 잠든 깊은 밤, 달빛이 교교한 자정 무렵에도 오주팔은 쉽게 잠들지 못한다. 스미요코의 능금 볼 얼굴이 디지털 티브이 화면처럼 선명히 떠오른다. 아무리 지우려 해도 덮으려 해도 소용이 없다. 그러면 그럴수록 더 또렷해진다. 이리 뒤채고 저리 뒤척인다. 그러다가 풍덩, 뭔가 물속에 빠지는 소리에 눈을 번쩍 뜬다. 수면에 뭔가를 던지는 소리가 들릴 정도로 바다와 가까운 방이 아니다. 한데도 오주팔은 벌떡 일어나 앉았다. 뭐랄까. 청각 기능이 발달할 대로 발달한 초원의 맹수 같다고나 할까. 풀숲에 몸을 숨기고 조심성 많은 먹잇감이 어디에서 어떻게 움직이는가를 감지하기 위해 온갖 레이더망을 다 작동시키는 맹수의 본능.

오주팔이 반사적으로 방에서 튕겨져 나온다. 아니나 다를까, 물속에 뛰어든 주인공은 어김없는 스미요코다. 그녀가 언제나처럼 호수 같은 바다의 일원이 되어 있다. 은빛 잔파도를 만들고 있다. 헤엄을 치고 있다. 오주팔은 주저하지 않는다. 뙤골 너럭바위에서 늘상 그렇게 했던 것처럼 노련하게 쏘옥 입수한다. 그리고 그녀를 향해 돌진한다. 속력과 소리는 비례하기 마련이다. 속력이 빨라지면 소리도 굉음이 되기 십상이다. 한데 오주팔은 반대다. 바람 소리마저 감추고 순식간에 접근하는 괴력의 상어 같다. 실제로 오주팔은 스미요코를 덮쳤으며, 놀란 그녀가 어푸어푸 허우적거리자 그대로 물속으로 끌어내려 버렸다. 그리고 와락 끌어안는다. 이 순간을 얼마나 기다려 왔는 줄 알아? 오주팔이 그녀의 귓불을 물며 속삭인다. 물론 그 순간 스미요코와 오주팔 사이를 소통시켜 주는 것은 말이나 대화가 아니다. 그냥 행동만 있을 뿐이다. 그것도 격한 접촉이 따르는 행동이다. 그러나 물속에서는 모든 육지 생물이 그러하듯 그런 행동을 지속적으로 반복할 수가 없다. 일단 수면 위로 떠올라 호흡을 해야 하기 때문이다. 막말로 호흡이 동반되지 않는 행동이나 접촉은 의미가 없다. 일단 물속에서 기어 나와야 한다. 진주양식용 뗏목 위로든지, 바다 가운데 떠 있는 작업장으로든지 방향을 정하여 헤엄을 쳐야 한다.

한데 오주팔은 정반대로 그녀를 유인한다. 유카이가와 벼랑 쪽이다. 어제 오후, 그녀의 안내를 받아 처음으로 찾아갔던 곳이다. 어제는 동백 숲 사이로 난 오솔길을 걸어갔었지만 지금은 헤엄을 치고 있다. 한데 거리가 장난이 아니다. 하긴 모터보트로 5분 거리니까 아무리 빠르게 서둘러도 반 시간은 족히 걸릴 공산이다. 오주팔이야 뙤골 앵강바다에서 단련된 몸이라 한 시간도 좋고, 두 시간도 좋지만, 스미요코는 다르다. 아무리 물이 좋아 시도 때도 없이 뛰어든다 해도 숨이 차올라 중도에 몇 번씩 쉬지 않으면 안 된다. 오주팔은 그녀가 힘들어할 때마다, 서둘러 수면 위에 반듯이 드러누워 버린다. 하늘을 본다. 달빛으로 범벅이 된 은빛 하늘이 막 깨어진 유리창처럼 작은 토막으로 와르르 쏟아져 내린다. 옆을 본다. 그녀도 누워서 보석 같은 유리 조각들을 보고 있다. 오주팔이 노래를 부른다. 누가 시켜서도 아니고, 처음부터 계획된 시나리오도 아니다. 뭐랄까. 그냥 자연 발생적으로 불쑥 튀어나왔다고나 할까. 도밍고가 노래한 이태리 칸초네다. 제목이 〈이 세상 끝날 때까지의 사랑〉이다.

이 마음 다하여 너를 사랑한다
네가 아니고는 그 누구와도 경험할 수 없는 사랑
내가 찾으리라고는 미처 생각지 못했던 사랑
또다시 할 수 없는 이 한 번만의 사랑
나의 모든 것을 너에게 다 바치리라

기어코 오주팔은 스미요코를 우카이가와 벼랑 바위 동굴로 안
내한다. 유일한 출구인 해저 터널을 통해, 그 천년 동굴로 들어서
자 지붕의 작은 구멍들을 통해 침투한 달빛이 정령처럼 난무한
다. 달빛뿐 아니다. 동굴 천장에 집을 짓고 사는 바다제비며 슴
새 따위가 난데없는 침입자 때문에 울부짖는 날카로운 비명이
동굴 안을 꽉 채우고 있다. 두 손을 맞물려 만든 공간 같은 동굴
속이어서일까. 새들의 울부짖음이 두 번 세 번 연이어 웅웅 울린
다. 마치 성능 좋은 스테레오 전축 같다. 하지만 아무리 예민한
스피커라 해도 이같이 자연스럽고 아름다운 음향을 원음 그대로
복사해 낼 수 있을까. 야릇하다 못해 신비한 소리의 연속이다.
그 속의 일원이 되어 긴 입맞춤을 나눌 수 있어 더욱 초자연적인
열정이 샘솟는 성싶었다.
　오주팔과 스미요코는 일주일이 멀다 하고 야밤에 헤엄을 쳐 우
카이가와 벼랑에서 조우한다. 그리고 동트기 훨씬 전에 동굴을
빠져나와 마치 새벽 운동차 수영을 즐기고 뭍으로 올라오는 척

했으므로 누구에게도 의심받지 않고 오랫동안 그 짓을 반복했다. 그래도 온종일 피곤한 기색을 보인 적이 없다. 오주팔도 그러하고, 스미요코도 마찬가지다. 실제로 피곤하지 않았기 때문이다. 일본의 해안은 온통 온천 천지다. 침소봉대해서 아무 데나 삽날만 꽂아도 뜨거운 유황물이 콸콸 솟구칠 지경이다. 그만큼 온천의 혈이 거미줄처럼 얽혀 있다는 얘기다.

거짓말 같지만, 오주팔과 스미요코가 정사를 벌였던 그 해저 동굴 바다 밑으로도 온천수가 솟구치고 있다. 그러니까 모래밭에서 실컷 뒹굴다가 똑같이 물속에 몸을 담그면 피로가 말끔히 달아나 버리는 것이다. 게다가 누가 끌로 조각이라도 해놓은 것처럼 잘 깎아진 바위 홈이 있어서 마치 나무통 욕조에 들어앉은 것처럼 아늑하기 짝이 없다. 물론 파도가 끊임없이 들이쳤다가 빠졌지만, 바위틈에 손잡이까지 마련되어 있어 몸이 함부로 휩쓸릴 염려도 없다. 스미요코는 이쪽, 오주팔은 저쪽에 앉으면 빈틈은 거의 보이지 않는다. 두 몸이 한 몸으로 합일된 것 같다. 알몸 덩어리로 올라오는 뜨거운 온천수와 가슴으로 쳐오는 차가운 바닷물의 오묘한 조화를 어떻게 설명해야 적절한 표현이 될까. 그렇게 오래 끌어안고 있을라 치면 으레 스르르 잠이 몰려오기 마련이다. 어떤 때는 한 시간도 좋고 두 시간도 좋고 깊은 잠에 빠지는 경우도 다반사다. 그야말로 지상의 파라다이스다.

18

구마모토 진주양식장에 유했던, 2년 3개월 동안 오주팔이 우카이가와 해저 동굴을 은밀히 찾아들어 밤을 새운 횟수가 몇 차례나 될까.

정확한 숫자를 댈 수는 없지만, 평균 잡아 일주일에 한 차례는 족히 드나들지 않았나 싶다. 물론 상대는 스미요코다. 그러나 스미요코가 임신 때문에 그 은밀한 야밤의 나들이를 자제하게 되었을 때, 아니 더 정확히 불룩해진 상태로 수영을 할 수 없었다기보다, 우카이가와 동굴 속에서 오주팔을 맞아들이기가 거북한 탓에 그 일을 뒤로 미뤄야겠다고 부끄럽게 통보했을 때도 오주팔은 일주일에 한 번씩 강박성 집착주의자처럼 우카이가와 동굴에 어김없이 그 모습을 나타냈다.

정말 그 무렵 스미요코는 수난의 연속이다. 큰 곤욕을 치르는 중이다. 어쩌면 오주팔도 당연히 그 수난을 같이 치르는 척해야 한다. 기실 결혼 7년 만에 그것도 병세가 호전된다기보다 점점 심해져 이제 기동도 제대로 못하는 남편의 아이를 가졌다는 것이 어찌 정상일 수 있겠는가.

우선 가족들이 보내는 의혹의 눈초리가 매서울 수밖에 없다. 주치의와 상담을 해야겠느니, 정밀 검사를 해봐야겠느니 따위 망신스런 주장이 많았지만 다행히 집안 창피를 공개적으로 시키려 하느냐는 구마모토의 한마디로 일단락되는 곤욕을 치른다.

어쨌거나 그 곤욕을 눈치로도 얼마든지 감지할 수 있을 정도로 근거리에 있었던 오주팔이 겉으로 드러내지는 못할지라도 함께 걱정하고 함께 아파해야 했는데도 이게 웬 떡이냐는 듯 여전히 우카이가와를 은밀히 찾아들었으니, 강박성 집착주의자가 아니라 편집성 호색한으로 취급되지 않을 수 없다. 그럴 수밖에 없는 것이 스미요코가 신체적인 굴레를 풀어 버릴 때까지, 그러니까 배가 산처럼 불렀던 임신 후반기에서 병원으로 실려 가 떡두꺼비 같은 아들을 내지르고 몸조리하고, 으앙으앙 울기만 하던 핏덩이가 제법 사람 구실을 하기 시작했을 때까지의 그 3개월 동안은 마땅히 신중하고 자제하고 자성하고 있어야 할 오주팔이 되레 더 기승을 부려, 어떤 경우는 일주일에 두 번도 좋고, 세 번도 좋고, 동굴 속의 슴새나 바다제비들을 소스라치게 놀라게 한 그

피로감을 파라다이스 욕조에 몸을 담가 감쪽같이 씻어 버리곤 했던 것이다. 물론 오주팔 혼자 동굴을 드나든 적은 단 한 번도 없다. 늘상 동행자가 붙어 있다. 엉뚱하게 상대는 열 명이 넘는 진주양식장 일꾼들과 구마모토 가족의 하루 세 끼 식사를 책임진 영양사 사사코다. 나이가 서른일곱이던가. 원래 그녀 남편도 구마모토 휘하에서 양식장 살림을 도맡았던 계리사 출신이었지만, 무슨 이유 때문인지 혼자 떠나 버리고 사사코만 식당 요원 몇 명과 숙식을 같이하고 있었더랬다. 나이가 한창 때인데도 스미요코는 육감적이거나, 끼가 넘치거나, 빼어난 미모를 갖고 있지 않아서 소위 말하는 남정네들 호기심 유발에는 모자라는 편이다. 막말로 어디에 매이지 않는 무소속이면서도 그런 면에서는 그야말로 자유를 누리는 편이다. 뭐랄까. 야한 옷을 걸치고 한밤중에 돌아다녀도 누구 하나 휘파람을 불어 주지 않는다고나 할까. 무엇보다 그 사실을 그녀 자신이 가장 잘 알았으므로 아예 몸 가꾸고 단장하는 일과는 담을 쌓고 지낸다.

아침에 일어나면 거울 앞부터 찾아 콤팩트를 두들기고, 식탁에 앉을 때마다 이걸 먹어? 말어? 고민 같지 않는 고민에 골똘하는 식이 아니다. 순전히 몸매 때문에 다이어트 하고, 몸매 때문에 유산소 운동에 얽매이는 따위 일에는 관심이 없다. 입맛 당기면 실컷 먹어야 하고, 잠이 오면 세상없어도 퍼질러 자야 하는 무사태평 스타일이다. 그래서 팔 하나가 스미요코의 다리만큼

굵고, 허리가 드럼통인가 하면, 엉덩이가 품평회에 내놓은 대형
호박을 방불케 한다.

 시쳇말로 도나 개나 주워 먹고 보는 대책 없는 한량도 통과 통
과, 그냥 지나칠 지경이다. 그러니 오랫동안 방치한 빈집처럼 쑥
대밭인데도 얼굴 윤곽은 제법 반듯한 선을 보유하고 있다. 물론
오주팔이 그 얼굴선을 핑계 삼아 접근한 것은 아니지만 어쨌거
나 그야말로 무방비 상태의 사사코를 사전 예고나 통보 없이 부
지불식간에 찔러 구멍을 내버렸다. 그것도 파트너인 스미요코가
출산 때문에 3개월여 휴식을 취하는 틈새를 노려 별반 노력도 들
이지 않고, 마치 지나가다가 차려 놓은 공짜 음식 뚝딱하듯 냉큼
시식해 버린 것이다.

 그 같은 행위를 뭐라고 해명해야 논리적인 근거를 찾을 수 있
을까. 가령 생물학자 리처드 도킨스가 《이기적 유전자》에서 설
파했듯, 오주팔의 삶, 아니 이 세상 모든 인간의 삶을 통틀어
DNA의 하룻밤 유숙에 불과하다고 한다면 어떤 반응일까. 예컨
대 오늘의 오주팔이 존재한다는 것은 그 몸속의 DNA가 수백만
년에 걸쳐 연결되어 왔다는 증거 아니겠는가.

 진화를 거듭하던 인류의 선조격인 그 고등 생물이 수십만 년
전 어느 날 발이라도 헛디뎌 절벽에 떨어져 죽어 버렸더라면, 어
찌 오늘날의 오주팔이 존재할 수 있겠는가. 그러니까 개인 오주
팔의 취향에 의해 행동한 것이 아니라 수백만 년을 살아 이어 오

는 DNA가 자신의 생명 연장을 위해 오주팔을 조종하고 도덕적인 의지를 제약했다고 해야 옳다. 따라서, 그 DNA가 오주팔의 몸과 마음을 창조했을 수도 있다. 자신이 좀더 수월하게 드나들기 위해 개체와 개체 사이를 잇는 통로를 만든 일이 그러하다. 그런 다음, 젊고 건강하고 부유하고 아름다운 이성, 다시 말해 자신의 DNA가 복제될 수 있는 역량을 보유한 탱탱하고 신선한 이성에게 이끌리도록 마음을 움직여 온 것이다.

우리는 그 통로가 교접의 도구이며, 그 마음이 사랑의 감정이라고 이해하고 있다. 생명 과학자들의 이론에 의하면 생명은 순환을 전제한다고 한다. 다시 말해 영혼 불멸이라기보다는 끝없이 갱신되는 새로움의 반복이 바로 생명의 본질이라는 것이다. 인간을 끝없이 갱신하게 하는 것은, 그리하여 영원토록 죽지 않고 살도록 해주는 것은 무엇인가. 두말할 나위조차 없이 성교다. 그러니까 오주팔은 스미요코가 출산하는 동안의 틈새를 이용하여 사사코와 스스럼없이 관계를 맺은 것 그 자체가 아주 자연스러운 생명 순환이며 본질이다.

하나 스미요코 입장에서 보면 그렇지 않다. 그처럼 파렴치하고 부도덕하며 몰지각한 남자가 없을 거라 생각했다. 오주팔의 그 용서할 수 없는 행위를 스미요코가 알게 된 것은 그로부터 꼭 1년 뒤다. 따지고 보면 식사 때마다 오주팔에게 특식을 제공하며 유별난 관심을 보이는 따위 어설픈 교태로 어찌어찌 유추한 결론

이 아니다. 너무나 구체적인 사건 때문이다. 사사코의 임신이 그
것이다. 그렇다. 사사코가 임신만 하지 않았어도, 아니 한눈에 빼
닮은 오주팔의 분신만 출산하지 않았어도, 아니 긴가민가 고개를
갸웃거리는 주위 사람들에게 그 아이의 아버지가 오주팔임을 자
랑스럽게 암시만 하지 않았어도 스미요코는 혹시 그냥 넘어갈 뻔
했다. 스미요코는 오주팔의 배신 때문에 잠을 이루지 못했다. 정
말 치가 떨릴 지경이었다. 안 그래도 전후좌우를 짐작하면서도
그냥 덮어 준 시아버지 구마모토가 대를 잇는 손자랍시고 까꿍,
안아 올릴라 치면 이른 봄의 매화꽃처럼 벙긋벙긋 웃는 모습이
영락없는 오주팔이어서 가슴이 섬뜩한 판인데 똑같은 오주팔의
분신이, 그것도 멀리도 아니고 한집에 사는 영양사 몸에서 또 내
질러졌으니 어찌 부르르 떨지 않을 수 있단 말인가.

　하나 그것으로 끝이면 오죽 좋을까만, 실제로 스미요코도 사사
코도 모르는 또 다른 상대가 있었으니 그 이름은 이즈미다. 나이
도 방년 스무 살 대학생이다. 오주팔이 진주말조개 수집차 노토
지마 인근 개울을 헤집고 다닌 적이 있었는데, 그때 우연히 만난
아가씨다. 나이로 따지면 스미요코나 사사코는 결코 그녀를 능
가할 수 없다. 그야말로 탱탱함으로 꽉 찬 생고무 같은 여자다.
물론 그녀를 우카이가와 해저 동굴로 초청한 적은 없다. 대신 오
주팔이 원정을 가서, 그쪽 해안 모래밭이며 움푹한 솔숲 그늘에
누워 일을 벌였다. 그러니까 그녀는 스미요코의 임신과 출산에

하등 관련이 없는 셈이다. 일주일이라도 빠지면 큰일 나듯 짝짓기 놀이에 열을 올렸던 그해 여름에 성사된 만남이었으니까. 그 사실 역시 스미요코도 사사코도 알지 못한다. 아니, 숫제 알 턱이 없다. 감쪽같은 오주팔만의 비밀이므로. 그러나 사사코와의 접속은 다르다. 너무 가까이 있었던 탓이다. 스미요코가 사사코와의 짝짓기 사실을 결정적으로 인지했던 날도 우카이가와 해저 동굴에서 오주팔을 만났지만, 그때는 결단코 교접을 거부한다. 반 시간이 족히 걸리는 바닷길을 꺼이꺼이 헤엄쳐 왔는데도, 다른 때 같으면 동굴 모래밭에 주저앉기 바쁘게 걸신들린 육식 동물들 모양 게걸스럽게 서로를 탐닉했을 터인데도 스미요코는 거칠게 덤벼드는 오주팔을 밀어내고, 어쩌면 그럴 수 있어? 라고 시비를 걸고 나섰던 것이다. 오주팔은 안하무인이다. 일단 그 일부터 치르고 보자는 식이다. 까탈스럽게 앙탈을 부리든 말든 교미에 눈이 어두운 장닭처럼 완력으로 제압할 기세다. 그 정도 열과 성을 다해 밀어붙이면 못 이긴 체 그만 넘어가 줄 만도 한데 오늘따라 스미요코는 요지부동이다. 한 치의 양보도 없다. 죽기 아니면 살기다. 자물쇠를 움켜쥐고 절대로 풀어 줄 수 없다고 입술을 앙다문다. 완력으로 나오면 나올수록 더 침착해지고 더 싸늘해질 뿐이다. 마침내 오주팔이 말한다. 왜 이러는 거야? 그녀가 맞받아친다. 왜 이러느냐고? 지금 당신 왜 이러냐고 묻는 거야? 그런 거야? 그녀가 다그친다. 그래, 그게 뭐 그리 큰 문제라구…… 누구 자식이면 어때? 생명의 탄생은 땅 위에서도 바닷속에서도 시시각각 반복되는 일이야. 따지고 보면 문제 삼을 까닭이 없다구. 스미요코가 기가 차다는 듯 오주팔을 빤히 바라보며 말한다. 그게 문제가 아니라고 우기는 당신 진짜 사람 맞아? 오주팔이 두 어깨를 들썩 들어올리며 도대체 이해하기 어렵다는 투로 입을 연다. 미안해, 진주말조개 부화 때문에 신경을 썼더니…… 그게 말이야. 사사코하고는 다 끝난 일이야. 끝내기로 합의도 했고, …… 아이는 자기 힘으로 기르겠다고 약속도 했고…… 그러니까 문제가 있을 턱이 없다구. 오주팔이 스미요코에게 두 번째 뺨을 얻어맞은 것은 바로 그 순간이다.

19

오주팔은 끝내 일본 경찰에 연행된다. 불법 체류 혐의다. 우카이가와 해저 동굴에서 스미요코에게 뺨을 얻어맞은 지 꼭 한 달여 만의 일이다. 어쩌면 오주팔의 네 번째 파트너가 될지도 모르는 새로운 여인, 더 정확히 투병 중인 스미요코의 남편 때문에 일주일에 한 번씩 섬을 찾아오던 젊은 간호사다. 모터보트로 오고가는 길에, 식당에서 식사를 하는 과정에, 어찌어찌 눈이 맞았던가. 그녀와 첫 만남의 약속을 지키기 위해 모처럼 잘 차려입고, 장미 한 송이까지 준비해 들고 나들이했던 날은 아마도 토요일 저물녘이 아니었나 싶다. 간호사와의 약속 장소는 노토지마 소나무 숲길이다. 바다 호수 해안 도로가 대개 해송 터널이지만 그 중에서도 우카이가와 벼랑과 마주 보이는 해안은 특별히 더 아름답다. 솔숲 길을 몇 발짝만 벗어나면 눈부신 백사장이 아스라이 펼쳐진다. 그 백사장에서 바라보는 황혼 녘의 바다는 과히 환상적이다. 오주팔이 2년 3개월 전 무거운 가방을 메고 편지에 적힌 주소대로 버스에서 내렸을 때, 주위를 돌아보며 얼마나 감탄해 마지않던 풍광이었던가.

한데 하필 그 자리, 그러니까 라콤파르시타 걸음걸이로 첫발을 내딛었던 바로 그 황토 솔숲 길에 일본 경찰차가 대기하고 있는 게 아닌가. 흡사 가장 행복한 순간에 동행하기를 강요하는 저승사자처럼 장미 한 송이 든 오주팔을 체포하기 위해 기다린 것이다. 직접 그렇게 말한 적은 없지만, 오주팔을 불법 체류자로 신고한 장본인은 스미요코인 것 같다. 아니, 어쩌면 스미요코 단독 신고가 아니라 가족 회의를 통해 신중하게 내린 결정인지도 모른다.

왜냐하면 오주팔이 한국인 밀항자만 우글거리는 오무라 수용소에 감금되어 있었던 반년 동안 스미요코도, 구마모토도 단 한 번 면회를 와준 일이 없기 때문이다. 특히 구마모토의 경우는 오주팔이 수차에 걸쳐 띄운 편지로 구조 요청을 했지만 끝내 감감소식이었다. 감감소식은 어떤 형태로든 돕고 싶지 않다는 의지의 표현이다. 모르긴 해도 불법 체류자인 줄 알면서도 두말없이 거두어 준 대가가 고작 그것인가 매우 실망스럽고 불쾌하다는 뜻일 게다. 하긴 입장을 바꿔 놓고 생각해도 스승의 가족, 그것도 금기나 다름없는 젊은 며느리에게 접근해서 아이까지 갖게 했다는 것은 대명천지에 용서받지 못할 일이다.

아무리 그렇기는 해도 9개월이나 밀린 공식적인 임금이며, 약속한 보너스 따위도 해결하지 않고 나 몰라라 외면해 버리는 태도는 아무래도 평소의 구마모토답지 않다. 어디 그뿐인가. 그동안 수입에 의존해 오던 진주말조개 씨알들을 노토지마 연안에서 양식, 활용할 수 있도록 기본 계획을 마련한 오주팔의 연구 실적은 또 어떤가. 천하의 구마모토도 미처 착안하지 못했던 일이 진주말조개 양식 성공 아니던가. 비록 비용 절감 면으로는 미미하다 해도 양질의 믿을 수 있는 조개를 시기에 관계없이 확보할 수 있다는 사실은 진주양식업계의 쾌거로 꼽히는 데 부족함이 없다.

오주팔은 진주양식에 필수인 진주말조개가 왜 일본과 한국 전역에서 멸종되었는가를 혼자 골똘히 생각하다가, 우연히 노토지마 개울에서 발견한 어미 진주말조개 유전자들을 분석했는데, 놀랍게도 다양성 지수가 제로임을 발견한 것이다. 어떤 연유 때문인지 자기들끼리 수대에 걸쳐 근친 교배를 한 모양이다. 그래서 발견된 조개들이 똑같은 모계 혈통을 갖고 있었다. 조개류, 특히 진주말조개의 경우 3대 정도 근친 교배가 이뤄지면 면역 체계에 이상이 생겨 한꺼번에 집단 폐사할 가능성이 많단다. 아니, 실제로 멸종 상태를 보인 지 오래다. 어쩌면 노토지마 민물에서 발견된 것도 정통 말조개가 아니라 그 유사종인지도 모른다. 그것도 어찌어찌 명맥을 유지해 온 일종의 돌연변이.

따지고 보면 자타가 공인하는 그 분야 세계 최고 수준을 유지한 단체가 바로 일본 진주양식업계임이 틀림없다. 오죽했으면 폐사해 버린 품종을 포기하고 멀리 중국 양쯔강 유역에서 전량 수입 활용하겠는가. 여기서 그가 과감하게, 그리고 서슴없이 밀어붙인 것은, 중국에서 들여온 건강한 조개와 노토지마에서 발견된 조개와 그리고 북한 대동강 주변에서 소량 수입된 조개들을 혼합 교배시킨 일이다. 싫다는 조개들을 타이르기도 하고 달래기도 하고 엄포를 놓기도 하며, 붙어 인마! 찔러 넣어 인마! 쏴 인마! 기어코 교배가 성사되도록 채근하고 응원하고 명령한 결과였다.

어쩌면 그런 기분으로 오주팔이 스미요코와 사사코와 이즈미와 그리고 스미요코 남편의 전용 간호사에게 접근했는지도 모른다. 그중 이즈미가 오주팔의 그 깊은 뜻을 적실히 파악하고 이해해서 스스럼없이 응해 준 여자다. 그녀도 수산 생물학을 공부하는 대학생이다. 오주팔이 진주말조개 샘플 수집차 강 하류를 뒤질 때, 그녀도 망둥이 생태 파악 운운하며 그곳을 배회했던 터다. 이즈미는 오주팔이 서투른 일본어로 진지하게 설명하는 진주말조개 근친 교배 설명을 그토록 재미있게 들을 수 없었다. 인류도 마찬가지야. 근친 교접으로 멸종 위기에 있던 유럽을 건강한 유전자를 가진 칭기즈 칸 군대가 쳐들어 가 새로운 정충으로 수혈하지 않았더라면 일본에서 폐사해 버린 진주말조개처럼 서구는 아마 비실비실 흔들리다가 그 수명을 다했을지도 몰라. 인류가 오늘날 제법 신선하게 존속할 수 있었던 것도 따지고 보면 평화나 사랑의 영향이 아니라 크고 작은 전쟁을 조화롭게 겪어 왔기 때문이라구. 당신, 일본 남자 아니죠? 그녀가 오주팔의 눈동자를 들여다보며 묻는다. 아니구말구. 난 대륙에서 날아온 건강한 민들레 씨앗이야. 할 수만 있다면 이즈미 너의 터에 앉고 싶어. 앉아도 되겠니? 그녀가 서슴없이 고개를 절절 흔든다. 왜 안 돼? 이즈미가 머뭇거린다. 나는 앉고 싶은데…… 정말 안 되겠니? 침략자들 말이에요. 그녀가 허스키한 목소리로 계속한다. 침략자들이 허락받고 앉았나요?

어쨌거나 시바카키 구마모토 진주양식장에 몸을 의탁한 2년 3개월간 오주팔은 크게 두 가지 종류 일 외에는 어떤 것에도 한눈판 적이 없다. 그 첫째가 일본 최고 바다 생태학자인 구마모토 밑에서 말 그대로 죽기 아니면 살기로 진주양식 조개 자연 채취와, 해류 조건, 그리고 양성 중의 핵과 폐사의 원인을 꼼꼼 관찰하는 작업에 열중한 일이고, 두 번째가 스미요코와 사사코와 진주말조개 수집차 노토 강 하류에서 만났던 이즈미와 그리고 시바카키에 드나들던 간호사와 눈이 맞았던 일 따위, 소위 건강한 민들레 씨앗이 어디에 앉을 것인가 이곳저곳 두서없이 문을 두들겨 본 일 외에는, 가령 월급이 많고 적음이라든가 옷이라든가 음식이라든가 그 어떤 것에도 욕심낸 적 없고 함부로 탐닉한 적

없고, 하다못해 양식장 기술자들끼리 모여 항용 벌이던 투전판
에도 단 한 번 끼어 본 적 없다. 돈 먹기 투전은커녕, 기술자들이
다 퇴근하고 없는 실험실에 혼자 남아 새로운 생명이 태어나는
핵이며, 유전인자의 변이며, 미토콘드리아의 분열 따위를 분석하
느라 꼬박 새운 그 긴긴 밤과, 우카이가와 해저 동굴에 숨어 스미
요코며 사사코며, 바다제비와 슴새의 울부짖음보다 더 황홀한 소
리를 맘껏 내질렀던 그 숨 가빴던 밤을 예외로 하면, 단언하건대
오로지 현미경과 씨름했던 그 작업밖에 없었던 것이다.

　각설하고 양식장의 비공식적인 요원으로 근무했던 2년 3개월
동안 개인적인 하쿠이 시내 외출이 단 한 번도 없을 정도였다
면, 오주팔이 얼마나 그 일에 아등바등했던가 능히 짐작되고도
남는다.

20

실로 많은 역경을 다 견뎌 냈으면서도 그리고 본인의 의사와는 관계없이 쫓겨나듯 노토지마를 떠나 뙤골포구로 돌아오게 되었지만 오주팔은 그전 생활과 크게 달라진 것이 없다. 여전히 라콤파르시타 걸음걸이로 절룩절룩 앵강도 해안을 혼자 배회하는 일로 하루 거의를 소일한다.

직업이라고까지 할 수 없지만, 해안을 뒤지고 다니는 사람을 칭하는 우리말이 마땅찮은 게 사실이다. 하나 영어로는 버젓이 사전에까지 올라 있는 명사가 있다. 비치코머(beachcomber)가 바로 그것이다. 모래톱이나 자갈밭이나 바위 틈새를 세밀히 훑어 무엇인가를 찾아내는 사람, 이른바 해안을 빗질하듯 깡그리 긁어내는 사람을 일컬어 비치코머라고 하던가. 물론 난파선 따위 해변에 밀려온 물건을 줍는 사람의 뜻 말고도, 해변의 부랑자라는 속어로도 쓰이는 걸 보면 비치코머는 마치 오주팔을 두고 만들어 놓은 말 같기도 하다.

실제로 오주팔은 해안에서 뭔가를 찾아낸다. 다름 아닌 굴, 백합, 바지락, 홍합 따위 패류 껍질들이거나, 이제 막 자라기 시작하는 새끼 굴류들이 대부분이다. 어느 해안 쪽으로 미세한 굴 껍질이 밀리며 어느 쪽이 백합, 바지락 따위 껍질 양이 더 많은지, 들고 다니는 수첩에 꼼꼼히 기록한다.

그러나 구마모토라는 스승을 만나지 못했던 때와 만난 뒤가 달라진 것이 있다. 비치코머를 하는 오주팔의 모습이다. 그전이 맨몸이라면 그후는 등에 짐을 지고 있는 점이다. 멜빵을 멘 커다란 대바구니이다. 그는 넝마주이가 그렇게 하듯 뭔가 열심히 쇠꼬챙이로 찍어 대바구니에 던져 넣는다. 어떤 때는 바구니를 꽉 채웠기에 그러잖아도 절룩거리는 걸음걸이가 더 위태롭게 보일 경우도 있다. 다름 아닌 불가사리다. 해안에 널리다시피 한 극피동물과(棘皮動物科)의 다섯 개 다리를 가진 불가사리. 보안관 가슴에 달린 배지 같은 모습의 감홍색 별불가사리, 호박꽃을 연상시키는 갯불가사리.

그러나 오주팔이 쇠꼬챙이로 찍어 대바구니로 던져 넣는 불가사리는 토착종인 별불가사리도 갯불가사리도 아니다. 요 10년 사이 갑자기 그 개체 수가 많아진 외래종 불가사리다. 희끄무레

하거나 누르스름한 몸체 위에 나 있는 얼룩덜룩한 푸른 점무늬
도 그러하지만, 조개며 굴이며 홍합이며 전복이며, 얼마나 많이
포식했는지 눈에 띄는 놈마다 살이 뒤룩뒤룩해서 더 혐오스럽게
보이는 녀석들이다. 이름하여 아무르불가사리다. 악명이 높다.
녀석들은 몸집이 우리 토착종인 별불가사리의 두 배에 가깝다.
물론 다섯 개의 팔도 길다. 웬만큼 큰 전복이나 홍합도 한꺼번에
감싸 안고도 남는다.

　아무리 철통같이 대문을 닫아걸었다 해도, 일단 녀석에게 공
격을 받았다 하면 오래 견딜 수 있는 조개나 홍합이 없다. 놈의
팔 밑에 무수히 붙어 있는 관족의 압박 때문이다. 조금이라도 빈
틈을 보였다 하면 인정사정없다. 마치 술 취한 남자의 혀처럼 순
식간에 홍합 속을 밀고 들어온다. 강력한 소화 효소로 무장한 아
무르불가사리 위장이다. 홍합의 부드러운 속살과 내장은 금세
놈의 위장으로 녹아들어 버리고 만다. 빈껍데기만 남는다. 그런
식으로 아무르불가사리 떼가 지나갔다 하면 주변에 살아 있는
생물이 없을 정도다. 말 그대로 싹쓸이다.

　아무르불가사리에 비해 우리 토종은 남색 별 속에 불을 머금은
듯한, 그 색깔이나 생김새는 잔인하고 포악한 성격의 소유자같이
보이지만 실제로는 팔이 짧아 큰 조개나 홍합을 타고 앉을 여력
도 없고, 매사가 둔해서 빠르게 도망치는 전복을 잡을 기량도 없
다. 생긴 대로 죽은 물고기나 병들어 부패한 조개 따위나 야금야

금 파먹는, 이른바 바다의 청소부 역할에 자족할 뿐이다. 그래서 오주팔은 아무르불가사리를 보면 그냥 지나치지 못한다. 기어코 잡아 족쳐야 직성이 풀린다. 파도에 몸이 이리저리 밀리면서도 물속에 허리를 담그고 작살로 고기를 찍어내듯 아무르불가사리 퇴치 활동을 벌이는 오주팔에게 누군가 그런 것도 돈이 되는 기요? 묻기라도 하면, 오주팔은 고개부터 절절 흔들기 일쑤다.

「이 괴물 불가사리가 바다를 죽게 만드는 징조 아닌가베. 아무르불가사리가 많아졌다 쿠모 바다 생물은 영 파인 기라 그마. 3년 전만 해도 우리 앵강도에 아무르불가사리가 이리 많이 안 살았다 카이. 요것들이 멀 묵고 사는고? 조개 파묵고, 굴 파묵고, 전복 잡아묵고, 고둥 잡아묵는 육식성 괴물인 기라. 아무르불가사리 한 마리가 하루 조개 몇 마리 잡아묵는 줄 아는감? 놀래지 마소. 하루에 열아홉 마리는 보통이라 안 카나. 어디 그뿐인감? 아무르불가사리는 한 몸에 암수가 다 들어 있어서 암컷 수컷 만나 교미 안 해도 계속 알을 까 제끼는 기라. 어떤 놈은 제 다리를 잘게 잘게 잘라 새끼를 만드는 무서운 놈도 있다카이. 이 불가사리가 판을 친다 키모, 우리 앵강도 양식 사업은 그마 끝장인 기라.」

오주팔은 한술 더 떠 마을 주민을 동원해서라도 아무르불가사리 퇴치 운동을 벌여야 한다고 역설하지만, 그 말에 귀 기울이는 사람은 별반 없다. 하긴 제집 일 하기도 하루해가 짧은 마당에 어느 누가 땡전 한 푼 생기지 않는 일에 선뜻 나서 주겠는가.

그래서 오주팔은 늘상 혼자 불가사리를 쇠꼬챙이로 찍어 내어 하루 한 바구니씩 거름 더미에 쏟아 놓는다. 물론 그 일만 하느라고 온종일 해안을 헤집는 것은 아니다. 물때가 되면 오주팔은 대바구니를 벗어 놓고 적어도 천년 동안은 한 번도 바닷물 속에 들어가 본 적 없는 앵강도에서 제일 높은 278미터 고동산 정상 산돌들을 모아다가 그의 전용 낚싯배인 택택이에 싣는다.

10톤이 채 안 되는 작은 배다. 그래도 있을 것은 다 구비되어 있다. 막말로 그냥 낚싯배가 아니다. 흡사 지중해 어촌에 묶여 있는 얼룩덜룩한 요트 같다. 뱃머리에 아가리 벌린 상어를 그려 넣는다거나 진작 자취를 감춰 버린 돛을 세운다든가 그리고 그 위에 만국기를 건다든가, 별의별 희한한 짓거리를 한껏 저질러 놓는다. 뭐랄까. 요즘 남자들 자동차 치장에 집착하듯 뭔가를 붙이고 달고 묶는 것이다.

배 이름이 '스코'다. 실제 한글로 선수(船首)에 그렇게 쓰여 있다. 사람들이 '스코'의 뜻이 뭐냐고 물으면 오주팔은 씨익 웃으며, 그마 붙힌 기라. 부르기 좋고, 기억허기 좋고…… 올매나 좋노? 라고 우물우물 넘기고 만다. 그러나 그 이름이 오주팔의 아들을 낳은 구마모토의 며느리 스미요코에서 '미' 자와 '요' 자를 뺀 스코인 줄은 아무도 모른다. 그야말로 오주팔 혼자만 아는 은밀하고 괴이한 이름이다. 실제로 그는 배에 오를 때마다 큼큼 그녀의 냄새를 맡는다.

그녀만 생각하면 흡사 사포질로 가슴속을 밀어내듯 아리하고 쓰다. 핫핫 웃으면서도 한켠으로 슬퍼지는 농담 같다. 물론 노토지마 기억 속에 떠오르는 여인이 어디 스미요코뿐이겠는가. 사사코도 있고, 이즈미도 있고, 이름이 생각나지 않는 간호사도 있고…… . 한데도 가장 오래 남는 이름은 아무래도 스미요코다. 그녀와의 동침이 누구보다 잦았기 때문일 터다. 그렇다고 스미요코를 늘상 가슴속에 파묻고 사는 것은 아니지만 온종일 비라도 내려 사무칠 정도로 그녀가 그리워지기라도 할 때, 그 은밀한 이름이 숨어 있는 낚싯배를 흘끔 바라보거나 배 위에 자리 잡고 앉아 절정에 오르는 그녀의 강렬하고 음탕한 색음(色音)들을, 흡사 헝클어진 실타래 추리듯 하나하나 추억해 보는 것이다.

오주팔은 그 배에 고동산 꼭대기에서 모아 온 산돌을 싣는다. 그리고 줄을 엮어 차례차례 바닷속에 빠뜨린다. 지난 일주일간 해안을 빗질하다시피 해서 검사한 패류 껍질의 양에 따른 조처다. 앵강도 남쪽인 너럭바위 부근에 돌덩어리 스물일곱 개, 북쪽인 당개부리에 서른한 개, 그리고 뙤골 쪽 벼랑 밑에 스물두 개 식으로 빠뜨려 넣는다. 이제, 정확히 일주일 뒤에 돌들을 수거해 어느 쪽 굴 포자가 더 많이 엉겼고, 그리고 왕성하게 세포 분열하여 우성인 생물체를 만들었는가를 꼼꼼히 조사할 터이다.

굴양식장 때문이다. 그는 뙤골포구에 돌아오자마자 많은 가능성을 놓고 심사숙고하다가 결국 굴양식으로 방향을 잡은 것이다. 기실 노토지마에서 2년 3개월간 중점적으로 배운 기술은 진주양식이다. 진주양식에 관한 노하우는 어느 누구와 비교해도 절대로 지지 않을 실력을 겸비했다고 자부할 정도다. 그리고 그 일을 시작했다면 100퍼센트 성공할 자신도 있다.

한데도 오주팔은 그것을 미련 없이 버렸다. 이유가 뭘까. 두말할 나위도 없이 구마모토에 대한 자존심이다. 더 구체적으로 경쟁의식이라고나 할까. 말 그대로 이제 스승으로 받들어 모실 이유가 없는, 도의적으로 남남이 되어 버린 사람이다. 하긴 오죽하면 제자를 고발하여 감옥에 처넣은 비정한 스승으로 남았겠는가. 하여 그만한 아픔을 되돌려 준다고 해서 하등 부담을 가질 필요조차 없지만 도리어 구마모토식 비장의 기술까지도 샅샅이 꿰뚫고 있으므로 맘껏 활용하여 더 많은 수입을 창출하는 것이 구마모토에 대한 보복 수단이 될 터인데도 오주팔은 고개를 절절 흔들어 마지않았다. 그래, 나도 내 길을 가겠어. 오주팔은 다짐한다. 구마모토 당신이 가지 않았던 전혀 다른 길을 가겠어. 당신이 한 번도 시도해 본 적 없는 새 길의 수많은 장벽들을 독자적인 힘으로 반드시 허물어 버리고 말겠어. 나는 내 길을 가겠어.

굴 포자의 흐름을 조사하는 방법은 꽤나 까다롭다. 그 방법을 알게 된 것은 삼천포수산학교가 아니라 노토지마 진주양식장에서 전수받은 과학적인 비법을 깨우치고 난 다음이다. 학술 용어로 굴 포자 채집이다. 둘레가 1미터쯤 되는 알루미늄 관에 구경 다섯 배 깊이의 원추형 대망(袋網)이 부착된 그물이다. 그물 역할을 하는 대망은 그 원추형 그물을 스코호에 매달고 2노트 속력으로 당긴다. 2노트면 느릿느릿 시내 구경을 하며 걷는 초등학생 걸음이다. 속도가 빨라지면 필요한 생물들을 망 안으로 유인할 여력을 잃고 만다. 특히 굴 포자가 그러하다. 미세하기도 하지만 그 행동 또한 여간 까다롭지 않기 때문에 더 그러하다.

어쨌든 10분쯤 끌다가 그만 망을 올려야 한다. 망에 들어온 생물의 수가 많아지면 수거가 어려운 탓이다. 일단 포획된 생물들을 채에 걸러 여과시킨 후 잽싸게 포르말린을 주입한다. 그리고 관병에 옮겨 넣는다. 물론 채집 장소, 연월일, 시각, 기타 필요 사항을 기록하며 병에 붙여 놓는다. 비단 장소나 시각뿐만 아니다. 그곳의 수온, 해수의 염분 함유량, 파도 유속, 기상 상태 등도 메모하여 함께 기록해 둠으로써 어떤 기상 조건 아래에서 굴의 포자가 어느 방향으로 이동하는가를 추적할 수 있다.

그러니까 10분쯤 끌었다가 수거, 분류 보관하기까지 1시간여의 시간이 소요되는 셈이다. 그리고 다시 원추형 대망을 바다에 던지고 10분가량 천천히 끌고…… 그러기를 수십 차례 반복한다. 그런 가운데 오주팔의 특출함은 그런 반복에서만 그치는 것이 아니다. 바다 생물 채집 중 가장 까다롭다는 2미터 깊이의 중층, 그리고 6미터 아래 바닥층까지 똑같은 과정을 거치며, 그것

도 대낮만이 아닌 야밤중에 실시한다. 말이 쉽지 모두가 잠든 캄
캄한 밤, 당장 돈으로 바꿀 고기를 잡는 것도 아니고 너무 작고
부드러워서 잠깐 한눈을 팔기만 해도 금세 짓이겨져 버리는 굴
포자나 치어를 온전히 채집한다는 것은 여간 성가신 일이 아니
다. 정말 제대로 미치지 않고서는 할 수 없는 작업이다. 그것도
동료가 있어 일을 분담하고 말동무도 하면 오죽 좋으련만, 그 모
든 과정을 오주팔 혼자 1인 4역, 5역을 담당, 흡사 컴퓨터로 작동
되는 정밀한 기계처럼 착착 처리하지 않으면 안 된다. 혼자 배를
움직이랴, 그물 끌어올리랴, 포획된 생물 분류하랴 눈코 뜰 새 없
는데, 칠흑 같은 야밤의 바다 한가운데에서 아예 옷을 홀랑 벗어
던진 채 일을 해도 온 전신이 땀으로 흠뻑 젖을 지경이다. 하긴
귀신에 홀린 듯한 그런 미친 짓으로 수많은 밤과 낮을 보내지 않
았으면 어찌 오주팔 특유의 그 굴을 생산해 낼 수 있었겠는가.

　원래 앵강바다 토종 굴은 '미가키'라고 해서 해안 바위에 다닥
다닥 붙어 자생했던 종(種)이 주류를 이룬다. 물론 미가키는 일
본 말이다. 모르긴 해도 구마모토 같은 탁월한 해양 생태학자들
이 한반도를 누비며 붙여 놓은 이름일 게다. 그만큼 일본 사람들
은 굴을 좋아한다. 아니, 굴은 일본 사람만 좋아하는 생물이 아니
다. 앵강도 연안에서 많이 생산되는 이른바 홍합, 피조개, 소라,
맛조개, 바지락, 가막조개, 따개비 등등 많은 패류 중에 미8군에
납품되는 것은 오로지 굴밖에 없다.

그러니까 서양 사람들이 패류 중 유일하게 굴만 먹는다는 얘기
다. 자료를 뒤적여 보면 굴은 수천 년 전부터 유럽 사람들이 바
다 요리의 주재료로 썼으며, 이미 로마 시대부터 굴을 양식한 흔
적이 곳곳에서 발견될 정도다. 얘기가 나왔으니 말이지만 R자가
들어가지 않는 달에는 굴을 먹어서 안 된다는 얘기가 고대 로마
에서 만들어진 말이라던가.

틀린 말이 아니다. 굴의 산란기는 주로 여름이다. 여름에는 암
컷의 난소가 지나치게 발달해서 특유의 글리코겐이나 타우린의
맛이 나지 않을뿐더러 유통 과정에서도 신선도가 금방 떨어지기
때문에 R자 없는 달, 즉 5월부터 8월까지는 굴의 생산량이 수직
강하로 떨어지기 마련이다. 대부분 굴양식업자들이 개점 휴업하
는 것도 그런 이유 탓이다.

그러나 앵강바다 최고의 굴양식업자인 오주팔에게는 휴업이
없다. 아니, 1년 중 가장 바쁜 달이 R자가 없는 달이라고 해도 과
언이 아니다. 주로 산란기에 굴씨를 채집하고, 새로운 종을 탄생
시키기 위한 갖가지 실험을 밤낮 없이 감행하기 때문이다.

오늘날 생존하는 생물의 진화를 살펴보면 그 시기가, 대체로
공룡들이 살았던 백악기쯤으로 거슬러 올라간다. 그 무렵 근원
을 알 수 없는 엄청난 재앙으로 생물의 50퍼센트가 멸종하고, 남
아 있던 아사 직전의 생물들이 심기일전하여 새로운 종으로 다
시 태어났다는 결론이다. 그때만 해도 세상은 젊었고, 장차 생명

의 정보가 폭발될 시점이어서 생명의 분자들은 비교적 단순했을 것으로 짐작된다.

　가령, 오주팔이 전력투구하는 굴만 해도 그렇다. 알맹이 무게로 치면 고작 1그램도 안 되는 작은 생물이지만, 수천만 년을 조합하고, 조합했다가 다시 해체하는 진화를 거듭하여 오늘날의 형태를 갖추었다 한다. 그 분자 물질이 바로 모넨신이다. 모넨신은 17개의 비대칭 중심에 있다. 이를 17번 제곱하면 7만 5천여 개의 다른 형태의 분자가 나눠진다는 얘기가 되는데 이들 분자들이 진정한 유전 성질을 갖고 있다면, 다시 말해 자기와 똑같은 종류의 분자만 낳는다면 그 경쟁은 실로 로또 복권 당첨을 방불케 할 터이다.

　오주팔이 갈망하는 가장 크고 우수한 굴은 그런 경쟁에서 성공적으로 태어난 종을 말한다. 전자 현미경으로도 볼 수 없는, 어쩌면 상상으로만 계산해야 될 7만 5천 개의 분자 중에서 마침내 튼튼하고 힘 좋은 녀석이 살아남는 복제의 치열한 전쟁터…….

　오주팔이 그렇게 독자적으로 개발한 굴 종자는 우선 크기부터 다르다. 일반 굴이 커봐야 3, 4센티미터가 고작인데, 그의 것은 무려 세 배가 넘는 10센티미터에 육박하는 초대형 굴이다. 대개 굴이 크면 싱거워져서 그 특유의 맛이 떨어진다는 말이 많지만 웬걸, 오주팔이 새로 탄생시킨 굴은 토종 굴보다 더 진하면서도 뭉클, 감칠맛이 혀끝을 찌르듯 자극한다. 열성인 분자를 제거하고 우수한 모넨신만 남겨 극적으로 복제시킨 성공적 결정체다.

어쨌거나 굴은 R자 없는 달에 방란·방정한다. 다리미질하기 전 입에 물을 머금었다가 내뿜을 때처럼 한꺼번에 굴씨를 푸푸 내뱉는다.

굴씨는 바닷물 온도가 21도에서 26도를 유지하지 않으면 생존할 수 없다. 앵강바다 수온이 바로 그러하다. 물론, 가을 겨울 봄은 다르지만 초여름부터 늦여름까지, 그러니까 5월 중순에서 8월 중순까지가 굴씨가 생존하기 좋은 적정 수온인 셈이다. 이런 경우를 두고 최상의 자연 환경이라고 하던가. 말 그대로 안성맞춤이다. 오주팔이 눈에 서릿발을 세운 채 바다를 온통 쓸고 다니는 때도 바로 이즈음이다. 굴씨는 유착할 적당한 장소를 찾아 바다 밑을 기거나 헤엄친다. 아니, 헤엄친다기보다 해류에 떠밀려 부유한다. 그러나 그 많은 굴씨가 다 착상하여 자리를 잡는 것은 아니다. 백 마리 중 한 마리 정도가 성공한다고나 할까. 오주팔이 눈을 돌리면 어디에나 널브러진 돌멩이들을 마다하고 굳이 고동산 정상 산돌을 힘겹게 옮겨다가 해류 길목에 빠뜨려 넣는 것은 성공률 1퍼센트를 5퍼센트로 끌어올리기 위해서다.

오주팔이 바닷속에 빠뜨렸던 돌을 끌어올린 뒤 맨 처음 하는 일이 현미경 작업이다. 일본 노토지마 진주양식장 시절 구마모토에게 유일하게 전수받은 연구 본능이다. 어떤 경우를 막론하고 최우선이 현미경과 마주 앉는 일이다. 결국 얻느냐 잃느냐의 관건이 그 작업에서 판가름 나기 때문이다. 구마모토가 진주양식 기술의 일인자가 된 것도, 재야 해양 생태학자로 그 이름을 일본 전역에 떨치게 된 것도 따지고 보면 남들보다 한발 앞서 현미경을 찾고 남들보다 더 오래 그것을 들여다본 결과일 터다. 그 같은 원리를 노토지마 현장 경험을 통해 터득한 이상 그 일에 게으름을 피울 오주팔이 아니다.

구마모토는 채집한 생물들이 상하지 않도록 정성을 다해 관리한 다음 연구소까지 옮겨 와 비로소 현미경 시료대 위에 올리지만, 오주팔은 한술 더 떠서 바다에서 건져 내자마자 곧 바로 현미경부터 들이댄다. 그러니까 현미경 작업을 하기 위해 굳이 선착장에 배를 댈 필요가 없다. 거기다 작업장까지 옮겨 가는 데 또 얼마나 시간이 소요되는가. 그것은 시간을 단축한다는 의미보다 생물 상태를 얼마나 원형 그대로 분석할 수 있는가의 문제이다. 아무리 정성을 다해 관리해도 일단 바다에서 건져 놓은 그 순간부터 생물은 변하기 시작한다. 꼭 죽지는 않는다 해도 현미경 시료에 놓일 때쯤이면 벌써 시들시들 호흡이 멎기 일보 직전이다. 그 지경으로는 녀석의 건강하고 당당한 실태가 제대로 파악될 리 만무하다. 그러니까 오주팔에게는 연구실 개념이 따로 없는 셈이다. 현미경 놓인 곳이 바로 연구실이다. 물론 파도 높이가 장난이 아닌 때는 가능하지 않지만, 웬만한 날은 로링의 영향을 가장 적게 받는 선수를 택해 현미경과 함께 퍼질러 앉아 버린다.

굴 포자를 떼어 내 시료대 위에 얹고, 조절 나사를 돌려 가며 접안렌즈에 눈을 들이대는 오주팔의 모습은 차라리 엄숙하고 침착하다. 그 덕분에 그는 목섬을 휘돌아 들어왔다가 당개부리 만에서 저지당해 흡사 호수처럼 잔잔해진 뙤골 앞바다에 회심의 굴양식장을 만들 수 있었다.

그러나 그의 굴양식장은 대단위가 아니다. 하긴 고정적인 일꾼을 따로 두지 않고, 작업이 있을 때만 앵강도 마을 아낙들을 동원하는 식이니 어쩌면 대량으로 굴을 따는 양식장이 아니라 의도적으로 생산을 한정시키는 일종의 시험 재배장인지도 모른다.

따온 굴을 껍질에서 분류하는 작업은 거의 바닷가 해안에서 이뤄지지만, 오주팔은 아니다. 굴 전량을 그의 집 마당에 지은 연구소로 옮겨 실내에서 작업을 한다.

그가 노무라수용소 6개월 수감을 끝내고 뙤골포구로 돌아온 다음 날부터 시작했던 일이 연구소 신축이다. 구마모토의 노토지마연구소를 그대로 흉내 냈다고 할 수는 없지만, 오히려 다섯 평 좀 넘게 자리 잡은 것을 빼고는 크게 다르지 않은 구조다. 물론 어려운 여건에도 불구하고 애써 다섯 평 넘게 지은 것은 구마모토에 대한 야릇한 도전 의식 때문이다. 나서 주기만 했으면 얼마든지 구제할 수 있었는데도 나 몰라라 방관했던 구마모토의 비정함이나, 응당 계산했어야 할 임금을 수령 못한 억울함 따위는 문제가 아니다. 따지고 보면 구체적인 이유가 있을 턱이 없다. 병든 아들 대신 당신의 외며느리에게 아이를 갖게 만든 스캔들은 그렇다 치더라도 어떤 연유든 간에 구마모토 앞에 다시는 무릎 꿇지 않겠다는 오기가 오주팔을 그렇게 만들었다.

하나, 아무래도 뱁새와 황새 격이다. 구마모토가 했던 것처럼 지금까지 수집해 놓은 각종 포르말린 병으로 두 개 벽을 가득 채우고, 살아 있는 어종이나 조개류를 관리하는 대형 어항이며 현미경 보는 연구실은 그런대로 엇비슷하게 흉내를 냈는데도, 유독 그대로 따라할 수 없는 부분이 소위 말하는 도서 자료실이다. 구마모토 연구소에는 영어로 된 책은 말할 것도 없고 순수하게 일본에서 출판된 온갖 자료만 수천 종인데 오주팔이 부담 없이 꺼내 읽을 수 있는 한글판 연구 책자는 아무리 긁어모아도 마흔 권이 채 안 될 정도다.

가령 구마모토의 장서는 진주양식에 관한 것만 수백 종인데 비해 오주팔의 그것은 두서너 권, 그것도 일본 것을 엉성하게 번역한 해적판 책자가 고작이다. 어쩌면 황새와 뱁새가 아니라 하늘과 땅 차인지도 모른다. 그런 사실을 뼈저리게 실감하는 그였는데도 기어코 다섯 평을 더 늘려 지었고, 그래도 구마모토를 이길 수 있다고 각오에 각오를 거듭했다. 그러니까 오주팔이 굴 껍질을 분리하는 작업장으로 활용하는 곳이 원래 관련 도서가 들어갈 공간이었던 셈이다.

당시만 해도 그의 연구소가 앵강도에서는 국민학교 다음으로 큰 건물이었으므로 거의 50평 가까운 작업장을 그처럼 뻐기며 자랑했던 터다. 게다가 땅바닥에 주저앉아 칼 작업만 하는 것이 아니라 위생적으로 고안된 작업대와 그리고 깨끗한 바닷물을 펌프로 끌어올려 충분히 세척하는 등, 다른 양식장에서는 흉내도 내지 못하는 일을 오주팔은 과감하게 감행했다.

물론 그 모든 위생적인 조처는 오주팔이 일본 노토지마에서 배운 그대로 답습했을 뿐이지만, 아무리 그렇다 하더라도 동원된 일꾼 모두에게 의무적으로 흰 위생복을 입히는 일은 눈 가리고 아웅 하는 식이 아니냐고 뒤에서 야유하는 사람이 많았던 것도 사실이다.

막말로 오주팔이 동네 아낙들과 은밀한 염문이 실타래처럼 엉켰던 것도 그 굴 작업 때문이었고, 귀를 물려 잘리는 따위 수난을 당한 사건 역시 굴 작업장에서 여자들과의 잦은 접촉 때문에 일어난 해프닝이었다.

21

오주팔이 생산하는 굴은 인기가 높다. 아니, 없어서 못 판다고 해야 옳다. 실제로 오주팔의 양식장에서 나오는 굴로 반찬을 해 먹었다거나, 어리굴젓을 담았다거나 하는 얘기는 적어도 앵강도 주민들에게서는 듣기 어렵다. 왜냐하면 그곳에서 생산된 굴의 전량을 수매한다는 조건의 연 단위 계약을 체결했기 때문이다. 물론 삼천포 어판장 소속 업자를 통한 계약이지만 굴을 시가보다 비싼, 그것도 거의 두 배 값으로 구매하는 곳은 미8군 장교 식당이다.

실제로 작년인가 선글라스 낀 미국인이 삼천포 어판장 업자를 앞세우고 오주팔의 굴 종묘장 시설과 위생복 입은 일꾼이 작업하는 작업장을 돌아본 일이 있었다. 정확히 국제 식품 검사원이라고 했던가. 선글라스 미국인은 제 손으로 수거한 굴 견본을 시험관에 넣고 여러 가지 까다로운 테스트를 끝낸 다음 '원더풀, 원더풀'을 연발했는데, 그 이유는 씨알이 워낙 굵은 데다 색깔 또한 투명하고 맑은 것이 어느 양식장 굴하고도 비교할 수 없었기 때문이다. 청정 해역 중의 청정 해역인 앵강도 연안의 자연 환경으로 보아 당연한 일이지만, 그렇다고 오주팔의 오랜 연구와 실험이 아니었으면 과연 그런 명품이 나올 수 있었을까.

아닌 게 아니라 사량도를 비롯한 학도, 잡도, 목도 따위 인근 해역에는 널린 게 굴양식장이다. 개중에는 개인 소유도 더러 있지만, 마을 전체가 운영하는 공동 양식장이 대부분이다. 그래서 앞 다투어 국제 식품 검사원을 모셔 오기 위해 혈안이 되었지만, 오주팔의 종묘장처럼 그 까다로운 테스트에 합격하여 시장 가격의 두 배가 넘는 좋은 값으로 납품하는 양식장은 아직 없다.

그러니까 앵강도 근해에서는 오주팔이 유일한 셈이다. 그뿐 아니다. 처음 그에게 미국인 식품 검사원을 소개한 어판장 쪽 업자들이 미8군과 수준이 비슷한 별 다섯 개짜리 호텔이며, 외국 손님이 많이 드나드는 고급 식당과도 계약을 맺을 수 있게 생산량을 대폭 늘리기를 주문했지만 그는 언제나 고개부터 절절 흔들어 댔다.

「바다처럼 정직헌 기 어딨노? 자연 앞에서는 절대로 욕심 부리모 안 되는 기라. 자네들은 잘 모리겠지만, 굴은 말이라, 일반 패류들허고는 다른 기야. 그것들이 을매나 많은 플랑크톤을 묵고, 또 을매나 많은 똥을 싸는지 아나? 그기 바이오디포지션이라꼬, 유명한 패독(貝毒)인 기라. 우리 앵강도같이 좁은 해역에 굴을 많이 양식허모 우찌 되겄는가? 굴 한 마리가 한 시간에 여과시키는 물이 35리터라 쿠는데, 그것덜이 일제히 묵고 일제히 똥을 싸제끼고…… 우찌 되겄는가? 결국 굴 좀더 생산허겄다꼬 욕심 부리다가, 키우던 굴도 죽이는 꼴이 된다 그 말인 기라. 하모, 바다처럼 공정헌 기 없어. 절대로 거짓말 안 헌다 카이.」

보통 사람들은 쉽게 알아들을 수 없는 애기를 오주팔은 잘도 내뱉는다. 대체로 그는 현미경 앞에 앉아 있을 때가 많은데, 손님이 찾아와도 벌떡 일어나는 법 없이 대물렌즈 조절하는 일에 열중하기 일쑤다.

물론 산돌에 붙어 나온 새로운 굴씨의 유전인자와 생식 세포를 관찰하기 위해서다. 아무리 새로운 굴씨라 하더라도 어디 한두 번 보아 온 생식 세포이며 유전인자인가.

오주팔 인생의 전성기라고 해도 과언이 아닌 50대 초반, 다시 말해 그의 생굴양식 연구가 경지에 이르렀을 때 아니, 그의 양식 기술을 개인적으로 전수받기 위해 먼 곳의 어민들까지 심심찮게 앵강도를 찾아들던 무렵만 해도 오주팔은 확실한 장래가 완벽하게 보장된 사람처럼 보였다. 그도 그럴 것이 본인의 마음먹기에

144

따라 금세 떼돈을 벌 수도 있고, 설사 돈이 아니라도 일본의 구
마모토처럼 뛰어난 양식 기술 하나로 존경을 한 몸에 받는 어민
으로 군림할 수도 있었던 터다. 한데 오주팔은 그 두 가지 행운
의 기회를 다 놓치고 만다. 아니, 놓쳤다기보다 하루아침에 도둑
맞았다고 해야 옳다.

22

　오주팔이 가장 신뢰하고 좋아하는 창섭이가 서울대학교에 합격했던 해 여름이니까, 그의 나이 쉰한 살 때던가. 뙤골포구에 사람이 살고 나서 처음 서울대에 입학하는 경사를 만난 데다 어린 창섭일 두고 최초로 천재 운운했던 장본인이 오주팔이었으므로 녀석에게 거는 기대가 그의 친부모 못지않았더랬다. 실제로 친부모 몰래 장학금 명목으로 매월 적잖은 돈을 송금하는 오주팔이다.

　그래서 어느 날 창섭이 대학 선배라고 불쑥 찾아 들어온 젊은 이들을 맨발로 뛰어나가 맞아들였던 것이었다.

　「창섭이한테 말씀 많이 들었습니다. 정말 꼭 찾아뵐 분이라고 했습니다.」

젊은이들은 공손하기 그지없다. 그래도 궁금한 것은 창섭이다.

「우리 창섭이는 와 같이 안 왔는가?」

「방학 내내 학교 도서관에서 한 발짝도 안 나올 생각인가 봅니다. 이번 가을 토플 시험 목표를 세워 뒀나 봐요.」

「녀석 참…… 그런데 우리 창섭이, 핵교 생활에는 재미 붙였는가 몰러.」

「아주 잘하고 있습니다. 말 그대로 모범생이죠.」

「공부도 잘 허는가?」

「공부야 당연히 과 톱 아닙니까. 공부에 한해서는 아무도 창섭이에게 도전할 사람이 없습니다.」

「과 톱! 허긴…… 서부 경남에서도 늘 일등은 창섭이가 차지했다 카이……. 그래, 창섭이가 친구들 앞에서 내 자랑을 했다 말이제? 머라 쿠던가?」

「선생님이야말로 대한민국이 자랑하는 재야 해양학자라고 했습니다.」

오주팔은 스스로 뿌듯하지 않을 수 없다.

「대한민국이 자랑하는 해양학자?」

「맞습니다. 선생님처럼 무보수로 혼자 조용히 연구에 몰두하시는 분은 없다고 했습니다.」

「하긴…… 잠자는 시간 빼고 하루 중 현미경 앞에 앉아 있는 시간이 젤 많다 아이가.」

　오주팔이 보란 듯이 대물렌즈 개구수를 증가시켜 생식 세포 핵을 지적하며 말을 잇는다.

「이거 보게. 씨눈이 이리 밝고 건강헐 수 있겠는가? 이기 바로 돌연변이 우량종이라 그마. 요 자석은 묵지도 않고 자지도 않고 난자 세포를 껴안고 밤이고 낮이고 교미만 허는 기라. 다른 동물들은 피곤해서 휴식을 취하는데도 유독 혼자 일어나 새로운 난자를 넘어뜨리고 치마 속을 더듬는다 카이. 따지고 보모 암컷 난자도 마찬가진 기라. 난자라꼬 다 똑같은 난자가 아니라 그마. 개중에는 힘 좋고 건강허고 부드러운 세포가 있기 마련인 기라. 물론 미토콘드리아라꼬, 난자만이 갖고 있는 DNA가 있다 카는데, 한마디로 부계하고는 전혀 무관헌 물질이라. 모계만이 유전자로 전달되고, 또 스스로 동일한 복제품을 맨드는 능력을 갖고 있는 기라. 그래서 그 종자가 좋게 나오느냐 나쁘게 나오느냐는 순전히 미토콘드리아에 달려 있다 캐도 과언이 아닌 기라. 내가 와 밤이고 낮이고 이 실험실에 앉아 현미경만 들여다보는 줄 아는감? 딱 한 가지 이유밖에 없는 기라. 돌연변이 우량종 수컷, 그러니까 밤이고 낮이고 난자 치마 속만 더듬는 왕성한 변이종허고, 또 한 가지 건강한 미토콘드리아를 보유한 암컷 세포허고 그 쌍을 찾아서 돌에 붙이는 작업을 허고 있는 기라.」

　창섭이 선배라는 젊은이들이 감탄에 감탄을 늘어놓다 못해 무륨까지 치며 말한다.

「선생님, 그 내용을 자료로 꼬박꼬박 기록해 두셨다면서요?」

「누가 그런 소리 해?」

「창섭이가요.」

「우리 창섭이가? 자석, 안 보는 척허면서도 우찌 그리 꼼꼼히 봤실꼬? 하모, 매일매일 다 정리해 놨거만은. 내가 일본에서 공부헐 때 구마모토가 늘상 지적하는 말씀이 기록해라, 기록해라, 끝없이 기록해라 했다 아이가.」

「그거 좀 볼 수 있겠습니까?」

「저 캐비넷 안에 들어 있는 기 다 그 기록 아니가. 아, 또 있는 기라. 굴 포자들을 수집해서 표본시키 놓은 유리병이 저 방에 꽉 안 찼나.」

「관련 굴 포자들을 종류대로 수집해 놓으셨다구요?」

「종류만 아니고, 그 변모 과정을 다 찾아서 유리병에 담아 놓은 기라.」

「지금 구경할 수 있을까요?」

「헐 수 있고말고.」

젊은이들이 너무 놀라워하고 감격하는 바람에 오주팔은

「대학교에서 필요허다 쿠모, 빌리 줄 수도 있는 기라 그마. 하모, 빌리 줄 수 있고말고!」

제풀에 인심을 있는 대로 마구 써버린 것이다.

젊은이들이 그 내용과 포르말린 표본 유리병들을 통째로 챙겨 앵강바다를 떠난 것은 그 다음다음 날이고, 그리고 '세계 최초 우 량종 생굴 배양 성공' 기사가 신문 톱을 장식한 것은 그다음 해 봄이다. 물론 오주팔의 현장 기록을 훔쳐 달아난 젊은이 중 한 명이 그 주인공이다. 다른 젊은이는 같은 제목으로 박사 학위를 받았고, 그 박사 논문이 런던대학교 해양 생태학회지에 실렸다 는 기사도 눈에 띈다.

그 사실을 오주팔이 알게 된 것은 훨씬 뒤, 그러니까 우량 품종 의 굴씨알을 얻기 위해 뙤골포구를 찾아 들던 사람들의 발길이 뚝 끊긴 다음 해 일이지만 의외로 오주팔은 크게 신경 쓰지 않는 눈치다. 억울하다고 항의도 하지 않는다. 다만 어느 해 겨울 방 학 때 뙤골포구를 찾아온 창섭이에게 놈들이 연구 기록을 도둑 질해 가서 세계적인 박사도 되고 국립 수산과학원 책임자도 되 고 했는데,

「니는 그 사실을 알고 있나?」

라고 물었을 뿐이다.

「지는 모르는 일입니더.」

창섭이가 천부당만부당 고개를 젓는다.

「그래, 니가 알 리 없지. 허지만 그 자석들허고는 가까이 허지 않는 기 좋을 기다. 그 자석들은 도적놈인 기라. 세상에서 젤 무작스런 도적놈.」

그러고는 그만이다. 한 번도 그 일로 얼굴 붉힌 적 없고, 언성 높인 적도 없다.

돈을 벌어들이는 일도 그러하다. 그는 우량종 생굴 증산을 만날 때마다 끊임없이 요구하는 판매업자들을 언제나처럼 한마디로 일축해 버리고 만다.

「돈 좋아허다가 패가망신헌 사람들 올매나 많노? 결국 우리 앵강도 사람 모두가 그리 된다 카이.」

자고로 돈 싫어하는 사람이 어디 있을까마는 뻔히 해류의 흐름을 알면서 욕심 부려 생산량을 늘리지 않겠다는 뜻을 늘상 그렇게 피력한다. 다시 말해 바다의 청정도가 지금처럼 맑을 수 없을 뿐더러 굴의 씨알이나 때깔도 결국 청정도에 의해 결정되므로 그 뒷감당은 아무도 자신할 수 없다는 것이다.

물론 오주팔이 매월 미8군에서 수금하는 액수가 미미한 푼돈에 지나지 않는다는 뜻은 아니다. 그 수준이면 어촌 생활하는 데 지장이 없을 정도다. 게다가 그는 공식적인 부양 가족도 없다. 말 그대로 혼잣몸이다. 혼자 먹고 입고 마시고, 여타의 문화생활 에컨대 낚싯배 치장하기, 면 소재지에 위치한 사량 농업학교 축구부 시합 따라다니기, 창섭이 장학금 송금하기, 앵강도 주민 민원 해결을 위한 출타 등등 각종 경비를 충당하고도 남을 만큼의 액수가 매월 수협 통장에 척척 입금된다. 한데도 그는 늘상 돈에 쪼달리는 편이다. 술을 과하게 좋아하거나 필요 불급한 물건 예컨대 철철이 나들이옷을 마구잡이로 구매하는 따위 낭비벽이 있거나 하지도 않은데, 왜 매양 쩔쩔매는 것일까.

아닌 게 아니라 친구들과 어울리면 많이 마시든 적게 마시든 으레 오주팔이 먼저 일어나 계산하는 것이 상례처럼 되어 있다. 그래서 친구가 드글드글 끓는 편이지만 가능한 한 술자리를 자주 만들지 않는 것이 오주팔의 생활 수칙이므로 술값이나 밥값 때문에 매달 쩔쩔맬 지경은 아니다. 그렇다면 원인은 한 가지다. 오주팔의 엉뚱한 행동이다. 아니, 오주팔만이 할 수 있는 은밀한 뒷거래라고 해야 옳다. 말하자면 지난달 지출 같은 경우가 그러하다.

주인공은 뙤골포구에 3대째 살고 있는 찌줄이 영감 둘째 며느리다. 신랑 되는 놈은 부산인지 마산인지 타지로 나가 한 달에 두서너 번 다니러 오면 많이 오는 편인, 이른바 실속 없는 뜨내기 드난꾼이다. 그런 처지에 색시는 부인병으로 고생이 말이 아니다. 그녀가 대책 없는 냉대하 증세 때문에 일주일에 두 번씩 면 소재지 보건지소를 드나든다는 소문을 접한 오주팔이 한마디 한다.

「허구한 날 독수공방허고 있으니 냉병이 와 안 찾아 오겠노? 여자 서른다섯이모 물이 올라도 한창 오를 나이 아니가? 참말로 아까운 물건을 녹슬게 맨들다니, 천하에 나쁜 놈은 그 자석인 기라!」

그리고 면 소재지에 열 몇 개 달았을까 말까 한 최고급 비데를 전화로 구매, 수도 파이프 기술자를 붙여 찌줄이 영감 집으로 급파시킨 것이다. 당연히 냄새나는 재래식 화장실을 수세식 화장실로 바꾸기 위한 조처다. 물론 수세식이 아니면 비데를 쓸 수 없기 때문이다.

또 한 가지, 그 공사는 색시 친정집에서 그녀의 병을 치료하기 위해 보낸 것처럼 위장했음은 물론이다.

23

오주팔은 돈이 떨어지면 뻘득이부터 찾는다. 뻘득이는 천성이 부지런해서 농삿일이건 뱃일이건 양식장 일이건 닥치는 대로 팔 걷어붙이고 대들어서 막말로 사는 데는 지장이 없다. 아니, 앵강도에서 가장 실속 있는 사람을 들라면 단연코 뻘득이다. 물론 남보다 약삭빨라서 이재에 밝다기보다, 오히려 매사에 한 발씩 늦은 편이지만 대신 한번 움켜쥐었다 하면 도무지 풀어 놓으려고 하지 않는, 이른바 전형적인 구두쇠형이다.

그것이 어느 정도냐 하면 뻘득이가 십만 원권 수표 한 장 시원히 뽑아 들고 물건 사는 광경 한번 봤으면 소원이 없겠다는 사람이 부지기수다. 실제로 뻘득이에게 그 흔한 소주 한잔 얻어먹은 사람은 적어도 뙤골포구 안에서는 없다. 남들에게도 술을 안 사는 대신 본인도 사 먹는 법이 없고, 남에게 얻어 마시는 경우는 더더구나 없다.

물론 오주팔도 술을 즐겨 하는 편이 아니므로 뙤골포구의 유일한 술집인 만춘옥 주모를 차지하고 술 마시는 광경을 보기는 힘들다. 그러니까 뻘득이와 자리를 같이한다면 그것은 오주팔의 작업실이 고작이다.

바닷물을 끌어다 만든 대형 수족관과, 굴 포자와 씨름하는 현미경 작업대와, 양식장에서 따온 생물을 선별하는 각종 도구들로 꽉 찬 작업실이다. 뻘득이와 마시는 술은 의외로 양주다. 미군 부대를 왕래하는 중개인이 선물로 간혹 들고 오는 술이다.

오주팔이 선별 착생시킨 양식장의 싱싱한 생굴을 안주 삼아 마시는 양주야말로 만춘옥의 찌개 소주에 비할 바 아니다. 둘이 마주 앉으면 금세 반병은 비워 버린다.

1년 열두 달 뻘득이는 늘상 그렇게 얻어 마시기만 한다. 그래도 오주팔은 싫은 기색 하나 없다. 싫기는커녕 항상 먼저 바람을 넣어 뻘득이를 청한다. 그것도 마지못해 고삐에 끌려오는 소처럼 술자리에 앉는 뻘득이어서, 양주 값은 말할 것도 없고 안주 값 역시 단 한 푼도 부담할 수 없다는 뜻한 표정이다.

그러면서 오주팔이,

「니 돈 좀 돌리라. 월말까지 갚아 줄 기다.」

하면 두말없이,

「올매나 쓸 긴데?」

스스럼없이 응대한다.

「3백만 원.」

「월말에 돌리준다 카모 보름 아니가?」

「하모, 딱 보름인 기라. 그래도 이자는 한 달로 쳐줄 기다.」

보름 쓰고도 한 달로 계산한다는 제의에 대번 얼씨구절씨구다.

「그러모 좋고!」

알토란 구두쇠인 뻘득이가 앵강도에서 유일무일하게 오주팔한테만 선뜻 돈을 내놓는 이유는 단 한 가지밖에 없다. 신용이다. 단 한 번도 약속 날짜를 어긴 적 없고, 이자가 비싸느니 날짜가 안 맞느니 해서 액수를 자른 적이 없기 때문이다.

비단 후한 이자 계산뿐 아니다. 오주팔은 뻘득이 처인 난순이에게도 이잣돈과 함께 화장품이나 스카프 같은 선물을 곤잘 안겨 주었는데, 그래서 그런지 이 달에는 왜 돈을 빌리러 오지 않는가, 오주팔 특유의 낭비벽을 은근히 조장할 정도다. 뻘득이가 뙤골포구에서 제일 많은 토지를 소유할 수 있었던 것도 어쩌면 오주팔의 낭비벽, 아니 거의 고리채에 가까운 이잣돈 불리기에 결정적 역할을 해준 덕분인지도 모른다.

실제로 뻘득이는 뙤골포구의 농토에 관심이 많다. 옛날 옛적, 오주팔 집에서 머슴 살던 뻘득이 아버지가 소작을 얻어 독립하고 나서도 허리 휘게 일해서 계속 농지를 사들였듯 뻘득이도 땅에 대한 애착이 유별난 터다.

아닌 게 아니라 뙤골포구의 터전을 버리고 서울로 부산으로 떠나는 주민들이 제일 먼저 찾아가는 곳이 뻘득이 집이다. 뻘득이만 유일하게 땅을 매입하고 싶어 했고, 또 그만이 혼자 땅을 구입할 여유를 누렸기 때문이다.

오주팔과 뻘득이는 한집에서 국민학교를 다녔다. 아니, 한집이라기보다 한 울타리라고 해야 옳다. 제법 반듯한 본채에는 오주팔의 단출한 식구들이 널찍널찍 살았고, 창고 겸 소 외양간으로 지은 별채에는 식구 많은 뻘득이네가 드글드글 살았다.

말하자면 주인과 머슴의 차이다. 대체로 그런 경우 주인집 아들은 몸이 허약하거나 지지리도 공부를 못하기 일쑤고, 머슴집 아들은 일단 준수하고 공부도 늘상 일등을 차지하기 마련인데 오주팔과 뻘득이는 전혀 반대다.

위치가 바뀐 것은 그뿐 아니다. 으레 공부 잘하고 잘생긴 쪽이 괴팍한 성격의 소유자고, 머리 나쁜 쪽은 대신 온유한 성품으로 늘상 당하면서도 꿋꿋한, 그래서 여자 아이들의 동정을 독차지해야 옳은데 오주팔과 뻘득이는 그런 공식 역시 거꾸로다.

실제로 뻘득이는 국민학교 3학년 때까지 한글도 제대로 깨치지 못할 정도였다. 오죽하면 별명이 '뻥구라'였겠는가. 그래도 오주팔은 뻘득이를 단 한 번도 무시한 적이 없다. 늘상 함께 다니고 함께 놀았으며 숙제도 같이했다.

　한마디로 뻘득이는 어린 시절 내내 오주팔의 보호 속에 살았던 셈이다. 물론 뻘득이는 아둔한 대신 한길만 가는 외골수여서 어른이 된 뒤에도 남 놀 때 놀지 않고 열심히 배를 탔으며, 명절 뒷날에도 그의 아버지가 그랬던 것처럼 밭을 치고 논을 맸다.

　이건 전혀 다른 종류의 얘기지만 뙤골포구에 지금까지 발이 묶여 사는 동기생은 뻘득이 말고 한 명이 더 있는데, 어쩌다 셋이 한자리에 모일라 치면 마치 군계일학처럼 오주팔이 단연코 눈에 번쩍 띈다. 동갑내기 아니면 한두 살 위가 고작인데도 특히 뻘득이의 경우는 유별나다고 해도 그리 틀린 얘기가 아니다.

　나란히 서면 영락없는 큰형님과 막냇동생 모습이다. 물론 뻘득이가 큰형님이고 오주팔이 막냇동생이다. 무려 열 살 가까운 나이 차가 나는 것 같다. 거의 반 대머리가 되다시피 한 뻘득이와는 달리 새치 하나 나지 않은 검은 머리 때문이다.

　그럴 수밖에 없는 것이 오주팔을 제외한 두 명의 동기 모두가 뱃사람 겸 농사꾼으로 잔뼈가 굵었으므로 얼굴이며 목덜미며 팔목이며 말 그대로 이글이글 익어 버린 구릿빛인데 반해 오주팔은 옛날 국민학교 선생들이 그랬듯 귀티 나는 흰 얼굴에다, 손발도 매끄러웠다.

　그뿐 아니다. 오주팔은 두 명의 동기생과는 달리 투박하고 억센, 이른바 뙤골포구식 욕설을 가능한 한 자제하는 편이다. 욕설만이 아니라 말투도 마찬가지다. 그렇다고 표준말까지는 아니지만 억양이며 골라 쓰는 어휘며 예컨대 동기생들하고는 한 단계 높은 신분의 어투다.

게다가 그는 말솜씨가 뛰어난 편이다. 그리고 유식하다. 신문은 말할 것도 없고, 《신동아》니 《월간 조선》이니 하는 시사 잡지를 비롯해서 《경영과 증권》, 《건강시대》, 《환경 파수꾼》 따위 전문 잡지까지 무려 10여 종씩 구독하는 집은 아마도 뙤골포구뿐 아니라 앵강바다를 낀 여러 섬 안에서도 오주팔이 유일할 게다.

따지고 보면 오주팔이 근 10년 가깝게 뙤골포구 이장에다, 뙤골포구 새마을 운동 추진 협의회 회장에다, 지역 사회 발전 협의회 위원에다, 최근에 부정 어업(不正魚業) 단속위원회 자문 위원까지 이 지역 유지 자리를 혼자 독식할 수 있었던 것도 공사다망하고 다재다능하고 폭넓은 그 박식함 때문이다.

실제로 그는 한때 대통령 영부인 초청을 받아 청와대를 다녀온 적이 있다. 청와대 초청은 그냥 이뤄진 것이 아니다. 두말할 필요 없이 오주팔의 절절한 편지 내용 덕분이다.

노토지마에서 돌아오자마자 수협으로, 수산진흥청으로 사업 자금 신청 서류를 들고 설사 환자 화장실 드나들듯 했지만, 뒤에서 확실히 밀어준 사람이 없는 데다 사업 자체가 생소한 탓으로 번번이 퇴짜를 맞았던 오주팔이다.

이태 동안 열일곱 번인가 서류를 고쳐 접수하다 말고, 그래 어쩔 수 없어. 갈 데까지 가보는 거야. 오주팔이 팔 걷어붙이고 마지막 쓴 편지가 바로 '대통령께 올리는 글'이다.

천혜의 청정 지역에다 최적의 조건을 두루 갖춘 앵강바다 해안의 자연 생태를 소상히 설명하고, 일본에서 배워 온 첨단 양식 기술을 계속 썩힐 수 없다는 간곡한 호소다.

그러나 그 편지 말미에 어느 해 7월, 대통령의 여름휴가 중에 있었던 해프닝, 즉 경호원의 총에 맞아 장애인이 된 사실을 밝히지 않았더라면 오주팔이 청와대까지 초청될 리 만무했을 터다.

어쨌거나 그때 만났던 대통령 영부인과 함께 찍은 기념사진이 지금도 뙤골포구 마을 회관 회의실 뒷벽에 크게 확대되어 걸려 있다. 당연히 오주팔의 안방에 있어야 할 사진이 왜 마을 회관에 걸렸는가는 누구보다 전 이장 찌줄이 영감이 제일 잘 안다.

그때 대통령 영부인과 찍은 사진을 갖고 뙤골포구를 방문한 사람은 놀랍게도 군수 영감이었다. 아예 액자까지 만들어 들고 오주팔 집에 들이닥쳤는데, 그 뒤에는 경찰서장, 면장, 조합장, 하다 못해 우체국장까지 방귀깨나 뀐다는 근동 유지들이 총동원되다시피 했다.

「우리 앵강바다에서 대통령 영부인과 독대한 사람은 오주팔 씨가 첨인 기라.」

「하모, 이런 영광이 오딨노? 우리 군이 생긴 이래 최대 자랑거리 아닌가베.」

「인재가 숨어 있었던 기라. 앵강도 인재가…….」

「말허모 잔소린 기야. 이 사진 잘 걸어 놨다가 대대손손 물리는 기라. 가문의 영광이기 전에 뙤골의 영광이니까.」

「오죽하모, 대통령 각하께서 친히 사인을 해서 군수 편으로 내리 보냈겠노?」

사람들이 저마다 입에 침이 마르도록 공치사를 늘어놓고 갔지만 오주팔은 끝내 그 사진을 집 안 벽에 걸지 않았다.

어느 날 찌줄이 영감이 찾아와,

「와 영부인 사진이 안 보이노?」

했을 때,

「그기 뭔 자랑이라꼬 걸겠씹니까?」

오주팔이 남의 애기처럼 대답한다.

「뭐라꼬? 자랑이 아니라꼬?」

오주팔은 그냥 고개만 끄덕인다. 솔직히 그렇다. 비록 대통령 덕분에 사업 자금도 넉넉히 지원받고, 군수 영감과 독대해서 밥도 먹고 술도 마시고, 어쩌다 경찰서 간부들과 마주치기라도 하면,

「아이고, 이거 뙤골 신사분 아닌교? 가입시더, 지가 차 한잔 사겠심더.」

아양을 떠는 젊은 유지가 되긴 했지만, 평생 라콤파르시타 별명을 갖고 탱고 리듬으로 절룩이며 살아야 하는 숙명적인 아픔이 대통령 영부인과의 관계를 영광스럽게 승화시키지 못하는 것이다.

　그러나 그때의 그 상처가 사진을 걸지 않는 이유의 전부는 아니다. 어쩌면 그것은 겉으로 내세우는 핑계일지도 모른다. 실제 내막은 전혀 다른 곳에 있다. 창섭이가 그 장본인이다. 앞서도 거론했지만, 오주팔에게 있어서 창섭이는 가장 신뢰하는 미래의 기대주다. 공부를 남달리 잘한다는 점도 그러했지만, 고등학생 교복을 단정히 입고 삼천포를 오가는 모습에서도 그런 가능성을 얼마든지 가늠할 수 있었던 터다. 뙤골포구 어른들 모두에게 다 그러했지만, 유독 오주팔에게 더 각별했던 그 붙임성 때문에 하모, 창섭이 니가 최곤 기라. 니가 있어서 내가 이리 든든헌 기라. 아니, 대한민국 장래가 밝은 기라. 충만한 마음으로 창섭이를 바라보았는데 그것은 그냥 바라보았다기보다 그 늠름한 모습에 넋이 빠졌던 거다.

　실제로 피곤에 지쳐 있다가도, 창섭이의 모습이 눈에 띄면 갑자기 엔도르핀이 샘솟는 것처럼 기분이 좋아지는 느낌을 오주팔은 여러 번 경험했다. 솔직히 그런 창섭이가 대학생이 되어 상경하기 전까지만 해도 와 허라는 공부는 안 허고 길가에 나와 데모는 허고 지랄이고! 라고 최루탄 터지는 텔레비전 뉴스를 볼 때마다 대학생들의 철없음을 질타했지만, 창섭이가 집에 내려온 첫 여름 방학 때 왕소나무 모래밭에 앉아 진지하게 의견을 나누고 난 다음부터는 하모, 이 나라에 대통령 재목이 우찌 그 사람 혼자뿐이겠나. 3선 개헌은 와 허고, 유신은 와 했노? 민주화의 민 자도 모리는 양반 같으니……. 오주팔은 사진 속에서 활짝 웃고 있는 대통령 부부를 힐끔거리며, 그렇게 욕심이 많은 사람이므로 자신에게도 총을 겨누게 하고 발포하게 했을 것이라고 지레짐작하는 것이다. 일단 그쪽으로 방향을 바꾸고 보니, 예전에는 안 보이던 일들도 현미경 렌즈를 통한 것처럼 선명히 떠올라 눈앞을 가로막는다. 예컨대 민주화 운동에 앞장섰던 어린 대학생을 물고 문하다 죽인 사건이 그러하고, 터지지 않은 최류탄을 머리에 박은 채 피 흘리는 대학생의 처참한 모습 또한 그러했다.

두 사람 똑같이 머금고 있는 사진 속의 미소는 그렇게 어질고 온순하고 따뜻하기만 한데 어디서 그런 잔인하고 음흉한 탐욕이 숨어 있을 수 있단 말인가. 오주팔은 문득문득 그것을 바라볼 때마다 그들의 잔혹함이 자신에게도 전해지는 것 같아 소름이 오싹 끼칠 밖에 없었다. 그렇다. 아무리 대통령 부부와 함께 찍은 사진 한 장 때문에 주변의 대접이 달라지고 정부 특별 지원과 더불어 사업가로서의 신분이 격상되었다 해도 그 사진을 집 안에 걸어 대대손손 물린다는 건 오주팔의 상식으로는 도무지 용납되지 않았다.

「방구석에 처박아 둘라 쿠모 날 주게.」

「영감님이 이 사진을 와요?」

「마을 회관에라도 걸어야 안 허겠나. 그래야 귀감이 되는 기제. 커나가는 젊은 아덜에게 귀감 될 일이 그 사진 말고 또 오디 있겠는가.」

　찌줄이 영감은 자신의 생각이 옳다는 점을 강조하기 위해 이기 바로 산교육이라 쿠는 기라, 한 번 더 덧붙이길 잊지 않는다. 그의 믿음은 강건하다. 막말로 온종일 설명해도 그의 주장을 바꾸기는 부족하겠다. 그래서 오주팔은 더 이상 참견하지 않는다. 한데 어느 누구도 왜 그 사진을 마을 회관 입구에 걸었느냐고 시비를 걸지 않는다. 모르긴 해도 찌줄이 영감처럼 사진 속 오주팔만큼 똑똑한 인물이 없다고 믿는 사람이 그렇지 않는 사람보다 더 많은 것 같다.

　기실 외딴 섬에 살고 있다는 한 가지 사실 때문에 촌티를 못 벗었을 뿐이지, 오주팔도 남들처럼 고향 버리고 도시로 진출했더라면, 하다못해 웬만한 사장 자리는 진즉 꿰찼으리라 믿어 의심치 않았다.

　생각해 보라. 오주팔보다 훨씬 못한 사람들도 외지에 나갔다 하면 철공소 사장도 되고, 식당 여관 목욕탕 사장도 되어 삐까번쩍 자가용 타고 고향을 찾아오지 않던가. 그런 사람들을 이른바 성공한 졸부라고 한다면, 오주팔은 한 차원 높은 선각자라고 해도 결코 과찬이 아닐 게다.

　뭐랄까. 한쪽은 아무 생각 없이 훌쩍 고향을 등져 버린 경우고, 또 다른 한쪽은 이것저것 생각해서 감히 용단을 내리지 못한, 이른바 고향 사랑하는 사람의 모범 케이스라고나 할까.

따지고 보면 그 스스로,

「나까지 보따리 싸모, 누가 앵강바다를 지킬 기고?」

스스럼없이 설명할 정도니까, 그의 눌러앉음이 무능함에서가 아닌 애향 차원에서 비롯된 것임을 한껏 과시했던 터다.

그러나 오주팔의 경우는 고향을 떠나지 않은 다른 마을 사람과는 많은 차이가 있다. 우선 농토나 어장(漁場)이 없다. 하기야 요즘이니까 그렇지 4, 5년 전만 해도 시골 땅이나 어장이 어디 재산목록에나 끼게 될까만, 그래도 언덕이 있어야 비빈다고 시골 생활 역시 뭔가 기본 방편이 있어야 생존할 수 있을 건 분명하다.

물론 애초부터 불알만 찼던 오주팔이 아니다. 아버지 오청문이 앵강면장을 지냈던 시절, 그러니까 오주팔이 국민학교 다닐 때만 해도 뙤골 주변 논밭하며 산까지 오주팔의 집 소유 아닌 땅이 없었다. 다시 말해 그 많던 재산의 절반은 아버지에게 시집왔던 새어머니가 삼천포 중심가에 양품점을 여느니 마느니 해서 다 날려 버렸고, 나머지 재산 예컨대 뙤골포구의 노른자위 땅, 외도와 내도를 잇는 천연의 모래사장에 위치한 콩밭 9백 평은 일본 밀항 비용으로 헐값에 넘겨 버렸으며, 이제 남은 게 있다면 실험실과 작업실이 있는 집과 굴양식장으로 쓰고 있는 뙤골 너럭바위 해안이 전부다.

24

오주팔이 일본에서 귀국하고 5년째던가. 뻘득이는 외동 콩밭에 여관을 짓기 시작했는데 그 공사비는 콩밭 절반을 떼 판 돈으로 충당한다고 소문이 났다.

아닌 게 아니라 절경의 뙤골포구를 찾아드는 관광객이 갑자기 늘어나는데도 민박할 집이 부족해서 발을 동동 구르는 판국이다. 뙤골포구를 구경 온 손님도 그러하지만, 집 전체를 민박으로 내주고 바깥으로 나앉은 주인 식구들 역시 마찬가지다. 오죽하면 여름 한철은 모래밭이며 산언덕이며, 온통 텐트촌으로 불야성을 이룰 정도겠는가.

만약 오주팔이 양식 기술을 전수받기 위해 일본 밀항을 시도하지 않았더라면, 뙤골포구의 노른자위 땅은 여전히 그의 소유였을

테고, 앵강바다가 관광 명소로 이름나기 시작한 시점에 맞춰 육지 투자가들의 끈질긴 유혹에 못 이겨 뻘득이처럼 손 안 대고 코 풀 듯 가만히 앉아서 3층집 여관 주인으로 행세할 수 있었을 게다.

하나 오주팔은 왜 헐값에 그 좋은 땅을 넘겼는가에 대해, 그리고 그 행위가 법적으로 정당했는가에 대해 전혀 의문을 제기하지 않았으며 전반적으로 그 일과 관련된 후회는 더더구나 가져본 적이 없다. 어쩌면 이제 법적 처남 매부 사이가 된 뻘득이에게 그 같은 행운이 돌아간 데 대해 오히려 다행스럽다고 생각할 정도다.

그래서일까. 오주팔은 다른 일반 새마을 지도자들하고는 아예 색깔부터 다르다. 우선 돈 되는 일에 함부로 눈을 두리번거리지 않는다. 예컨대 어촌 특유의 고급 어종 가두리장을 운영한다거나, 부지런하게 비닐하우스의 특수 작물을 재배하는 식의 시범 수익 사업에는 도통 관심이 없다.

막말로 힘 안 들이고 돈 먹는 일에 도무지 욕심이 없다고나 할까. 다른 동네 마을 지도자 같으면 특수 작물 재배니, 도미 양식, 광어 양식 등 새로운 국가 보조 사업이 나타났다 하면 누가 먼저 채갈까 부랴부랴 본인의 것부터 확보해 놓은 다음 마을 사람들을 권면하고 소개하는 것이 상례인데 오주팔은 정반대다.

욕심이 없다기보다 아예 관심이 없다고 하는 편이 옳은지도 모른다. 본인이 심혈을 기울이고 있는 양질의 굴씨 부착 사업 외에는 아예 눈길조차 돌리지 않는다. 본인이 그러는 판에 마을 사람들에게는 어떻겠는가. 막말로 새 보조 사업에 관심이 있거나 참여할 용의가 있는 사람은 스스로 찾아가 해결하라는 식으로 매사가 방관 상태이다.

그렇다고 뙤골 해안을 뒤지고, 새 산돌을 넣고, 불가사리를 찍어 담고, 현미경과 씨름하는 일 외에는 아무것도 하지 않는 것은 아니다. 오주팔에게도 여가 시간이 있고, 여가를 즐기는 취미 생활이 있다. 스코호의 손질이 바로 그것이다. 얼룩덜룩한 요트 같은 배.

그 희한한 배 위에서 오주팔은 혼자 낚시를 즐긴다.

그렇다고 남다른 묘책이나 기술이 뛰어나서 돈이 될 만큼 많은 고기를 낚아 올리는 것도 아니다. 재수가 좋아야 돌돔 한두 마리 잡을까 말까고, 대개 노래미며 뽈락이 고작이다. 남들은 민어며 감성돔이며 농어도 올리고, 심지어 어른들 손바닥보다 큰 조기까지 끌어올리는 판에 울긋불긋 치장만 요란한 오주팔의 배야 노래미 아니면 뽈락 한두 마리로 만족할 뿐이다.

그럴 수밖에 없는 것이 그런 때는 늘상 동행자와 함께 시간을 보냈기 때문이다. 다름 아닌 스미요코나 사사코나 이즈미의 역할이라고나 할까. 노토지마에서 그랬듯 앵강바다에서도 공인된 상대라기보다, 어떤 경우라도 남이 알아서는 안 되는, 이른바 부적절한 관계의 여자들만 오주팔의 낚싯배에 자주 승선했다. 물론 그 모두가 뙤골포구에 사는 여자들일 수는 없다. 더러는 여러 번 왕래하다 눈이 맞은 삼천포 여자도 있고, 앵강바다 여러 섬, 예컨대 사량도나 보길도에 사는 뒷모습만 봐도 훤히 펠 수 있는 아무개 아무개 여편네도 있으며, 흔치는 않지만 객선을 바꿔 타기 위해 잠시 섬에 내렸다가 사달이 난 여자도 한둘 끼어 있게 마련이었다.

노토지마에서야 수중 동굴이 있어서 그 안에만 들어가 버리면 어느 아방궁도 부럽지 않았지만, 앵강바다의 섬들은 단단한 화강 암투성이라 아무리 바닷속을 이 잡듯 뒤져도 그처럼 은밀하고 편안하고 감쪽같은 장소를 발견할 수 없다. 그러니 어쩔 수 없이 배를 타고 나가야 한다. 점점이 찍힌 옴팍한 포구라든가, 사방이 숲으로 막힌 공간이라든가, 어쨌든 사람들의 시선에서 멀리 벗어난 장소를 찾아가야 한다. 흔히 말하는 아지트다. 스코호에 승선한 여자들은 한결같이 배 밑창에 드러누워 있다가 오주팔의 신호에 의해 몸을 일으켜 세우는 일을 반복해야 한다. 지나가는 배의 눈에 띄지 않게 하기 위해서다. 그런 식으로 항해를 하다가 닻을 내리는 곳이 후미지고 옴팍한 무인도 뭍이다.

말하자면 안전지대인 셈이다. 거개가 무인도의 동백 숲이나 신우대밭으로 자리를 옮기는 때가 많지만, 그 시간을 못 견디고 낚싯배 안에서 뒤엉켜 버리는 경우도 종종 있다. 햇빛은 밝고, 바다는 푸르고, 바람은 부드러운 4월의 한낮, 찔쩍찔쩍 흔들리는 선미에 앉아 그녀의 몸을 뒤에서 껴안기라도 하면 영락없는 태초의 아담과 이브 행색이다. 그때마다 오주팔은 기다렸다는 듯 노래를 부른다. 생각보다 훨씬 미성이다.

이 마음 다하여 너를 사랑한다
네가 아니고는 그 누구와도 경험할 수 없는 사랑
내가 찾으리라고는 미처 생각지 못했던 사랑

도밍고의 〈이 세상 끝날 때까지의 사랑〉이다. 그쯤 되면 여자는 숫제 지그시 눈을 감아 버린다. 흡사 비단 자락 같은 바람에 몸을 내맡긴 듯 아슴푸레한 삼매경에 빠져 버리는 것이다.

오주팔은 노래 부르기를 즐겨 한다. 오주팔이 여자들마다 은밀한 항해 끝에 부르는 '도밍고의 사랑 노래' 말고도 좋아하는 곡목은 외곡 팝송이 주를 이룬다. 〈서머타임〉 아니면 〈그린필드〉 그리고 〈예스터데이〉다. 또 있다. 그것도 우리 것이 아니라 일본 노래다. 〈유라쿠조데 아이마쇼〉다. 우리말로 '유라쿠에서 만납시다'라는 뜻인데, 유라쿠는 도쿄 긴자 거리에 위치한 유흥가 이름으로 전후 일본 젊은이들의 방황과 아픔을 유라쿠에서 만나 치유하자는 내용이다. 애절한 곡이 감성 샘을 자극하는 것 같아 자주 입에 올렸던 추억의 블루스다.

낚싯줄을 걸어 놓고 비스듬히 누워 은가루인 양 부서지는 뱃전의 잔물결을 바라보며 흥얼흥얼 콧노래를 부르는 것도, 어쩌다 벌어지는 동네 술판에서 노래 청을 받았을 때도 어김없이 '도밍고의 사랑 노래'나 〈서머타임〉이 터져 나오기 마련이다. 앙코르를 받았을 때도 마찬가지다. 물어볼 것도 없이 〈그린필드〉 아니면 〈예스터데이〉 그리고 〈유라쿠조데 아이마쇼〉로 자연스럽게 이어진다.

50대 후반에 든 지금이야 당연히 어른 대접을 받지만 10여 년 전만 해도 손위 어른이 많아 매사에 운신의 폭이 좁았는데도, 그래서,

「자네는 와 양코배기 노래만 불러 쌓는가? 우리나라 카수 노래 한 곡조 뽑으라 카이! 와 우리 카수 노래는 못허는 기고?」

면전에 대놓고 나무랐지만 그때도 오주팔은 일편단심 민들레식으로 자기의 십팔번 곡을 불러 젖히곤 했다.

노래는 그때만 부르는 것이 아니다. 어쩌면 오주팔의 그것은 흡사 암컷을 유인하기 위해 아름다운 노래와 춤사위를 함께하는 아프리카 홍학의 품위 있는 자태와 유사한지도 모른다. 뭐랄까. 생식 전략에 의한 정교한 의태(擬態)라고나 할까. 예컨대 난초가 성공적인 번식을 위해 벌을 이용하는 경우 같은.

난초의 꽃술은 암벌의 성기 같은 모양을 하고 수컷을 유인하기 위한 페르몬을 발산한다. 식물인 난초 꽃이지만, 번식기를 맞은 곤충이 상대를 유인하기 위해 사용하는 특별한 물질을 그대로

복제할 줄 안다. 수벌은 의심하지 않고 암컷의 성기같이 생긴 난초의 꽃술 위에 올라앉는다. 그리고 엉뚱한 교미를 시작한다. 그것이 오묘한 자연의 조화고 이치다.

요컨대 오주팔이 앵강의 여자들을 낚싯배로 유인하여 난초 꽃에 앉은 벌처럼 교미를 시도하는 것도, 더욱 효과적인 교미를 위한 사전 준비 작업으로 '도밍고의 칸초네' 아니면 〈그린필드〉나 〈서머타임〉이나 〈유라쿠조데 아이마쇼〉를 구성지게 부르는 것도 결국은 생식 전략에 의한 정교한 의태인 셈이다.

그것은 오주팔이 평소에 끈질기게 주장하는 이론, 이른바 굴씨는 어떤 경우든 암컷인 난자의 염색체에 의해 우열이 갈린다는 사실을 입증하기 위한 조처다. 다시 말해 좋은 종자, 좋은 상품을 만들어 내기 위해서는 수컷의 정자가 아니라 어디까지나 우수한 유전인자를 보유한 난자일 뿐이라고 믿어 의심치 않는 것이다.

그래도 오주팔을 싫어하거나 멀리하거나 뒤에서 욕설을 퍼붓는 여자는 없다. 여자뿐 아니다. 뙤골포구 마을 어른들도 마찬가지다. 그도 그럴 것이 비록 무면허 침술이지만 오주팔의 침으로 병을 고치지 않은 사람이 없기 때문이다. 따지고 보면 오주팔의 침술도 일본 밀항 때문에 습득한 기술이다. 일본에서의 세월이 도합 3년이지만, 정확히 노토지마 진주양식장이 2년 6개월이고, 나머지 반년은 감옥이나 진배없는 곳에서 세월을 보냈던 터다.

노무라수용소. 잡혀 온 밀항자들은 거지반 한국 사람들이다.

172

오주팔에게 고도의 침술을 전수해 준 지리산 도인도 그곳에서
만난 사람이었는데, 도인은 병을 앓고 있었고 결국 수용소에서
한 발짝도 나가지 못했으며, 그가 보물처럼 싸안고 있던 침술 도
구는 고스란히 오주팔에게 남겨 주고 훌훌 떠나 버렸다.

「젊은이, 금침 말이야, 그거 정말 효험 있는 거야. 자넨 잘할 수
있을 거야. 암, 잘하고말고……. 세상에 눌려 살지 말고 새털
처럼 가볍게…… 마음 비우고 살아.」

오주팔의 손을 꼭 움켜쥐고, 도인은 그런 말을 남겼었다.

어쨌거나 앵강도에서 넘어져 다친 사람, 체한 사람, 술병 난 사
람, 손발 저린 사람, 두통 때문에 잠 못 이루는 사람, 심지어 눈병
난 사람까지, 오주팔의 신세를 지지 않은 사람이 없을 것이다. 게
다가 오주팔의 침술이 영험하다는 소문을 듣고 간간이 찾아오는
외지인에게는 사정없이 많은 대가를 치르게 하지만, 앵강도 사람
들은 무조건 공짜다. 한 번도 침 값을 받아 낸 적 없다.

그러면서도 그는 동네 이장으로서 새마을 지도자로서 온갖 잡
일을 군소리 없이, 그리고 열성적으로 깨끗이 처리한다. 마치 동
네일 해결하기 위해 태어난 사람 같다.

그렇다. 오주팔은 마을 이장이라기보다 앵강도 해결사라는 별
명이 더 걸맞다. 예컨대 군대에서 총을 난사하고 탈영한 성갑이
둘째 아들 사건만 해도 그렇다. 외양간 바닥에 땅굴을 파고 숨어
있던 녀석이 무장한 헌병대원들에게 끌려갔을 때만 해도 마을

사람들은 한결같이 '사형 아니면 무기 징역'일 거라고 지레 겁을 먹었지만 웬걸, 오주팔이 발 벗고 나서 국방부로, 육군 본부로, 소속 군부대로 동분서주한 끝에 큰 탈 없이 만기 제대로 귀결을 보았던 것이다. 오주팔의 요령이 뛰어난 덕분이라기보다 그야말로 절치부심과 동분서주가 만들어 낸 공덕이 아닐 수 없다.

가령 지역 출신 국회의원 사무실은 아예 전세 내다시피 했다든가, 비서관을 앞세워 마치 탁구대 위의 탁구공인 양 이곳저곳을 끈덕지게 왕래했던 집념이 그 같은 결과를 낳은 셈이다.

어디 그뿐인가. 기억컨대 10년 전만 해도 바닷속을 긁어 고기를 잡는 소형 저인망 어선, 속칭 고데구리가 요즘처럼 자타가 공인하는 불법 어로로 낙인찍힐 정도는 아니었다.

오히려 뙤골포구같이 별 볼일 없는 어촌은 고데구리가 가장 쉬운 밥줄이었고, 또 유일한 생계 수단이었다. 그래서 가가호호 고데구리를 부리지 않는 집이 없었고, 설사 배를 갖고 있지 않다 해도 동업자이거나 판매 담당이거나 해서 거의 100퍼센트 참여도를 기록했다.

그러다 보니 하루가 멀다 하고 사고가 생기기 일쑤였다. 해양 경찰대에 적발당하지 않으면 수산청 지도선에 그물과 포획한 생선을 통째로 빼앗기고 엉엉 울면서 포구로 들어오곤 했다. 그때마다 오주팔이 기다렸다는 듯 후닥닥 나섰다.

물론 군 경찰서로, 때에 따라서는 도 경찰국으로, 더 심각할 때

는 검찰청과 법원까지 줄줄이 드나들며 압수당했던 그물을 찾기
도 하고 구속된 선원과 선주를 잽싸게 빼내 오곤 했던 것이다.

하나 그 일은 아무나 해낼 수 있는 사안이 아니다. 오주팔은 그
방면의 전문 지식을 통달했고, 또 그 일에 탁월한 능력을 발휘했
다. 이른바 누가 칼자루를 쥐고 있는지의 정보에 민감했으며 더
불어 총체적인 사건의 급소를 짚을 줄 알았다. 오죽했으면 앵강
바다 주변 사람들 왈,

「오주팔이 나서서 안 될 일이 어딨노? 대한민국에서는 주팔이
가 최고 아니가.」

자부해 마지않았을까. 그래서일까. 당시 오주팔의 직업은 무면
허 침술사가 아니라 앵강바다의 해결사였다. 그런 류의 해결사
를 흔히 브로커라고 부르던가. 그러나 오주팔의 분주한 브로커
역할 치고는 실속이 없다. 모두가 매일 얼굴을 맞대는 동네 사람
이고 이웃사촌이었으므로 따로 정해 놓은 보수가 있을 리 없다.

그동안 지출된 실경비에다 거마비라고 해서 약간의 액수, 그것
도 현찰이 아닌 쌀, 보리, 고구마 같은 농산물, 그리고 고데구리
로 잡아 올린 어획고 중 일부를 떼어 오주팔 집으로 보내는 섯이
고작이다.

그래도 오주팔은 군말이 없다. 당연하다는 눈치다. 물론 많이
줘서 싫어하는 사람이 어디 있을까만, 그렇다고 분에 넘치게 거
마비를 많이 내놓거나 그런 일로 쩔쩔매는 동네 사람을 보면 한

사코 사양하기 마련이다. 아니, 경우에 따라 훈계도 마다하지 않는다.

「보소, 행님, 내가 어디 돈 벌라꼬 쫓아댕겼는교? 어디까지나 동네 이장 직무 땜에 겸사겸사 일 보다가 해경 구속 건을 항의헌 거 아닌교? 이 돈 가져가이소. 한 동네 사람들끼리 정 떨어지겼거마는.」

「와 그런 소릴 허는고? 하모, 옛말 그른 소리 없어, 입은 삐뚤어져도 말은 바로 허는 기라. 솔직히 주팔이 동생 아니었시모, 언감생심 우리 배가 우찌 작업허로 나갔겼는가? 생각허모 이건 약소헌 기라. 이참에 게기 잘 올리모 절대로 그냥 안 보낼 기세. 하모, 사람 노릇 단단히 헐 기라.」

「허어 참, 행님 말씀에 감동해서 눈물 난다 카이. 외상이모 소도 잡아묵는다꼬 다음에 보자는 말 누구는 몬 허겄는교. 그리고 이 주팔이한테 줄 돈 있시모 일제 망원경이나 한 대 사서 수산청 지도선이 오기 전에 벼락치기 도망이나 치소 그마. 오줌 누고 좆 안 터는 놈같이 맨날 밍그적거리다가 그물 뺏기고, 게기 뺏기고, 고발당허지 말고.」

「내가 은제 오줌 누고 좆 안 털든가?」

「그러모, 와 행님 별명이 굼벵인교?」

「허허, 거참.」

어쨌거나 동네일을 자신의 일처럼, 그리고 사심 없이 처리했으므로 뙤골포구 이장 오주팔을 함부로 비판하는 사람이 없다.

　설사 생산적인 일에는 도통 나서지 않는다고 해서 아니, 여자 보기를 돌같이가 아니라 흉년거지 밥 보듯 하는 못된 버릇이 있다고 해서, 그리고 기껏해 봐야 장난인 양 색칠해 놓은 그 낚싯배에 부적절한 관계의 여인의 어깨를 감싸고 앉아 〈서머타임〉과 ‘도밍고의 사랑 노래’와 〈유라쿠조데 아이마쇼〉를 흥얼흥얼거리는 것이 고작인, 어찌 보면 나사가 통째 빠진 듯 보이는 오주팔이지만 어느 누구도 그의 기이한 행동에 대해 시시비비를 따지는 사람이 없는 게 다 그런 까닭에서다.

자타가 공인하는 무면허 침술사 오주팔이 오랜만에 새벽 나들이를 한다. 싱그런 모래사장이며, 연신 쳐오는 파도며, 하늘을 찌를 듯 우뚝 선 왕소나무며, 시야에 들어오는 모든 물상이 아직은 툽툽한 납빛이다. 그래서일까. 오주팔의 움직임이 그렇게 우스꽝스러울 수가 없다. 흡사 허방에 빠진 듯, 한쪽 다리가 심하게 굽었다가 다시 일어나고, 일어났다가 또 허방에 빠진 듯 심하게 굽혀지고……. 영락없는 탱고 리듬의 라콤파르시타다. 새벽 실루엣이라 더욱 율동적으로 보이는 것일까. 그래도 오주팔은 당당하다. 뒤뚱거린다고 해서 걸음 빠르기를 조정한다거나 잠시 멈추거나 하지 않는다.

오주팔은 침술 가방을 옆구리에 끼고 있다. 노무라수용소 도인에게 물려받은 바로 그 검은 가죽 가방이다. 보나마나 급한 전갈을 받고 부랴부랴 나선 게 틀림없다. 누군가 새벽 복통이 났거나 장이 꼬였거나 했나 보다.

비록 국가가 인정하는 침술 자격시험에 합격한 적도, 침술 의원을 개원한 적도 없는 오주팔이지만, 다른 의료인을 제치고 정식 주치의 임명장을 받을 만큼 그의 명성은 정평이 나 있다. 그것도 시시한 주치의가 아니다.

한때 전국 체전에서 8강에 오른 전력이 있는 사량농고 축구부다. 물론 전문 의료인이 아니라 근육 관리사 자격이다. 하지만 사량농고 축구팀에 전문 의료인이 따로 있는 게 아니라서, 사량 사람들은 스스럼없이 오주팔을 닥터 오라고 호칭하기 예사다.

실제로 그의 침술은 대단한 위력을 발휘한다. 아무리 큰 부상을 당한 선수라도 오주팔이 경락을 찾아 찌르는 금침 한 방이면 백발백중이다. 들것에 실려 들어와 다 죽어 가던 선수가 언제 그런 일이 있었느냐는 식으로 털털 털고 일어선다.

어쩌면 면 단위, 그것도 농업학교 입지에 전국 4강까지 오를 수 있었던 것도 부상 선수 관리가 그처럼 완벽했던 탓인지도 모른다. 그러니 그의 침술이 널리 알려지지 않을 수 없다. 금침 한 방에 멀쩡해진 선수 아이들의 입을 통해 전해진 소문이라 더더욱 신빙성이 있어 보인다.

예컨대 보결 선수로 축구부에 적을 두었던 김모 군의 아버지 김영달이 그 대표적인 케이스다. 사량극장, 수산시장 번영회 등 사량 경제를 주름잡는다고 해도 과언이 아닌 김영달이 갑자기 쓰러져 발칵 뒤집혔는데, 보건지소장도 그러하고, 사량내과 의원장도 그러하고, 가능하면 빠른 시간 안에 부산대학교병원으로 옮기는 것만이 상책이라는 진단 끝에 수산청 쾌속선을 부른다, 경찰 헬기를 부른다 갈팡질팡하는 상황에 김모 군이 마침 사량면 소재지에 와 있던 앵강도 무면허 침술사 오주팔을 발 빠르게 모시고 왔다는 거다.

그리고 족삼리(足三里), 백회(百會), 인중(人中) 등에 비장의 치침술(置鍼術)을 시도했는데, 그의 아들이 그랬던 것처럼 정말 거짓말같이 부스스 일어나,

「내, 냉수 한 대접 묵고 싶다.」

했다는 것이다. 그런 일이 있고 나서 오주팔의 진가는 더더욱 하늘을 찌른다.

그러나 오주팔의 신기(神技)가 언제 어디서나 그것도 100퍼센트 통하는 것은 아니다. 비교적 초기에 해당하는 스물여섯 살 무렵, 통영 어디선가 침을 찔렀다가 환자를 절명하게 한 일이라든가, 부산 어디에서도 술 마시다 말고 침을 놓았는데 그길로 황천길로 직행시킨 일이 있어서 소위 말하는 무면허 의료 행위법 위반으로 반년 가까이 감옥살이까지 한 불명예를 지울 수가 없다.

뙤골포구에서도 예외가 아니다. 물론 오주팔이 치료를 자처한

것은 아니다. 환자 쪽에서 아등바등 매달렸기 때문에 어쩔 수 없이 침통을 들었다가 일어난 사고였지만, 어쨌든 그 사고 때문에 오주팔이 일생일대의 참담한 고통을 감내하지 않으면 안 되었다.

오주팔이 침을 꽂자마자 숨이 끊어진 동네 청년 시신이 오주팔의 집 마당에 옮겨 와 일주일여 방치되었고, 하필 찌는 듯한 여름철이어서 시신 썩는 냄새 때문에 온동네 사람들이 코를 틀어막지 않으면 안 되었고, 결국 시신을 치운다는 조건으로 오주팔 소유의 앵강도 최고 어장인 상돌목 바다를 피해 가족에게 양도했던 터다.

물 흐름이 빠른 데다, 두 물이 합치는 지역이라 정치망 그물을 놓기만 하면 양태와 노래미, 뽈락과 참돔을 1년 내내 풍성히 끌어올리는 천혜의 어장을 그만 강탈당해 버린 것이다.

지금은 상돌목 바다도 뺄득이 소유로 되어 있는데, 다른 요지 땅을 그렇게 했던 것처럼 그 어장 소유권도 헐값에 넘겨받은 것이다. 오주팔은 요즘까지도 그것을 믿지 않지만, 실은 침 한 방에 죽어 버린 피해 가족을 뒷구멍으로 찾아다니며 시신을 오주팔 집 마당에 옮겨 놓도록 사주한 장본인이 뺄득이라는 소문이 한동안 뛰골포구를 떠들썩하게 만들었더랬다.

그러나 오주팔의 진가가 꼭 침술에서만 돋보이는 것은 아니다.

다름 아닌 운동에 대한 감각이다. 대통령의 여름 휴가 때문에 총을 맞아 병원에 실려 가기 전만 해도 오주팔은 만능 스포츠맨이었다. 육상이면 육상, 씨름이면 씨름, 어디서나 1, 2등을 도맡아 입상하는, 그래서 삼천포수산학교에서는 물론 면 대항 체육대회에서도 늘상 독수리처럼 펄펄 날던 오주팔이다.

「센타포드를 풀백으로 바꾸소. 호랭이같이 달려들어도 어려운 판에 저리 실실 걸어 댕기는 자석이 무신 골을 넣겠는교.」

축구 감독을 따라다니며 참견하는 것도,

「측면 공격을 허소 그마! 중앙 돌파는 아덜 체격도 기술도 딸려서 안 된다 카이!」

제풀에 방방 뛰어 마지않는 것도 모두 그의 운동에 관한 뛰어난 감각 탓이다. 라콤파르시타 처지만 아니었어도 오히려 축구 감독은 오주팔이 맡아야 한다는 의견이 분분할 정도였으니 그의 감각적 본능이 얼마나 뛰어났는지 실히 짐작되고 남는다.

비록 외진 섬 앵강도에 처박혀 오로지 패류 연구에만 진력하는, 말 그대로 바닷물로 먹고사는 굴양식업자에 불과하지만 어쩌다 시합 때문에 불려 가기라도 할라치면 영락없이 부산 같은 대도시서 금방 내려온 번듯한 한량 차림새다. 막말로 시골 촌놈 행색이 아니다.

체크무늬 티셔츠에, 비단 목도리에, 꽃무늬 박힌 자주색 조끼에 도리우찌 모자를 눌러쓴, 그야말로 서울 명동에 내놔도 빠지지 않는 멋쟁이 중 멋쟁이가 오주팔이다.

용모 역시 잘생긴 아기자기한 미남은 아니지만, 온 얼굴에 하나뿐인 듯 커다란 주먹코하며 앙팡 다문 입술, 시푸른 면도 자국하며, 한마디로 쾌남형에 속하는 개성파임에 틀림없다.

그래서 그런지 오주팔에게는 친구가 많다. 면 소재지에도 많고, 삼천포 시내에도 많고, 심지어 1년에 한 번 갈까 말까 하는 부산에도 아무개가 왔다 하면 득달같이 달려올 친구가 한둘이 아니다.

그래도 그의 관심은 앵강도다. 앵강도국민학교 동기생인 뻘득이, 재식이, 그리고 2년 후배 봉삼이 등등 함께 모래밭 뒹굴던 불알친구들이 우선이다.

실오라기 하나 걸쳐 본 적 없어 전신에 팬티 자국도 나지 않았던 깡 어촌 아이들. 물속에 너무 오래 있다 보면, 그리고 햇빛이 구름에라도 가려질라 치면 이빨이 딱딱 소리 나도록 입술 주변이 보라색으로 변하던 아이들. 뜨겁게 달궈진 편편한 바위에 마치 프라이팬에 얹은 계란처럼 누워 젖은 몸을 말리기라도 하면 번데기인 양 움츠렸던 고추가 흡사 햇빛이 건전지라도 되는 양 발딱발딱 일어서 제법 어른 엄지 행색을 했는데, 햇볕은 따갑고, 시간은 더디 가고, 파도는 여전히 바위를 치고 올라왔다가 내려가고……, 심심하고 무료하단 듯, 아이들은 어른들 엄지만해진 고추를 더욱 성내게 하기도 하고, 포경이 안 된 작은 고추를 늘어뜨렸다가 오므리고, 오므렸다가 다시 흔들고……, 그러다가 누군가 소리소리 지른다.

「와, 똥줄이 좆 까져 삣네!」

「똥줄이 좆 까져 삣다 카이!」

「우찌 까졌노?」

「피도 안 나고 까졌다 아니가!」

그렇게 노래 노래 불러 대던 여름 한나절. 마을 당산나무에서 매미가 맴맴 울고, 그 위를 날던 갈매기도 끼룩끼룩 울고…….

2**6**

「자네는 와 술 묵어도 꼭 그쪽 아덜허고만 묵노?」

간혹 면 소재지 친구들이 타박을 주지만 오주팔은 그냥 씩 웃어 넘겨 버리곤 한다.

면 소재지 친구들과 자주 어울릴 수 없는 것은 마음이 동하지 않아서가 아니라 여객선을 타고 나가야 하는 불편 때문이다.

뙤골포구에서 면 소재지까지는 하루 두 차례 왕복하는 여객선으로 한 시간 거리다. 문제는 오주팔이 함부로 외출을 하지 않는다는 데 있다. 가령 사량농고 축구부 시합 같은 공식적인 일이 아니고서는 절대로 뙤골포구를 떠나지 않는다. 일종의 습관이라고나 할까.

자연히 앵강도 친구들과 자주 어울리는 수밖에 없다. 거개가 농사꾼 아니면 고기잡이 어부들이다. 그래서 입이 험한 데다 시끄럽고 무식하다. 오주팔과 술자리에 앉았다 하면, 아니 두 순배쯤 돌아 제법 거나해졌다 하면 대번 코 이야기가 불거지기 일쑤다.

「지기미 씨팔, 와 주팔이 코만 크노?」

「와, 니는 작아서 배 아프나?」

괜한 시비다. 옆에서 다른 친구가 거든다.

「지기미 씨팔, 우리한테도 고루고루 노놨시모 올매나 좋았겠노?」

「하모, 니 말 맞다. 애시당초 우리한테 붙은 코였는 기라. 그런 우리 코를 조금씩 떼다가 주팔이한테 몽창 부치 삤는 기라.」

「뭐라꼬? 내 코가 주팔이한테 갔다꼬?」

「하모, 우리가 보시헌 거 아니가.」

「보시?」

「야 이 자석아, 니는 보시도 모리나?」

「모리기는 와 모리노? 우리가 보시했다 쿠모 주팔이한테 감 나와라 배 나와라 헐 꺼 없다 아니가! 와 내가 틀린 말했나?」

그리고 좌중을 훑는다. 아무도 대응하지 않는다. 장본인인 오주팔도 마찬가지다. 가타부타 말이 없다. 그냥 피식 미소만 머금고 앉아 있다.

「그래, 씨팔, 오늘 술값은 주팔이가 내는 기다. 아니모 함안댁 한번 봐주고 술값 뭉개 삐리든지.」

말할 것도 없이 함안댁은 뙈골포구 유일한 만춘옥 주인이다.

「보소, 함안댁, 어디 있노? 케이비에스 아홉 시 뉴스 못 들었는 교? 오늘 코보가 함안댁을 극락으로 보낸다 카이!」

하필 그럴 때 주방에서 횟감을 썰던 그녀가 손가락을 베었다 던가.

그러나 오주팔의 코는 함안댁의 전유물이 아니다. 뙈골포구 아낙들도 마찬가지다.

오주팔에게는 정식 부인이 없다. 말 그대로 홀아비다. 지금까지 예식장에서 결혼식을 올린 적도 없고, 누군가 차분히 들어앉아 살림을 꿰찬 적도 없다.

노무라수용소에서 침 공부를 끝내고 귀국했을 때 배 안에서 만나 사귄 여자가 오주팔을 따라 뙈골포구에 들어온 적은 있었지만, 3개월도 안 돼 흐지부지 헤어지고 나서는 아직 오주팔의 안방을 차지하는 여자가 없다. 뙈골포구 여자들이 시도 때도 없이 오주팔을 희롱 상대로 삼아 낄낄대는 것도 기실은 뙈골포구의 유일한 홀아비가 바로 오주팔이기 때문이다.

해도 긴 지루한 봄날, 마늘밭 매던 이낙들이 새참이라도 먹기 위해 한자리에 모였다 하면 누군가 불쑥,

「보소, 몸이 와 이리 뻑적지르르허노?…… 요럴 때 우리 주팔이 콧침이나 한 방 꽂았시모 원이 없거만은.」

「주팔이 콧침?」

「이 아지매가 세상 물정 모르는갑다. 주팔이 콧침이 올매나 비싼교? 아무 데나 몬 꽂을 기요.」
「비싸긴 머가 비싸? 그 앞에서 궁딩이만 흔들모 그냥 꽂아 준다 카이.」
「어떤 년이 흔들었는교? 아지매가 봤는교?」
「하모, 내 눈으로 똑똑히 본 기라. 면 소재지 부잣집 사모님 궁딩이.」

다름 아닌 김영달 부인이다. 남편을 살려 낸 오주팔의 침술에 대해 침이 마르게 칭송만 할 수 없어서인지 그녀가 직접 앵강도를 내방한 것이다. 지병인 좌골 신경통을 치료하기 위해서다. 김영달 부인과는 이번이 초면이 아니다. 10년 전인가, 김영달 부부가 부의 상징으로 응접실 수족관에서 기르는 수입 비단 잉어 치료차 사량도까지 왕진 갔을 때도 만났던 사이다. 그때 역시 병든 잉어에게 주사를 놓고 수술하는 오주팔 옆에 바짝 붙어, 이런 기술 언제 배웠느냐, 이런 직업도 먹고살 만하느냐, 장가는 들었느냐 등등 별별 씨나락 까먹는 질문을 다 던졌던 터다. 오주팔 역시, 요것 봐라, 요 맹랑한 걸 그냥 둬서는 안 되겠네, 손 좀 봐줘야지. 막 돌아앉는 순간, 그 집 가족 중 누군가 들이닥치는 바람에 미수로 끝난, 왈 그쪽 방면으로 한없는 끼를 발산해 마지않던 여자다. 그런 전력 탓인지 김영달을 위기에서 구한 무면허 침술 사건을 기화로 그녀 스스로 뙤골포구까지 오주팔을 만나러 왔더랬다. 그 만성 좌골 신경통이 그의 침술로 진짜 효험을 보는지 어쩌는지 모르지만, 그녀는 사흘이 멀다고 오주팔의 집을 드나들었고 그때마다 새어 나오는 여자의 신음 소리가 부녀회장 집 개 짖는 소리보다 컸다는, 확인되지 않은 소문이 꼬리를 물었던 것이다.

「으머, 으머, 이기 무신 미친년 상추 뜯는 소린교? 그러니까 주팔이 손침이 아니라 좆침이다 그 말 아닌가베?」

「하모, 미친년 상추 뜯는 기 아니라 자네가 자다가 봉창 뚜드리고 있거마는.」

「그러는 맹구 우매는 와 눈이 돌아가 삐요?」

「내 눈이 돌아간다꼬? 오디로 돌아가노?」

「흐커게 우로 돌아가 삐리거만은.」

「오냐, 내는 우로 돈다마는 니는 밑으로 돌제? 그자? 다리 밑으로 질질 흐르제?」

「맹구 우매…… 숭 없거만은.」

「숭 없기는 뭐가 숭 없어? 안 그러는 척 호박씨 까는 년이 더 숭 없는 기제.」

「암튼…… 존 것이 존 거구만은.」

그러나 아낙네들의 장난기도 앵강도 부녀회장 용천댁이 떴다 하면 삽시에 주눅이 들어 버린다. 얼음 찬물이라도 끼얹은 듯 갑자기 입을 닫고, 언제 그랬냐는 듯 흘끔흘끔 곁눈질하며 뿔뿔이

흩어지기 시작한다.

「누고? 어떤 년이 품위 없이 음담패설 풀었노?」

용천댁이 좌중을 휘 훑는다. 아무도 대꾸하지 못하고,

「또 놀리 봐. 부녀회의 정식 안건으로 올리서 작살을 낸다 카이. 커나는 우리 아덜 교육상 용납헐 수 없거만은!」

흡사 텔레비전 뉴스팀에 발각된 부녀 도박꾼들처럼 고개 숙이고 비실비실 피하지만 웬걸, 용천댁의 영향권에서 일단 벗어났다 싶으면 다시, '콧침은 존 거구만은' 분위기로 금방 바뀌었다. 그처럼 오주팔에 대한 아낙네들의 회롱은 끝이 없다.

일종의 스트레스 해소용이라고나 할까. 용천댁만 없다면 오주팔에 관한 한 욕설을 퍼부어도, 걸쭉한 음담패설을 늘어놓아도, 저질스런 몸짓을 구사해도, 결코 흠이 되지 않는다. 오히려 아무 말 없이 꾸어다 놓은 보릿자루처럼 침묵으로 일관하는 아낙네는 내숭으로 간주되기 일쑤다.

그것이 앵강도 사람들의 너그러움이다. 나이가 젊으나 늙으나 마찬가지다. 뭐랄까. 누구나 공유하고, 누구나 야자하고, 누구나 욕지거리하고, 그러면서도 누구나 사랑하는 흡사 국민적 익살이나 해학이라고나 할까.

그래선지 앵강도 아이들은 대체로 코가 큰 편이다. 물론 부모의 유전인자를 타고나는 게 당연지사겠지만 가령 앵강도 대표적 술꾼인 늦쌀이라든가, 앵강도 유일한 대학생 창섭이, 그리고 서울서 심부름센터를 운영하는 삼식이, 낚시꾼 조갑이 같은 경우는 별도의 돌연변이처럼 전혀 판이한 코를 달고 나온 경우다.

달리 말할 것도 없이 앵강도에서 코 큰 것은 오주팔의 씨알이 엉뚱한 곳으로 튕겨 간 탓이라고 입을 모으지만, 그렇다고 유전자 검사니 DNA 검사니 해서 가정 파탄이 나거나 아이가 오주팔이 사는 집으로 억지로 보내지거나 한 일은 아직 없다.

그냥 그렇게 어림짐작만 할 뿐이다. 아니, 노토지마의 구마모토가 그랬던 것처럼 이미 아무개 가문의 종손으로 입적되어 무럭무럭 자라나는 아이를 단지 코가 우람하게 크다는 이유 하나로 집안 전체를 풍비박산 낼 수 없는 터다.

더구나 늦쌀이는 그를 낳았던 친모가 진즉 눈을 감았으므로 '왜 주팔이한테 다리를 벌렸느냐' 술 취하면 악다구니하는 남편의 으름장을 받을 이유가 없고, 삼식이 또한 수년 전 해일 때 그에게 성을 물려준 아버지가 영영 돌아오지 못한 터라 그 일로 동네가 시끄러워질 이유가 없었다.

그러나 창섭이는 다르다. 창섭이는 어느 누가 봐도 영락없는 주팔이 모습 그대로다. 온 얼굴에 하나뿐인 듯한 육중한 코가 그러하고, 움푹한 눈두덩이 그러하고, 조각칼로 정교히 파놓은 것처럼 길고 또렷한 인중이 그러하고, 숱이 많은 눈썹이 그러하다.

「벼락 맞는다 카이. 저걸 보고 주팔이 종자 아니라꼬 우기는 년은!」

「그래도 한사코 잡아뗀다고 안 허나.」

「자고로 여자허고 날씨는 믿을 것이 없거만은.」

「하모, 여자를 우찌 나무라겄노? 어디까지나 주팔이 좆이 문 젠 기라. 결국 그 꼬부랑 좆이 제 발등에 오줌 깔기고 있는 기라.」

「아니라 고마, 주팔이가 제 발등에 오줌 누는 것이 아니고 김봉삼이 육갑허고 있거만은.」

「와 봉삼이 욕허는교? 봉삼이 욕허모 천벌받는다 카이.」

「하모, 입이 찢어져도 말은 바로 해야 되는 기라. 진짜로 천벌 받을 년은 산청댁인 기라.」

누구나 한마디씩 거들고 싶어 한다. 그만큼 창섭이의 판박이가 절묘하다. 늦쌀이나 삼식이처럼 우람한 코만 닮고 그 외 것은 모계를 따를 만도 한데 웬걸, 창섭이는 제 에미인 산청댁의 얼굴 윤곽조차 어느 한 군데서도 찾아 볼 수가 없다.

그래도 창섭이가 행여 다칠세라 애지중지하고 안달복달하는 김봉삼이 대견하고 경탄스러울 뿐이다. 정확히 창섭이는 김봉삼의 장남이다. 김봉삼은 앵강도가 아니라 면사무소가 있는 백운 들녘까지 이름을 떨친 씨름꾼이다. 면 대항 씨름 대회에서 3년 거푸 송아지 고삐를 거머쥔 왈 슈퍼급 장사다.

하지만 그는 직업적인 씨름꾼이 아니다. 그냥 체구만 우람하고 황소처럼 힘 좋은 보통 농군이고 어부일 따름이다.

오주팔이 청와대 초청으로 군내 유지로 떠오른 뒤 사량면 씨름 협회장에 추대되었을 때도 김봉삼은 전어잡이 철을 핑계로 씨름 선발 대회조차 보이콧하고 만다.

아무리 주팔이가 나서고 면장이 회유해도 소용이 없다. 창섭이 때문이다. 창섭이가 중학교에서 전교 일등을 차지한 뒤부터 김 봉삼의 행동거지가 그렇게 싹 바뀐 것이다. 그처럼 포효하고 자 랑스러워하던 씨름도 내팽개치고 고기잡이에만 열중한다. 창섭 이의 뒷바라지를 위해서는 열심히 벌어 놓지 않으면 안 된다는 것이 김봉삼의 생각이고 각오다.

한데 이상하다. 오주팔의 코를 그대로 닮은, 그래서 오주팔의 씨앗으로 암암리에 추측되는 늦쌀이라든가 삼식이라든가 조갑 이 등은 어쩌다 골목 같은 데서 오주팔과 마주쳐도 별반 반응을 보이지 않는데, 창섭이만은 다르다.

뭔가가 끌어당기는 것이 있어서일까. 억지로 만들거나 의도적 으로 표시하는 것도 아닌데 너무나 자연스럽다. 아니, 창섭이가 오주팔을 유별나게 잘 따르기도 한다. 어렸을 때부터 바닷가 모 레밭에서 헤엄치고 씨름하고 공 차는 데 열중하기보다 혼사 살 구나무 그늘에 앉아 책 읽는 데 더 많은 시간을 보내던 창섭이라 더욱 그러하다.

27

창섭이는 학교만 다녀오면 냅다 오주팔의 집으로 내달리기 일쑤다. 뙤골포구에서 서가를 갖고 있는 사람이 오로지 오주팔뿐이었기 때문이다. 물론 해양 생태와 침술에 관련한 책이 주종이긴 했지만 그래도 창섭이의 열렬한 독서열에 불을 지피는 데는 부족함이 없다.

그러나 당사자인 창섭이도, 그 밖의 어느 누구도 눈치 채지 못했지만 실은 오주팔이 창섭이 읽을 만한 책을 꾸준히 구입, 서가를 미리미리 채워 놓았다. 그렇게 오주팔과 창섭이 사이에는 아주 자연스러운 감정의 교류가 유유히 흐르고 있었다.

특별한 일이 없는 한 오주팔은 해 떨어지는 석양 무렵의 해변 산책을 즐긴다. 그것이 오주팔의 오랜 습관이다. 그 산책길을 언제부터인가 창섭이가 동행하게 된다. 두 사람은 파도에 젖어서 단단해진 모래톱만 골라 걷다가, 태양의 둥근 테가 수평선에 닿을 무렵이면 약속이나 한 듯 편편한 바위에 나란히 주저앉는다. 그리고 온통 노을빛 광채뿐인 바다를 본다.

「창섭아.」

「예.」

「넌 바다를 우찌 생각허노?」

「바다가 좋씸더.」

「그냥 좋기만 해?」

「예.」

「다른 생각 나는 것은 없고?」

「생각 말인교? …… 바다는 넓고…….」

「그렇제? 바다가 넙제? 어무니 품속 같제?」

오주팔이 더 가까이 다가앉을 듯 동조를 구한다. 한데도 녀석은 멀뚱하게 반문한다.

「어무니라꼬예?」

「그래, 어무니……. 어무니는 원래 좋은 깃도 이해허고 나쁜 것도 이해허고, 다아 포용해 안 주더나? 니 참, 핵교에서 한문 배우제?」

「조금 배웁니더.」

「바다를 한문으로 머라쿠데?」

「해라꼬 헐 긴데요?」

「그래, 해가 무신 뜻이고?」

「바다 해 아닙니꺼?」

「하모, 바다 해 맞다. 창섭이 니는 학실히 머리가 조타…… 그
라모 바다 해 자 속에 무신 자가 들어 있노?」

「그거는 모리겠씸더.」

「봐라.」

오주팔이 바위 아래 모래밭에 손가락으로 바다 해 자를 쓰며
계속한다.

「여그, 어미 모 자가 들어가제? 오죽했시모 바다 해 자를 어미
모 자로 넣어서 맨들었겠노. 그러니까 바다는 곧 어무니다, 그
런 뜻이라 카이……. 창섭아?」

「네, 아저씨.」

「니, 불란서 말 모르제?」

「모립니더.」

「불란서 말로 바다를 머라쿠냐 허모, 라 메르라 칸다.」

「라 메르.」

「그래, 발음 좋다. 이번에는 불란서 말로 어무니는 머겠노?」

「모리겠씸더.」

「어무니도 똑같이 라 메르 아니가. 바다도 라 메르, 어무니도
라 메르. 그기 무신 뜻이겠노? 옛날로 옛날로 거슬러 올라가

모, 사람이 바다에서 태어났다 카이. 바다를 와 어무니허고 똑같은 이름으로 부르겠노? 바다에서 모성을 느끼기 때문에 그러는 기라. ……니도 인자 더 커서 공부 많이 허모 알게 될 기다마는, 우리 사람 체액의 원소 조성이 바닷물의 조성허고 똑같다 아니가. 그러니까 창섭이 니 몸 안에도 내 몸 안에도 같은 작은 바다를 담고 산다 그 말인 기라.」

오주팔 혼자 '작은 바다'라고 중얼거려 본다. 생각할수록 그럴 듯한 표현 같다. 오주팔이 어깨를 으쓱 올렸다가 내리며 창섭이를 바라본다.

「내 말이 무신 뜻인지 알겠제?」

「모르겠씸더. …… 그런데 아저씨는 수산핵교도 중퇴했다 쿠던데, 오디서 그리 많이 배운 깁니꺼?」

「아저씨한테도 스승이 있었던 기라. 그 스승이 누구냐 카모…….」

「아, 내도 압니더.」

「창섭이 니가 우찌 아노?」

「밀항 가서 만난 일본 사람 아닙니꺼? 그 사람한테 배울라꼬 무역선 밑창에서 사흘 밤낮을 고생했다 쿠데예. 오줌똥도 누워서 쌌다꼬…….」

「오줌똥 얘기는 누가 허드노?」

「우리 동네 사람 다 압니더. 모리는 사람 한 명도 없씸더.」

「고약헌지고……, 그기 무신 좋은 얘기꺼리라꼬…….」

「우리 핵교에도 아저씨처럼 밀항으로 일본 가서 공부헐 기라꼬 준비허는 아덜 있씸더.」

「씰데읎시, 그런 짓거리 허지 말라 캐라! 절대로 밀항은 안 되는 기라. 정식으로 유학 비자 받아 갖고 가도 시원찮은 마당에…… 창섭아!」

오주팔의 목소리에서 갑자기 쇳소리가 난다.

「니 친구한테 내가 그런다꼬 전해라. 밀항은 벤또 싸들고 댕기서라도 막을 기라꼬…… 알겄나!」

「알겄씸더.」

「내도 실은…… 일본 사람 구마모토도 스승의 한 사람이지만도…… 진짜 스승은 책인 기라, 책.」

오주팔이 다시 한 번 책을 강조하고 나서, '험험'을 여러 번 뱉는다.

「그래, 그거는 그렇다 카고…… 니 바다에 대한 평소 생각은 어떻노? 그 생각을 말해 보그라. 바다가 어떤 건지…….」

「바다는…… 무섭씸더.」

「무섭다꼬?」

「예.」

「와 무섭노?」

「요리 잔잔허다가도 화를 냈다 쿠모 사정이 없는 기라요. 작년

태풍에 우리 집 지붕이 다 안 날아갔씹니꺼.」
「그래서 바다가 원망스러운 기가?」
「원망보다도…… 그냥 두렵씸더.」
「하모, 맞다. 바다를 두려워하는 것은 당연한 세상 이치 아니
가. 그래서 바다를 보고 겸손을 배워야 허는 기야.」
「겸손이요?」
「바다를 대헐 때는 제 몸을 낮춰야 헌다 카이. 내 말 알아 묵겠
나?」
「알아 묵겠씸더.」
「창섭아.」
「예.」
「바다를 봐라. 아무리 비가 많이 와도 바닷물 불어나는 거 봤
나?」
「못 봤씸더.」
「그러모, 가뭄이 계속되는데도 바다가 줄어드는 것 봤나?」
「그것도 못봤씸더.」
「흘러들어온 물에게 너 어디서 왔냐? 순사덜처럼 따지는 거
봤나?」
「아닙니더.」
「바다 짠물이 이쪽은 싱겁고 저쪽은 짜고, 그런 거 봤나?」
창섭이가 아니라고 고개를 젓는다.

「바다가 왜 평등헌지 인자 알겄나?」

「예.」

「대답만 예예 허지 말고 진짜로 알겄나?」

「알겄씸더.」

「창섭아.」

「예.」

「니는 와 물이 아래로 흐른다꼬 생각허노?」

「모리겄씸더.」

「물은 하나로 합칠라꼬 흐르는 기라. 산에 가모 돌뿌리에서도 가랑잎 틈새에서도 물이 스며 나오제? 와 나오겄노? 합칠라꼬 나오는 기라. 둑을 쌓아 막으모 틈새로 새어 나와 서로 다시 만나는 기 물이라. 물이 오디로 갈라꼬 그리 힘들게 만나고 합치는 기가?」

「바다로 갑니더.」

창섭이가 서슴없이 대답한다.

「하모. 바다가 물의 고향 아니가? 세상의 물이 바다로 바다로 다 모여서 같이 살라꼬 그리 힘들게 흐르는 기라. 바다가 와 만물의 어무니고, 만물의 선생님인 것도 알겄제? 사람덜이 바다를 맘대로 헐 수 있다고 생각허모 큰 오산인 기야. 창섭이 니도 그렇고 내도 그렇고……. 모든 사람은 자연 속의 작은 미물이라 카이. 내 말 무슨 뜻인지 진정코 이해헐 수 있겄나?」

「이해할 수 있겠씸더.」

「허긴, 창섭이 니는 영특허니께.」

그 대목에서 오주팔이 창섭의 어깨를 긴 팔로 감아 부드럽게 껴안곤 한다.

「보이소, 아저씨.」

창섭이가 생각났다는 듯 말을 잇는다.

「물이 아래로 흐르듯 우리도 아래로 흐르모, 통일이 되는 기지요?」

「통일?」

「남과 북이 똑같이 물처럼 아래로 흐르모, 결국 합쳐지는 거 아닙니꺼.」

「그기야…… 근데, 와 갑자기 통일이고?」

「우리 선생님이 그랬씸더. 통일도 맘묵기에 달렸다꼬. 어른들은 욕심이 많아 몬해도 어린이들은 헐 수 있씰 기라꼬 했씸더.」

오주팔은 그냥 멀뚱히 녀석을 본다. 확실히 놈은 뭔가 다르다. 시쳇말로 싹수가 퍼렇게 보이는 것 같다. 창섭이 녀석도 갑자기 통일 운운한 일이 어색했는지,

「아저씨는 와 삼천포 시내에 안 살고 여그 사는교? 삼천포 시내에서 침술소 차리면 돈도 잘 벌고…….」

「내는 여그 앵강바다가 좋다. 모래밭도 좋고, 파도도 좋고, 저

갈매기도 좋고, 도요새도 좋고……, 그리고 굴양식장도 좋고, 연구실도 좋고, 그보다 창섭이 니허고 요로코롬 앉아서 바다를 바라보는 기 무엇보다 좋은 기라.」

바로 그때 동네 어귀에서 큰 목소리가 들린다.

「창섭아 밥 묵자.」

「차앙섭아!」

김봉삼일 때도 있고, 창섭의 생모 산청댁일 때도 있다.

「그만 일어나자.」

어깨의 팔을 풀며 오주팔이 말한다.

「예.」

아무리 감정의 강물이 유유히 흐른다 해도, 아무리 모습이 판박은 듯 같다 해도 창섭에게 있어서 오주팔은 그냥 이웃 아저씨일 따름이다. 밤이 오기 전에 창섭은 집으로 돌아가야 한다. 생김새나 분위기로 봐서는 전혀 걸맞지 않지만 김봉삼이 바로 창섭의 아버지이기 때문이다.

김봉삼은 창섭이가 오주팔을 따르고, 오주팔 역시 창섭이를 각별하게 거두는 사실에 대해 별다른 이의를 제기한 적이 없다. 오히려 아들에게 책을 빌려 주고 선생님처럼 이것저것 세세히 챙겨 주는 오주팔이 여간 고맙지 않은 눈치다.

어쨌거나, '창섭은 오주팔의 씨'라는 의혹의 눈길을 의식하지는 못하는지 김봉삼의 아들에 대한 열정은 여전히 하늘을 찌른다.

그 뒷바라지도 마찬가지다. 아직까지 곁눈질 한 번 한 적이 없다. 오로지 전교 일등 하는 아들의 장래를 위해 남들보다 먼저 일어나 택택이 엔진을 택택 걸고, 캄캄한 새벽 바다를 가르며 어장으로 직행한다.

김봉삼과 창섭을 낳은 산청댁과의 금실도 남들처럼 나쁘지 않다. 나쁘기는커녕 그렇게 지극 정성일 수가 없다. 단 한 번도 동네가 시끄럽게 싸움 소리 낸 적이 없고, 못 산다고 보따리 싼 적도 없다. 김봉삼의 작업선이 들어올 무렵이면 산청댁은 늘 선창에 나와 서 있고, 두 사람이 생물을 이고 지고 저무는 고샅길을 두런두런 메우곤 하는 것이다.

저처럼 부부 금실 좋은 산청댁이 언제 어떻게 오주팔과 내통해서 창섭이 같은 아들을 낳았을까. 하모, 열 길 물속은 알아도 한 길 여자 속은 모르는 기라. 사람들은 혀를 끌끌 차며 힐긋거리기를 마지않는다.

그처럼 오주팔을 판에 박은 아들을 낳고 아무 풍파 없이 사는 산청댁이 있기도 했지만, 대개의 앵강도 아낙들은 그 일 때문에 늘 마음 졸이며 산다 해도 과히 틀린 얘기가 아니다. 오죽하면 산모가 아이를 낳을 때마다, "코는 어쩐교?"부터 묻기까지 할까.

또 있다. 앵강도 부녀회장 용천댁의 비공식 나들이가 그러하다. 그녀는 산모가 몸을 풀었다 하면 반드시 산방(産房)을 방문, 오주팔의 흔적을 확인하는 버릇이 있었는데 기실 그 같은 현장

점검을 거쳐 '혐의 없음'의 판정을 받아야 안도의 숨을 쉬고 축하 받기 시작한다는 가족들의 호소도 오로지 앵강도에서만 찾아볼 수 있는 희귀한 구경거리인 것이다.

반대로 용천댁의 '혐의 없음' 사인이 떨어지지 않는 경우, 그러 니까 '용의자일 가능성이 있음'의 아주 어정쩡한 판정을 받는 경 우, 다시 말해 오주팔의 우람한 코는 아니지만 그와 유사하기 때 문에 적어도 백일잔치까지는 유보한다는 결론이 났을 때 산모들 은 하나같이 '주팔이 여자' 아니면 '주팔이 손때 탄 여자' 심지어 '주팔이한테 벌려 준 년'으로까지 비하되어 도매금으로 넘어가 버리기 일쑤다. 일테면 억울한 누명이다.

한때 앵강도 아낙들에게 노래 가사 바꿔 부르기가 유행병처럼 번졌던 것도 바로 그 일 때문이다. 예컨대 '사랑이라면 하지 말 것을'이 아니라, '기왕 쓸 누명, 벌려 주기라도 할 것을'이라든가, '아, 내 마음 가져간 사람, 주팔이 그 사람'이 그것이다.

28

오주팔이 그의 은밀한 핏줄로 다들 짐작하는 늦쌀이에게 죽지 않을 만큼 일방적으로 얻어터진 사건은 뙤골포구뿐만 아니라 면사무소가 있는 사량도까지 빅뉴스로 취급된다.

늦쌀이가 누군가. 녀석에게 법적인 아버지가 따로 있지만 실제 친부는 오주팔이라는 사실을 모르는 사람이 어디 있단 말인가. 뙤골포구에서만 통용되는 관대한 풍속이라고 해도 좋고, 오주팔만이 누릴 수 있는 야릇한 특권이라고 해도 좋다.

어쨌거나 오주팔과 늦쌀이의 관계는 비공식 부자지간이다. 실제로 나란히 서면 영락없는 닮은꼴이다. 비단 주먹코뿐 아니다. 비슷한 체구가 그렇고, 부지런하기 그지없는 성격이 그렇고……. 그러나 늦쌀이의 욱하는 성질머리는 아무래도 모계 쪽인 것 같다.

도톰한 눈두덩의 기름살도 그러하고, 위아래가 아니라 좌우로 더 넓은 얼굴 생김새도 그러하고…… 어쨌거나 부자지간이라는 사실이 생김새 하나로 단번에 판정이 나버리는 그런 얼굴 모습이다.

늦쌀이 같은 케이스는, 삼식이나 조갑이도 예외가 아니지만 삼식이나 조갑이는 애당초 오주팔 주변을 얼씬거리지 않았는데, 그것은 창섭이와도 무관하지 않다. 삼식이는 늦쌀이보다 세 살 손위고 조갑이는 그보다 한 살 더 위다. 그러나 늦쌀이와 창섭이는 동갑내기여서 국민학교 때부터 줄곧 한 학년 한 반에서 공부했다.

창섭이에게 관심을 기울이다 보면 어쩔 수 없이 늦쌀이와도 부딪히기 마련이다. 미안한 얘기지만 오주팔은 늦쌀이가 귀찮다. 창섭이와 단둘이 대화를 나누고 싶고 단둘이 해안을 산책하고 싶은데도 늦쌀이가 끼어들어 그를 난처하게 만들 때가 한두 번이 아니다.

왜 그랬을까. 왜 늦쌀이가 귀찮았을까. 왜 창섭이에게만 뭔가 사서 안겨 주고 싶고 창섭이에게만 좋은 것을 먹이고 싶었을까.

생각해 보라. 창섭이 같은 우수 품종을 골라내기 위해 아니, 늦쌀이 같은 열성 종자를 솎아 내기 위해 그토록 많은 세월을 현미경과 씨름하고, 현미경과 울고 웃지 않았던가.

한데 어찌 늦쌀이 같은 얄궂은 종자가 태어날 수 있단 말인가.

분명히 밭은 지력이 넘쳤었는데……. 뿌리기만 하면 비료를 주지 않아도 저절로 쑥쑥 자라서 근동에서 보기 힘든 참으로 탐스런 열매가 꽝 소리 내며 열리리라 기대해 마지않았는데, 그 결과가 고작 늦쌀이라니…….

오주팔은 나이가 들수록 진가는커녕, 김밥 옆구리 터지듯 자꾸 빗나가기만 하는 늦쌀이를 볼 때마다 우찌, 그리 됐실꼬? 혀를 끌끌 찰 수밖에 없다. 그러다가 오주팔은 체념한 듯 고개를 끄덕인다. 하모, 이기 바로 돌연변이라 카는 기라. 아무리 정성을 기울리도 사람의 힘으로 우찌 헐 수 읍는 경지…… 하모, 이쪽 소관이 아니라 저쪽 소관인 기라.

그렇다. 원칙이 있는 것 같으면서도 전혀 원칙이 통하지 않는 것이 자연 아니던가. 그 오묘함의 경지를 어찌 무궁무진하다는 말로 단순하게 표현할 수 있는가. 오죽하면 자연이라는 말을 수백만의 수백만의 수백만의 입자들이 벌이는 수억의 수억의 수억의 끝없는 게임을 일컫는 통속적인 이름이라고 하겠는가.

어쨌거나 우수 품종인 창섭이와 열성 품종인 늦쌀이는 달라도 너무 다르다. 창섭이가 질빠진 귀족이라면, 늦쌀이는 전방지축 시장 바닥에서 잔뼈가 굵은 장돌뱅이 형색이다. 우선 영특하기가 하늘과 땅이다. 창섭이가 전교에서 일등이라면 늦쌀이는 전교 꼴찌다. 하는 일도 그러하다. 창섭이가 계집애같이 쫠쫠 얘기를 쏟아 놓는 성품이라면 늦쌀이 놈은 어쩌다 단둘이 되는 경우에는 입도 뻥긋하지 않는 도치기 스타일이다.

창섭이가 중학교를 졸업하고 삼천포 시내 고등학교 3년 장학생으로 선발되었을 때, 늦쌀이는 선원을 자원, 배를 타기 시작했고 날이면 날마다 동료 어부들과 어울려 꾸역꾸역 댓병 소주 나팔을 불어 대서 앵강도 특유의 주정뱅이 전통을 이을 인물로 일찍이 점 찍혔던 터다.

기실 늦쌀이가 술김에 이웃 마을 청년의 이빨을 여러 대나 부러뜨려 경찰서에 잡혀 갔었던 때도 그 무렵이고, 동네일이라면 팔 걷어붙이고 뛰었던 시절이라 오주팔이 늦쌀이를 경찰서 구치소에서 석방시켰던 때도 그 무렵이다.

한데, 늦쌀이 놈은 그 뒤부터 고기잡이를 끝내고 들어올 때마다 도다리나 서대, 장어 같은 생선을 새끼줄에 묶어 오주팔의 부엌에 놓고 가곤 한다.

「이게 뭐꼬?」

어쩌다 오주팔이 물으려 하면,

「반찬거리 아닌교.」

「반찬거리를 와 자꾸 갖다 주느냐 카이?」

「빚 갚는 겁니더.」

「빚?」

「갱찰서에서 내 꺼낼 때 37만 원 썼다 쿠데요.」

「하모, 썼제. 지서 순경들 회식허라꼬……. 허지만 그것은…….」

「됐씸더. 게기 값으로 시나브로 제해 주이소.」

그리고 핑 소리 나게 코를 풀어 담벼락에 쓱쓱 문지르고 나서 휭허케 고샅을 싸고 내려가는 것이었다.

자석허고는……. 오주팔이나 늦쌀이도 감히 입 밖에 내놓지 않았지만 영락없는 아들과 아버지 관계다. 늦쌀이 태도가 그러하다. 오주팔과 마주칠 때마다 유별나게 틱틱거리는 것도, 나란히 섰다가 놀란 듯 몸을 날리는 것도, 다 은연중 피붙이를 의식한 행동거지일 터다.

그런 늦쌀이와 오주팔 사이에 건널 수 없는 강이 가로놓였는데, 그것은 거의 창섭이가 원인을 제공한 일들이다. 창섭이가 삼천포고등학교 장학생으로 앵강도를 떠나던 날이던가. 오주팔도 김봉삼과 함께 창섭이를 태운 객선이 뙤골포구를 다 빠져나갈 때까지 망연히 바라보고 서 있다.

한데 갑자기 눈앞이 흐릿해지고 뜨거워지기 시작하여, 아뿔싸 김봉삼이라도 볼세라 옷소매로 눈두덩을 쓱쓱 훔치는데, 느닷없이,

「아저씨요.」

늦쌀이가 말을 건다.

「와 그러노?」

「옛날에 말입니더, 아저씨 보리밭에서 맹칠이 아부지한테 귀

물려 떨어진 날 말입니더.」

늦쌀이 놈이 쉽게 말을 잇지 못한다. 오주팔도 얼떨결에 뿌리
만 남은 왼쪽 귀를 손바닥으로 덮으며 나무라듯 재촉한다.

「귀 떨어지던 날이 우쨌단 말이고?」

「그때, 맹칠이 아부지헌티 얼러리꼴러리 일러바친 자석이 누군
지 아는교?」

「내는 모린다.」

「그기, 창섭인 기라요.」

「뭐라꼬?」

「창섭이가 일러바쳤다 앙요. 창섭이가 아저씨허고 맹칠이 엄
니허고 빠구리헌다꼬…….」

「치아라 그마!」

오주팔이 왜 그 순간 늦쌀이 뺨을 철썩 소리 나게 갈겼는지 지
금도 이해가 안 되는 대목이다. 그때 오주팔이 버럭버럭 소리를
질렀었다.

「창섭이 없다꼬 어먼 소리허는 놈허고는 다시는 상대 안 헐 기
다!」

정말 그러고 나서 한 1년을 늦쌀이를 봐도 본체만체했으며, 녀
석의 밥 잡쐈씹니까? 오디 갔다 오시는교? 따위 인사말에도 일
언반구 대꾸조차 하지 않았던 오주팔이다.

그러나 오주팔과 늦쌀이 사이에 더 심란스런 장벽이 놓인 것은

최근의 일이다. 다름 아닌 찌줄이 영감 둘째 며느리다. 목돈을 들여 수세식 화장실을 만들고 그녀의 전용 변기에 비데를 달아 주었던 오주팔이 그녀를 먼발치에서 그냥 바라보고만 있을 리 만무하다.

관록의 오주팔이 사량도 보건지소에 나온 그녀를 뒷골목 항도 여인숙으로 눈치껏 유도, 기어코 사달을 내고 만 것이었다.

물론 그 한 번으로 끝을 냈으면 오죽 좋았을까만 상어 머리 그림도 선명한 오주팔 낚싯배에서 또 한 차례, 그리고 이번에는 숨어 있던 도색기가 발동한 찌줄이 영감 둘째 며느리 이화자가 스스로 걸어 나와, 하필 십수 년 전 오주팔이 바람 피우다가 귀 물려 잘린 바로 그 보리밭에서, 휘영청 밝은 달빛을 전신으로 받으며 또 한 차례⋯⋯. 그렇게 봇물 터지듯 이어지던 어느 날 새벽 난데없이 술에 만취한 늦쌀이가 오주팔에게 전화를 건다.

「보소! 이화자허고 빠구리헌 게 진짠교?」

아뿔싸. 오주팔은 긴장한다. 그도 그럴 것이 오주팔의 가슴에 비둘기처럼 안겨 구구구 얘기하던 이화자를 불시에 떠올렸기 때문이다. 얘기인즉 평소부터 늦쌀이의 태도가 이상하다는 것이다. 선배의 부인에다 연상의 여인이라서 언감생심 꿈도 꾸지 않으리라 믿었는데 웬걸, 남편이 한 달이고 두 달이고 계속 집을 비운다는 사실을 약점으로 내세워 마을 고샅에서 마주치기라도 하면 은근슬쩍 손을 잡으려고 하고 허벅지를 쿡쿡 찌르기도 한다는 것이다.

고얀 놈 같으니……. 고작 한다는 소리가 그 정도밖에 안 된다는 사실에 더욱 심화가 끓는다. 그렇지 않아도 분통 터지는 판에 이게 무슨 망발이고 패륜이란 말인가.

오주팔이 침착하게, 그러나 위엄 있게 나무란다.

「자석아! 이기 무슨 수작이고? 와 이러는 기고!」

그래도 놈은 막무가내다.

「딴청 피우지 말고, 대답허이소!」

「뭐라꼬?」

「대답허라 안 카요!」

「이런 빌어묵을! 야 이놈아, 지금이 몇 시고? 다 자는 신새벽에 이기 무신 지랄이고!」

「지랄 좋아허시네. 어서 대답이나 허이소. 대답 안 허모, 내 당장 쫓아갈 기요! 내가 가모 당신 좆 몰랑댕이를 확 뽑아 삘 기요 그마!」

나중에 확인된 얘기지만 그날 새벽 술자리는 찌줄이 영감 둘째 아들 영철이가 동석한 모양이다. 물론 영철이는 오주팔과 한창 죽이 맞은 분내 물씬한 이화자의 남편이다.

이미 부산 영도 어디엔가 딴살림을 차려 아이까지 낳은 영철이가 이쪽을 정리하려고 벼르던 터여서 의도적으로 동네 선후배들을 불러 모아 술추렴을 했던 것 같다. 어쨌든 협박과는 달리 늦쌀이는 그 새벽에 쳐들어오지 않았고, 다행히 중요한 부위도 뽑히지 않았다.

그런 일이 있고 나서 한 달쯤 지났을까. 늦쌀이 놈이 이번에도 술에 만취하여 오주팔의 안방 문을 발로 걷어차고 들어와 다짜고짜 죽지 않을 만큼의 억센 주먹을 휘둘러 대는 것이었다.

「니기미 씨팔, 쥑이 삘 기요!」

늦쌀이가 피투성이 얼굴을 싸안고 웅크린 오주팔의 턱을 향해 결정적인 펀치를 날리며, 계속 포효해 마지않는다. 술 냄새가 진동을 한다. 끄억, 트림도 한다.

「와 내 돈을 묵소! 내는 사람 아닌교? 창섭이는 사람이고, 내는 비상 묵은 삥아린교? 와 내 돈 갖고 장난치는 기요!」

늦쌀이가 제 분을 못 이겨 이마로 문설주를 텅텅 받으며 계속한다.

「당신이 뭔데, 내 돈 묵고 고치장 찍어 묵은 쪽제비맨키로 진저리치고 있느냐 그 말이라! 에라이 빌어묵을!」

「억!」

이번에는 옆발차기다. 오주팔의 주먹코에 명중한다. 흡사 잘 익은 토마토가 주먹세례를 맞고 터지는 것처럼 피가 산지사방으로 튀겨 나간다. 그래도 오주팔은 꽥 소리 한마디 하지 않는다. 저항도 변명도 하지 않는다. 그래서 더 성이 치받친 늦쌀이인지도 모른다. 물론 늦쌀이의 느닷없는 폭력은 꼭 이화자 때문만은

아니다. 다분히 복합적이다. 그 복합적인 얘기의 꼬투리를 풀기
위해서 속칭 고데구리, 저인망 어선을 언급하고 넘어가지 않을
수 없다.

기실 오주팔에게 있어서 절대로 양보할 수 없는 일이 있다면 그것은 속칭 고데구리일 터다. 아니, 불법 어업 그 자체를 용납 못한다는 얘기가 아니다. 설사 고기 씨를 다소 말리는 한이 있더라도 앵강바다 주변에 사는 사람도 밥은 먹어야 하므로 당국의 감시망을 피해서라도 고기를 적당히 잡아야 한다고 주장하는 오주팔이다.

그렇다면 저인망 어선은 무엇이 문제인가. 고기를 잡은 다음 처리가 문제다. 저인망식이란 말 그대로 그물에 무거운 쇳덩어리를 달아 깊은 물속 갯벌을 숫제 긁어내는 어법(漁法)이다. 그러니 그물에 걸려 올라오는 것이 반드시 생물일 수만은 없다. 갯벌 속에 처박힌 것이면 비닐 덩어리건, 구두짝이건, 타이어 반쪽이건, 고철 부스러기건 일일이 열거할 수 없는 수많은 쓰레기들이 무작위로 끌려 올라오기 일쑤다.

잡혀 나오는 생물도 마찬가지다. 갯벌 근처에 둥지를 틀고 사는 가자미, 광어 따위만 올라오는 것이 아니라 털게, 문어, 낙지 같은 종류도 나오고 심심찮게 장어, 새우도 잡혀 올라온다. 생물의 크기도 그러하다. 돈과 바꿀 수 있는 성어(成魚)도 있지만 대부분 씨알 작은 생물이 태반이다. 이제 막 까놓은 알이 그러하고, 알에서 막 깨어난 아이들 손톱 같은 작은 고기가 그러하다.

어쨌거나 막 끌어올린 그물은 현장에서 분류할 수가 없다. 언제 어디서 나타날지 모르는 감시선 때문이다. 거개의 고데구리 선박들은 뙤골포구에 입항한 다음에야 편안하게 생물과 쓰레기를 분류한다. 도둑질하듯 바닷속을 긁어낸 그물은 엄청날 정도로 무겁고, 그 부피 또한 방대하다. 물론 잡힌 고기 탓이 아니다. 생물은 거의 없다고 해도 과언이 아니다. 대부분 거무튀튀한 펄과 쓰레기다. 어부들은 살아서 꿈틀거리는 고기 몇 마리를 주워 내기 위해 그 많은 펄과 돌과 고철 부스러기와 찢어진 플라스틱 따위를 그물에서부터 털어 내야 한다.

문제는 바로 거기에 있다. 열이면 열 모두가 그 쓰레기를 다시 바닷속으로 풍덩풍덩 쓸어 넣기 마련이다. 아니, 쓸어 넣을 수밖에 없는 상황이다. 그 지저분하고 방대한 쓰레기를 바다에 처넣지 않고 처분할 수 있는 방법이 도무지 없는 까닭이다. 한데 오주팔은 아니다. 바다에 처넣는 그 자체를 결단코 용납하지 않는다.

「이것 보게. 플라스틱이랑 고철 덩어리랑 비닐 장화는 100년, 200년 묵어도 썩지 않는 물건 아닌가베. 그걸 또 처넣어 삐리모, 도대체 갱본은 우찌 되겠노?」

「갱본이 우찌 되다뇨? 갱본은 갱본 아닌교?」

「갱본이 갱본이라꼬?」

「하모요. 요리 넓은 갱본에 허섭스레기 좀 버린다꼬 물이 썩겠는교, 메워지겠는교?」

「이 사람덜, 한 가지만 알고 두 가지는 모르는구마. 플라스틱 비닐이 갯벌에 파묻히모 물속 땅이 숨을 몬 쉬는 기라. 산소 흐름이 차단당해 삐는데, 우찌 바다 생물이 숨 쉬고 살겠노? 피꼬막도 몬 살고, 백합도 몬 살고, 바지락도 몬 사는 기라. 오디 그뿐이가? 봐라, 와 굴에서 기름 냄새 나고, 우렁쉥이에서 썩은 물이 터져 나오겠노?」

「굴에서 기름 냄새 나고 우렁쉥이에서 썩은 물 터지는 기 우찌 우리가 헌 일입니꺼? 이 바다를 지내댕기는 배가 오디 한두 척인교? 배에서 흘린 기름이 그렇고, 삼천포 공장에서 흘린 폐수가 그렇고…….」

「암튼 누가 그랬든지 간에 앵강도에서 게기 잡아 묵고 살라 쿠모, 안 썩는 쓰레기는 분류해서 축강에 쌓아 두라 안 카나. 내가 군수를 만나든 도지사를 만나든 반드시 육지로 실어 내가게

헌다 카이.」

「보소, 어르신이 뭐 감시 공무원이라도 되는교?」

「그래, 자네들 말 한번 잘헌 기야. 내는 공무원 감시원보다 더 무서운 사람이라. 아니, 공무원 잡아묵는 킬러 아니가.」

오주팔이 바로 앞에 서 있는 늦쌀이를 가리키며 말을 잇는다.

「니도 알제? 지난봄에 군청 사무관허고 업체 사장을 내가 형사 구속시킨 사건, 아나, 모리나?」

오만상을 찌푸린 늦쌀이가 마지못해 고개를 끄덕인다.

「거 봐라, 늦쌀이도 안다 안 쿠나.」

의기양양해진 오주팔이 어깨를 으쓱 치켜 마지않는다.

그때도 비닐, 플라스틱, 쇠붙이 따위 잡쓰레기가 말썽이었다. 오주팔이 저인망 어선 선원들을 닦달하여 모아 둔 잡쓰레기가 방파제 빈 터를 말 그대로 산더미처럼 가득 채웠는데도 예산 부족을 핑계로 면이나 군에서 치워 줄 기미를 보이지 않아, 3개월 동안 거짓말 보태지 않고 열 번도 더 찾아 다녔던 오주팔이다. 결국 오주팔이 도지사에게 낸 진정서가 효험을 보아 특별 예산이 하달되고 군청에서 선정된 업자의 화물선이 앵강도에 입항, 드디어 쓰레기를 실어 내가게 된 것이다.

한데, 이게 웬일인가. 업자란 작자, 육지에 가져가도 처리하기 쉽지 않은 데다 담당 공무원인 이달중 계장이 예산을 떼먹고 쥐꼬리만 남긴 탓에 그만 바다 가운데 쓰레기를 풍덩풍덩 쓸어 넣어 버린 것이었다. 그 사실을 알게 된 오주팔이 가만있을 리 만무하다. 또 도지사와 검찰에 진정서와 고발장을 내어 업자도, 이 달중 계장도 쇠고랑을 채우게 했던 것이다.

그런 일이 있고 난 뒤부터 오주팔의 말발에 서슬이 퍼렇게 서곤 해서 웬만하면 그물에 올라온 쓰레기를 다시 바다에 버리지 않고 방파제 앞에 쌓아 두는 것이 앵강도의 법으로 통용되던 터다.

하지만 그물에 긁혀 올라온 잡동사니 쓰레기를 따로 모아 방파제 안쪽까지 옮긴다는 것은 보통 고역이 아니다. 손수레나 삽 같은 장비를 따로 갖고 나와야 하는 번거로움도 번거로움이지만, 고기라도 잘 들었을 때는 몰라도 생선 한 마리 구경하지 못하고 쓰레기만 치워야 할 경우는 에이 빌어묵을, 주팔이도 없는데 그마 처넣어 삐는 기라, 그물째 바닷물에 넣어 홀렁홀렁 씻어 헹궈 내는 행위를 하지 않을 수 없다.

하필 그런 때 오주팔이 실로 오랜만에 뙤골포구를 찾아온 창섭이를 데리고 현장에 나타난 것이다.

「게기 좀 잡았나?」

오주팔이 방파제에 우뚝 선 채 묻는다.

「몬 잡았씸더.」

늦쌀이가 힐끔 눈길을 주다 말고 시큰둥하게 대답한다.

「그래도 사시미감은 있겠제? 광어, 도다리 몇 마리 던지 삐라.」

옆에 선 창섭이를 가리키며,

「꼭 2년 만에 고향이라꼬 찾아온 기라. ……머 그리 바쁘다꼬 오후 배로 또 간다 안 카나. 사시미라도 한 접시 썰어 믹이 보내야 안 되겠나?」

오늘따라 오주팔의 말씨가 부드럽다. 물론 아무 연락 없이 불쑥 들이닥친 창섭이 때문이다. 따지고 보면 창섭이와 늦쌀이는 한 씨알이다. 성도 다르고 부모도 다르지만 둘 다 오주팔의 아들이다. 그러니까 배 다른 형제인 셈이다.

한데 어찌된 셈인지 어렸을 때부터 만나기만 하면 으르렁거리기 일쑤다. 원흉은 창섭이가 아니라 늦쌀이다. 성질머리가 괴팍하기도 하거니와 웬일인지 공부 머리가 터지지 않아 창섭이 뽄 좀 봐라, 창섭이는 올매나 공부를 잘허노? 늦쌀이 니는 머꼬? 와 허구헌 날 꼬래비만 차지허노? 늘상 창섭이를 빗대어 하는 잔소리를 듣고 자란 덕분에 창섭이라면 아예 머리부터 절절 흔들어 마지않던 늦쌀이다.

그날이라고 해서 예외가 아니다. 앵강도 출신 중 처음으로 서울대학교에 합격했다고 해서 동네 입구에 현수막도 내걸고 면장까지 불러 잔치를 떠들썩하게 열었건만 햇수로 6년이 지나도 아직 졸업도 못하고 되레 경찰에 쫓기는 시국 사범 신세인 창섭이다.

웬만하면 2년도 더 된 세월을 서로 만나지 못했으므로 포옹이 아니면 악수라도 굳게 나눌 법한데 웬걸, 늦쌀이도 창섭이도 냉

랭하기 그지없다.

「사시미감 없나?」

오주팔이 또 한 차례 묻는다.

「없씸더.」

「증말 없나?」

「없다 안 카요!」

쌀쌀맞기 그지없다. 안 그래도 쓰레기를 바다에 도로 처넣고 있는 현장을 발견했던 터라, 두 손 옆구리에 올리며,

「사시미는 그렇다 치고……, 니 지금 그기 머허는 짓이고?」

대번 으르렁거리기 시작한다. 하늘이 시퍼렇지만, 설사 계획대로 사시미감을 얻었다 해도 쓰레기 문제를 적당히 눈감아 주고 물러날 오주팔이 아니다. 그러니까 횟감을 얻지 못한 분풀이로 쓰레기 운운하며 눈알을 부라리는 것은 결코 아니다.

「빌어묵을. 그래, 알았씸더!」

늦쌀이 역시 언제 본색이 드러날 것인가 기다렸던 참이라 고분고분 대응하지 않는다. 혀도 끌끌 차고 배 안의 물건들도 냅다 차안긴다. 그리고 마지못해 쓰레기를 집어 방파제 쪽으로 휙휙 내던졌는데, 문제의 물건이 오주팔 발밑에 떨어진 것은 바로 그 순간이다.

뭐랄까, 축구공 모양이다. 그러니까 축구공보다는 두 배 이상 큰 뭉치인데, 비닐 같은 것으로 겹겹이 감겨져 있다. 갯벌에 오래

파묻혀 있었는지 거무튀튀한데다 묻히지 않았던 부분은 개파래가 푸릇푸릇 앉아 있다. 오주팔은 본능적으로 그것을 툭툭 찬다. 축구공처럼 생긴 비닐 뭉텅이 끝에 줄이 달려 있다. 줄 끝에 녹이 버얼겋게 슨 쇠붙이가 묶여 있다. 아마도 물속 깊이 빠뜨려 놓기 위한 추 같다.

정말 요상한 물건이구먼. 오주팔이 혼자 소리로 중얼거린다. 그리고 그것을 집어 든다.

「뭡니꺼?」

창섭이 묻는다.

「글쎄다.」

「비닐 속에 뭐가 들어 있는 거 같씸더.」

「하모, 내도 그래서 줏어 든 기라.」

몇 발짝 떼는데도, 아직 배 안에서 서서 씩씩거리던 늦쌀이가

「그기 뭡니꺼? 피문어 아닌교?」

퉁명지게 소리친다.

「피문어는 무신……, 니 눈엔 잡동사니 쓰레기도 돈 되는 생물로 보이나?」

「피문어 아니모 와 줏어 가는교? 혹시 좋은 물건 같으모 놓고 가이소. 내 배에서 건진 물건은 다 내 껍니더!」

「에레이 도치기 겉은 놈!」

오주팔이 늦쌀이 녀석의 생트집을 일방적으로 묵살하고 라콤

파르시타 걸음을 빨리 한다. 시간이 없다. 오후 배는 눈 깜짝할
사이에 들어온다. 어떻든 간에 창섭이를 그냥 보낼 수 없다.

30

6년 전 김봉삼 부부가 삼천포로 터전을 아예 옮겨 가버린 것은 순전히 창섭이 학자금 마련 때문이다. 그러니까 앵강도에는 공식적으로 녀석의 근거지가 없어진 셈이다. 한데도 앵강도를 제 발로 찾아왔다. 왜 왔을까. 그것도 오자마자 왜 오주팔부터 찾았을까. 실제로 오주팔이 창섭이를 만난 곳은 끝난섬이 보이는 큰 투구 바위 근처다. 바위로 치고 올라오는 파도를 피해 올라왔다 내려가고, 내려갔다가 다시 올라오는 일을 반복하며 예외 없이 해안 청소를 하고 있을 즈음이다.

「거기서 머헙니꺼?」

녀석이 숨바꼭질하는 술래처럼 혼자 골똘해 있는 오주팔을 깜짝 놀랜 것이다.

「아이코, 이기 누고? 창섭이 아니가? 니가 웬일이고?」

「연구실에 갔는데 안 계셔서, 곧장 이리로 찾아왔씸더.」

녀석은 어렸을 때 쓰던 사투리를 적절히 섞어 가며 미소를 보기 좋게 머금는다.

「내가 여그 있는지 우찌 알았노?」

「옛날에도 연구실에 없으모, 늘 여그 계셨다 아닌교.」

「그랬구나……. 그래, 오디서 오는 기고?」

「여그저그 들렀다가……, 앵강바다 갯내 맡고 싶어서…….」

「앵강바다 갯내?」

「예, 서울 살면서 젤 그리운 게 앵강바다 갯내였습니더. 그 냄새 맡고 싶어서 가까운 인천에도 가보지만 그쪽 갯내하고는 다릅니더.」

「같은 갱본 냄샌데, 우찌 다르더노?」

「글쎄요……, 아저씨가 있는 거하고 없는 거하고의 차이 아니겠습니까.」

오냐, 내도 그렇다. 저녁놀이 시뻘게지모 괜히 창섭이 니가 못 견디게 그리울 때가 많더 아니가. 그래, 이제 핵교 졸업은 헌 기제? 좋은 취직자리도 차고 앉았실 테고……. 그러나 그는 그 말을 혀 밖으로 꺼내지 못한다. 창섭이 녀석의 차림새 때문이다. 목덜미에 허옇게 찍힌 땀자국 셔츠하며, 얼마나 오래 입었는지 색깔이 나지 않는 청바지하며, 듬성듬성한 턱수염이 여러모로 예사스런 처지가 아닌 것 같다.

두 달 전 김봉삼이 전해 주었던 것처럼 여전히 시국 사범으로 계속 수사 당국에 쫓기는 눈치다. 횟감을 취급하는 식당을 찾아 가려면 뙤골 해안을 지나 자연 백사장 다리가 나 있는 사주를 건너야 한다. 바로 뻘득이가 운영하는 '해돋이' 모텔 1층이다.

「몇 년 만에 온 기고?」

오주팔이 묻는다.

「2년이요.」

「많이 변했제?」

「예, 많이 변했씸더.」

「이 섬에 호텔이 들어설 기라는 말 들었나?」

「예, 들었습니다.」

「참말로 세상일은 알 수 없는 기라. 이런 곳에 모텔도 아니고 호텔이 들어설 줄 우찌 예상 했겠노?」

「앞으로는 더 많이 변할 낍니더.」

「하모, 그럴 기야. 지금도 섬사람들보다 낚시꾼, 관광객이 더 많다 카이.」

「아저씨.」

창섭이가 바닷바람에 희끗희끗 머리칼 흩날리는 오주팔의 옆얼굴을 바라보며 말을 잇는다.

「바다가 우쩠씹니까?」

226

「바다가 우쩼다니?」

「지금도 바다가 어무니처럼 변허지 않는다꼬 생각헙니까?」

「어무니처럼?」

「어렸을 때 그렇게 말허지 않았씸니꺼. 바다가 이쪽은 싱겁고, 저쪽은 짜고 허는 거 봤나? 그래서 제가 아니라고 했더니 아저씨가 그랬씸더. 바다가 만물의 어무니인 기라. 와 어무니가 좋노? 어무니는 변허지 않아서 좋은 기다. 바다가 만물의 어무니라는 말 니도 알아묵겠제? 아저씨가 그랬씸더. 생각 안 나십니까?」

「와 생각이 안 나겠노? 니캉 내캉 모래밭을 산책허다가 편편한 바위에 앉았다 아니가. 그때는 바다로 해 덩어리가 내리 쏟아지고 있을 시간이라. 천지가 온통 붉은 색깔투성이고, 바다도 붉고, 창섭이 니 얼굴도 붉고……..」

창섭이가 말한다.

「한데, 지금은 우쩼씸니꺼? 몇 년 사이에 많이 변했지예? 화력발전소도 생기고, 제철 공장 생기고, 여름에 적조 현상 생기고, 옛날에 없던 괴상한 생물들이 갑자기 나타나 판치고, 노시 사람들이 대규모로 몰려들고.」

「니는 서울 살면서 우찌 그걸 다 아노?」

「저도 공부 많이 헙니더. 와 아저씨가 매일 바닷물에 산돌을 빠뜨려 넣고, 조개껍질 줍고, 현미경을 죽자 사자 들여다보시는지 늘 그 모습을 떠올리면서 관련 자료를 찾아 읽거든요.」

오주팔이 새삼스럽게 창섭이의 위아래를 휘 훑는다. 녀석이 다시 입을 연다.

「요즘은 우쩠씹니꺼? 조개껍질이 옛날보다 덜 밀리지예? 아니, 조개나 굴 껍질이 약해진 느낌 안 받씹니꺼?」

「하모, 조개껍질은 덜 밀리거만은 20년 전 그때허고는 사뭇 다른 기야……. 호랭이 담배 묵던 시절 아니가. 그때만 해도 잠자리채로 풀꽁치 떼를 떠올렸다 카이……. 허지만, 조개나 굴 껍질이 약해졌다니, 그기 무신 소리고?」

「우리 앵강바다 산호초도 변화가 생겼을 기라는 얘깁니더.」

「산호초? 그래, 그건 맞다. 여그 너럭바우에서 딱부리까지 열 숨만 헤엄쳐 나가도 온통 산호초밭 아니었나? 얼매나 아름다웠노? 꼭 꽃밭이라. 봉숭아, 따알리아, 싸루비아 만발헌 꽃밭……. 우렁쉥이도 산호초가 있어야 떼 지어 사는 법인데 인자 그것들도 더 깊이 들어가야 볼뚱 말뚱 헌다 아니가.」

「그렇죠? 너럭바위에도 산호초가 없어진 기지요?」

창섭이가 묻는다.

「하모 없어졌제. 그 많던 산호초 꽃밭이 다 없어져 삐고, 대신 머시 많아졌냐 쿠모, 해파리라, 해파리. 그것도 옛날부터 우리랑 같이 살아온 작은 해파리가 아니라 갑자기 어디서 불거져 나온, 뭐라 쿠더라? 그래 노무라입깃해파리라 카든가?」

「참, 아까 청소허시든 게 해파리였는교?」

「그것들 때문에 굴 농사가 안 될 지경 아니가. 아니, 굴 농사뿐 아닌 기라. 문어 단지도 그러고, 주벅도 그러고, 건저 올리놓으모 온통 해파리만 드글드글 헌다 아니가. 어젠가 그젠가는 앵강바다에 멸치 그물을 났는데 드라는 멸치는 한 마리도 안 들고, 그 노무라입깃해파리만 꽉 찼다 안 카나. 창섭이 니도 봤제? 노무라입깃해파리, 올매나 크더노? 어떤 것은 집딩이만 헌 것도 있는 기라. 그러니 몇 마리만 걸리도 그물은 작살나는 기라. 다 찢어 갈라져 삐는 기라.」

오주팔은 혼자 진저리를 친다. 새삼스럽게 소름이 오싹 돋는 느낌이다. 언젠가 굴양식장에 밀려온 그 괴물 같은 해파리와 씨름을 벌였을 때의 좌절감이 다시 한 번 오주팔을 자극했기 때문이다. 해파리가 무엇인가. 굳이 분류하자면 플랑크톤 아닌가. 스스로 헤엄치는 능력이 없으므로 물 흐르는 대로 몸을 맡기는 생물이라고 해서 붙여진 이름이다. 그리스 어로 '떠다니는 것'을 통틀어 플랑크톤이라 하지 않던가. 해류에 몸을 맡기고 그냥 떠다니는 것은, '날 잡이 잡수시오' 푯말을 세운 것이나 진배없다. 말 그대로 미물 중의 미물이다.

약육강식의 현장인 바다에서 헤엄치지 못한다는 것은 공격도 방어도 할 수 없는, 그래서 생존 능력이 없다는 뜻으로 해석해도 무방하다.

　그런 이유로 해파리의 존재는 전혀 두려울 것이 없는 하찮은 생물로 있어도 없는 듯 고려의 대상에도 넣지 않았던 부류다. 한데 어느 날 그것들이 엄청난 크기의 괴물이 되어 떼거리로 밀려든 것이다. 큰 것은 200킬로그램에 육박하는 놈도 있다. 너무 무거워 뭍으로 건져 올릴 수조차 없다. 아니, 어찌 어찌 건져 올린다고 해도 금세 썩어 문드러져 고약한 냄새를 진동시킬 뿐 아니라 생김새가 혐오스러웠으므로 사람 가까운 곳에 둘 대상이 아니다. 하여 장대 끝에 낫을 매달아 녀석들의 몸을 갈기갈기 찢어 죽이는 작업을 시도했던 터다. 그러나 그것 역시 놈들을 전멸시키는 옳은 방법이 아니다. 왜냐하면 놈들에게 상처를 주는 순간 엄청난 양의 난자와 정자를 동시에 뿜어내기 때문이다. 예컨대 자연 조건에서 번식 함수가 7이라면 외부의 힘에 의해 몸이 잘리는 순간 작동되는 번식 수치가 7천으로 급상승한다는 것이다. 경악스럽게도 1천 배의 증가다. 노무라입깃해파리가 예리한 낫 끝에 의해 산산이 절단 나며 하는 말이 있다면, 날 죽여? 그래 좋아. 나도 가만있지 않겠어. 온 세상을 내 종족으로 덮어 버리고 말겠어! 양성의 몸인 해파리가 인간에게 보복이라도 하듯 그 순간 쏟아 놓은 난자와 정자의 수가 수억 마리고, 그것들이 심해에 가라앉아 다시 어른 해파리로 성장할 확률은 무려 80퍼센트에 가깝다. 다른 생명체가 왕성해야 10퍼센트고, 대체로 2, 3퍼센트가 평균 수치인데 유독 해파리만 80퍼센트에 육박한다면 이건 문제라도 보통 문제가 아닌 것이다.

그럴 수밖에 없는 것이 해파리는 해양 생물 중 유일하게 아주 소량의 산소로도 생명을 연장할 수 있는 특이 생물이기 때문이다. 그러니까 모든 어류나 패류, 갑각류들이 기름으로, 이산화탄소로, 또는 수은과 페놀, 납으로 오염되어 죽는다 해도 해파리만 살아남아서 유유히 썩은 바다의 해류를 따라다니며 100킬로그램으로 200킬로그램으로 마구잡이로 몸을 불리는 것이다. 다시 말해 노무라입깃해파리는 바다 오염을 재촉한 인간이 만들어 낸 괴물이며, 신이 내린 재앙이다.

오주팔은 다시 한 번 진저리를 치고 나서 창섭이를 본다. 창섭이도 오주팔의 그것을 읽고 있다는 듯,

「노무라해파리, 그거 무섭지예?」

라고 입을 연다.

「하모, 무섭다 못해 두려운 기라. 몸이 덜덜 떨릴 지경으로. 그놈덜 퇴치헐 비방이 오디 없겠나?」

「비방은 한 가지밖에 없씸더.」

「그게 머꼬?」

「바다를 오염시키지 말아야죠.」

「그거야…… 누가 모리나? 그기 잘 안 되니까 허는 소리 아니가?」

「그래도 그 방법밖에 없씸더. 지금은 한 달에 한 번 노무라해

파리가 몰려들지만, 10년, 20년 뒤에는 날마다, 그것도 남해 서해 동해 구분 짓지 않고 온 바다가 노무라입깃해파리로 덮혀 버릴지도 모릅니더.」

　오주팔이 입술을 앙다물고 고개만 끄덕일 뿐이다. 창섭의 지적이 절절이 옳다는 데 동의한다는 표시다. 창섭이가 사실을 사실대로 지적하고 말겠다는 듯 계속한다.

「더 큰 문제는 대한민국 정부 태둡니더. 노무라해파리 문제가 올매나 심각헌지 뻔히 알면서도 해파리 천적인 쥐치를 너무 많이 포획했다느니, 이제부터라도 쥐치를 보호 어종으로 지정 육성허겠다느니, 딴전을 피운다 이겁니더. 아저씨도 신문에서 읽었씰 낍니더. 고리 원자력 발전소가 노무라입깃해파리 때문에 발전이 중단됐던 사실 말입니더. 올매나 큰 국가적인 사건이고 경고입니꺼? 그런 상황에서도 딴전을 피우는 기라요. 국민을 호도허고 기만허는 기라요. 원자력 발전소 발전이 중단된 바로 그날에도 육지 오염 폐기물을 바다에 투기했다 아닙니꺼.」

「육지 폐기물을 바다에 투기헌다꼬?」

「바다가 넓어서 오염 상태가 당장 눈에 안 띠니까, 이 정도야 뭐 어쩌겠노, 맘 놓고 마구 버리는 깁니더. 게다가 오염 물질 처리 비용이 바다처럼 싸게 먹히는 데가 오디 있씸니꺼? 그래서 폐기물 처리 업체들이 너도나도 바다로 바다로 싣고 나가는 깁니더.」

「하모, 그건 내도 안다.」

오주팔이 맞장구를 친다.

「우리 앵강바다에서도 악덕업자들이 몰래몰래 투거하는 걸 내가 고발 안 했나? 그래서 벌금도 물리고 감옥도 보내고……그노무자석덜, 지금도 내만 보모, 실실 피하는 기라.」

「아저씨, 그런 수준이 아닙니더.」

「그런 수준이 아니라니? 그기 무신 말이고?」

「비리 공무원들이 슬쩍 눈감아 준 것이 아니라 대한민국 정부가 바다에 버려도 좋다꼬 공식 허가한 폐기물이 1년에 올매나 되는지 아시는교?」

「글쎄다.」

「1년에 15톤 트럭으로 10만 대분 쓰레기를 바다에 투기허고 있씹니더.」

「머라꼬? 지금 니 15톤 트럭으로 10만 대라고 헌 기가?」

「맞씹니더.」

「잘못 계산헌 거 아니가? 천 대도 아니고, 만 대도 아니고 10만 대라니…… 그기 오디 말이 되는 소리가?」

「실지 그대롭니더.」

「오디서 나온 자료를 보고 허는 소리고?」

「해양수산부 산하에 국립한국해양연구원이 있씹니더. 거기서 조사한 내용인 기라요. 조목조목 따지고 보모 다 맞는 계산입니더. 폐수 처리장 마지막 찌꺼기만 해도 1년에 수만 트럭인데, 돼지 농장에서 나온 똥물이며 대기업 공장들에서 취급허는 오염 물질들은 또 올매나 많겄씸니꺼. 첨에는 멋도 모르고 그걸 땅에 묻었씸더. 헌데 그기 아닌 기라요. 수은이랑 비소랑 크롬이랑 카드뮴이랑 아연이랑…… 사람 몸에 들어가모 그 즉시 독이 되는 중금속들이 지하수를 통해 다시 밖으로 기어 올라온 깁니더. 그래서 우리나라에 암 환자가 그리 급증한 기라요.」

「하모, 갑자기 암 환자가 많아진 기는 사실이제. 우리 앵강도에도 근간에 암으로 세 명이나 안 죽었는가베.」

오주팔이 고개를 끄덕이다 말고,

「그래서 땅에 안 묻고 바다에 투기했단 말이가?」

미간을 찌푸리며 반문한다.

「맞씸니더. 매년 10만 대씩 동해 바다와 서해 바다와 남해 바다에 투기허고 있는 깁니더.」

「우리 남해에도?」

「말은 동해정 해역이라 쿠지만, 위치는 대마도 바로 옆입니더. 투기허는 즉시 중금속이 해류를 따라 남해로 흘러들고…… 가까운 일본으로 흘러가고…… 모리긴 해도 머지않아 일본도 가만 안 있씰 낍니더.」

「가만 있거라. 대마도에서 투기허모 일본 오디로 가겄노?」

234

오주팔은 구마모토를 떠올리는 중이다. 구마모토가 일기 쓰듯 극성스럽게 조사하는 일이 노토지마 연안 수질이다. 어떤 일이 있어도 빼먹지 않고 수십 년 계속된 월례 행사다. 오주팔도 그 월례 행사에 몇 번 동행한 적이 있는데, 수온, 염도 질량, 파도 유속, 플랑크톤 함유량 등을 세세히 메모한 뒤, 구마모토가 마지막 확인하는 것이 인근 해조류밭이다. 잘피, 미역 따위 해조류에 꼬리를 감고 물살에 휩쓸리지 않기 위해 기를 쓰고 버티는 해마가 몇 마리인가를 일일이 셈하는 일이 그것이다.

해마는 희랍 신화에 등장하여 바다의 신 포세이돈의 마차를 끄는 활기찬 동물로 유명하지만, 실제는 10센티미터가 채 못 되는 작은 어종이다. 오주팔이 국민학교 다니며 막 잠수를 배웠을 무렵, 앵강바다 너럭바위 산호초밭에서도 간혹 눈에 띄었던 기억이 생생하다. 해마는 오염되지 않는 아열대 바다에만 사는 희귀 생물이다. 그것도 깊은 바닥으로 내려가지 않는 유일한 어종이어서 수질 오염 측정의 바로미터라고 해도 틀린 말이 아니다.

구마모토는 해마 가족이 노토지마 연안에서 떠나지 않고 계속 살아 주고 있다는 사실에 큰 긍지를 느낀다. 평소에도 입만 벌리면 그 자랑이다. 그러니까 월별로 시행하는 그 조사에서 해마의 개체 수를 많이 발견하면 그만큼 시끄러운 셈이고, 어쩌다 마리 수가 줄어들기라도 하면 왜 그런 일이 일어났는가, 그 원인 규명을 위해 전전긍긍하느라 말수가 줄곤 했다. 그런 구마모토가, 만

에 하나 동해에서 버린 중금속 때문에 노토지마 해마들의 씨가
말라 버리는 재앙이 들이닥친다면 과연 어떤 표정을 지을까. 오
주팔로서는 도저히 상상이 되지 않는다. 만약 욕설을 퍼붓는다
면, 그러면 그렇지, 조선인들 하는 짓거리 어디 가겠어, 바가야로!
 오주팔에게 구마모토의 비하하는 듯한, 멸시하는 듯한 그 미묘
한 얼굴이 갑자기 눈앞으로 선연히 다가든다. 그래서 소름이 오
싹 돋는다. 또 한 차례 진저리를 치고 나서 오주팔이 입을 연다.
「니, 노토지마라꼬 아나? 우리 동해허고 마주 보고 있다 아니
가.」
「노토지마 반도 말입니꺼?」
「하모, 맞다. 노토지마 반도.」
「거기는 와요? 아저씨가 밀항해서 숨어 있었던 곳이 거긴교?」
 오주팔이 잠자코 머리를 끄덕인다. 창섭이가 진찰을 끝낸 주치
의처럼 단호하게 말한다.
「그기는 대마도가 아니라, 독도 지역입니더. 우리나라에서 폐
기물을 제일 많이 투기허는 곳이 동해정 해역 아닌교. 직통임
더. 노토지마로 바로 흘러갈 깁니더. 아무리 수심이 200미터
가 넘는다 캐도, 그 많은 중금속이 오디 가겠씹니꺼? 바닷속에
가라앉아 켜켜이 쌓인 치명적 중금속들도 많겠지만서도 해류
에 떠다니는 것들은 또 올매나 많겠씹니꺼. 그것들을 식물 플
랑크톤이 묵고, 식물 플랑크톤을 동물 플랑크톤이 묵고, 동물

플랑크톤을 작은 물고기가 묵고, 작은 물고기 잡아 묵는 큰 물고기가 묵고…… 그러는 사이 노무라입깃해파리 괴물의 숫자가 기하급수적으로다가…….」

「창섭아.」

「와요?」

「내 한 가지 물어보자.」

「물어보이소.」

「폐기물 말이라. 그거 지금 이 순간부터 투기허지 않는다 쿠모 우찌 되겠노? 그리만 헐 수 있시모 자연정화 안 되겠나? 자연생태계가 알아서 처리해 주모, 노토지마에도 안 가고…….」

「안 그래도 환경 복원 타당성 조사를 끝낸 연구자들 의견에 의하면 지금부터 투기를 중단할 경우, 120년 걸리면 우찌우찌 옛날 상태로 돌아올지도 모른다는 분석이 나왔씹니더.」

「한 가지만 더 물어보자.」

오주팔이 정색을 하고 목소리를 높인다.

「아무리 폐기물 투기가 많아도…… 해류상 노토지마로는 중금속이 흘러간디 캐도, 반대쪽인 우리 앵강바다는 안전지대 속에 들제? 그렇제?」

하지만 창섭이는 고개를 끄덕이지 않는다. 고개를 끄덕이는 대신 앙다문 입술에 야릇한, 그러나 희미한 미소만 흘릴 뿐이다.

「와 답을 안 허노?」

오주팔이 재촉한다. 마지못해 응한다는 식으로 입을 연 녀석은
더 단호하고 차갑다.

「우리나라 바다에 안전지대는 없씸니더.」

사형 선고 내리듯 일갈한다. 창섭이가 말을 잇는다.

「언젠가 아저씨가 말했지요. 바다가 넓고 넓어서 어무니처럼
무한하다고요. 하지만 안 그렇씸더. 바다는 이제 목이 찼씸더.
더 이상 소화할 여유가 없씸더. 머지않아 노무라입깃해파리 괴
물들이 바다를 완전히 잠식허겠지만은, 문제는 그것으로 끝나
지 않는 데 있심더. 우리가 바다에 투기한 폐기물 말고도 엄청
난 이산화탄소가 바다로 흘러 들어와서…… 마치 과식한 위암
환자의 뱃속처럼 더 이상 비축할 데가 없어 용트림허는 기 더
큰 문젭니더. 생물들의 골격이 부실해지는 것도, 조개껍질 굴
껍질이 약해지는 것도, 바닷속이 하얗게 석회화되는 것도, 바
닷속의 모든 식물의 뿌리가 썩어 죽어 버리는 것도, 모두가 그
것 때문입니더. 아니, 그뿐 아닙니더. 거꾸로 이젠 바다가 이산
화탄소를 더 많이 머금을 수 없어서 그만 뱉아 내는 지경에 왔
심더. 되레 바다에서 분출되는 이산화탄소 때문에 대기를 오염
시키는 악순환이 계속되는 깁니더.」

심각하게 경청하는 오주팔의 모습이 그럴 수 없이 진지해 보이
는지 창섭이 목소리를 높인다. 그러나 밝은 음색이 아니다. 착
가라앉아 있다.

「따지고 보모, 이산화탄소뿐 아닙니더. 동남아를 초토화시킨 사이클론도 그렇고, 쓰나미도 그렇고, 지진도 그렇고, 너울 파도도 그렇고……. 어찌 생각하모 인간의 의지와는 상관읍는 지구의 물리적 작용 같지만은도 그 내막을 들여다보모 또 아닌 기라요. 그동안 자연에 대한, 특히 바다에 대한 인간의 오만과 착취로 신음하던 지구가 인내의 한계점에 이르러, 드디어 인간에 대한 자연의 보복이 시작되고 있는지도 모르는 기라요. 이거는 그냥 추측으로 허는 말이 아니고요, 세계 유수 학자들이 공식적으로 발표한 내용입니더. 어디까지나 통계적 분석 내지는 과학적 근거를 바탕으로 표출한 결과인데, 지구도 살아 숨쉬는 생명체로서 적정한 수명이 있다는 겁니더. 소위 말허는 지구 유기체설이 그것입니더. 지구를 비유헌다면, 아저씨 말대로 끝없이 사랑을 베푸는 어무니겠죠? 어무니의 자식 사랑처럼 감싸 주고 깨끗이 치워 주고……. 그러나 아무리 귀한 자식이라도 너무나 난폭하고 오만할 때는 성난 모습으로 가차 없이 체벌을 가하는 엄한 부모들처럼 인정사정없이 횡포를 부리기 시작헌다는 섭니더.」

오주팔이 넋을 잃고 창섭이를 바라본다. 그처럼 명철해 보일 수가 없다. 오늘따라 유독 더 그러하다.

인물 좋고 키 크고 마음까지 넓은 자석……. 참말로 똑똑헝 기라. 니는 증말 모리는 기 없다 카이. 하모, 이 오주팔이 한눈에 안 알아봤나? 이건 진짜 물건인 기라. 이것만 잘 관리허모, 열 배 스무 배 이문이 떨어지는 기야. 특상품인 기라. 부르는 기 값인 기라. 우찌 백발백중 명중시킸썰꼬? 하모 이 오주팔의 선견지명은 아무도 몬 따라온다 카이, 아먼, 몬 따라오고말고.

3
1

늦쌀이가 뻘에서 건져 올린 비닐 뭉텅이를 푼 곳은 예의 뻘득
이가 운영하는 횟집이다. 주방에서 가위와 칼을 빌려다 수십 겹
싸고 또 싼 뭉텅이를 풀어내는 걸 창섭이 녀석도 숨을 죽이고 보
고 있다.

한 겹 한 겹 세어 보지 않았지만 도합 열서너 겹이 넘는 것 같
다. 뜯어 놓은 비닐만 목공 작업장의 대패밥처럼 수북하다. 마지
막 껍질을 빗기자 지퍼 달린 두꺼운 비닐 막이 나온다. 투명 봉
투다. 온통 초록색이다. 지퍼를 열기도 전에 창섭이가 먼저,

「달럽니다!」

흥분된 어조로 말한다.

「달러라꼬? 그러모 미국 돈이란 말이가?」

「맞씸더.」

틀림없다. 지퍼를 열자 눅눅한 100달러짜리 돈다발이 툭 튀어 나온다. 100장 묶음이다. 눈가늠으로도 차곡차곡 쌓인 다발이 스무 개가 넘어 보인다. 오주팔은 그것이 정확히 몇 묶음인지 세지 않는다. 아니, 차분히 하나둘 세고 앉아 있을 형편이 아니다.

식당 사람들의 눈길 때문이다. 특히 음식을 나르는 종업원 청년은 속 알맹이가 나오기도 전에,

「혹시 돈다발 아닌교?」

라고 유별난 관심을 보였을 정도다.

오주팔은 두 말도 하지 않고 웃옷을 훌훌 벗는다. 그리고는 달러 다발이 들어 있는 투명한 비닐 봉투를 둘둘 말아 버린다. 그러고 나서 어떻게 회 접시를 비웠는지, 오주팔이 생각해도 기억이 나지 않는다. 굳이 기억을 더듬는다면 창섭이도 오주팔도 똑같이 꿀 먹은 벙어리처럼 입을 굳게 다물고 있었다는 점이다.

달러라니? 우리는 몰러. 증말 몰러. 끝없는 호기심을 보이는 종업원에게 천부당만부당 사래질을 치고 횟집을 나와서도 똑같이 입을 봉하고 있었던 터다.

긴 사주를 러닝 바람으로 다 건너고 뙤골 입구에 들어서서야 비로소 오주팔이 입을 연다.

「우찌허먼 좋겠노? 경찰서에 신고해야 안 되겠나?」

오주팔이 묻는다. 옆에 바짝 붙어 걷고 있는데도 창섭이는 미처

242

못 들었다는 듯이 먼 산을 보고 있다. 하모, 섣불리 신고헐 상황은
아닌 기라. 오주팔 혼자 고개를 끄덕인다. 그리고 입을 연다.

「우찌 달러 뭉치가 그 속에 들어 있었씰꼬?」

창섭이는 여전히 아무 대꾸도 하지 않는다. 대신 입술을 앙다
물고 있다. 나름으로 무척 심각하다는 표시다.

「창섭아.」

「네, 아저씨.」

「니는 이기 무신 돈이라꼬 생각허노?」

「글쎄요…….」

여전히 녀석은 신중하다.

「혹시 말이라, 밀수꾼들이 압수당하는 낭패를 피할라꼬 배 밑
창에 달아 매둔 돈은 아니겠나? 그러다가 끈이 떨어져
서…….」

오주팔의 상상은 나래를 펴기 시작한다.

「맞다. 꼭 밀수꾼이 아니라 캐도 말이라, 바다 해적 안 있나?
인도지나 반도에 신출귀몰헌다는 해적선…… 그놈들이 홍콩
갱단들허고 교전을 허다가…… 그러니까 모든 일은 공해상에
서 벌어진 상황인 기라. 그 돈이 해류를 따라 여그 앵강바다까
지 몇 년 동안 밀려온지도 모리는 기라. 안 그렇나?」

「그렇겠네요.」

이번에는 창섭이도 서슴지 않고 동조한다.

「그러타모 굳이 우리 갱찰에 신고헐 거까지 없다 아니가? 그자?」

「그렇씸더.」

그래도 오주팔이 고개를 갸웃한다.

「하지만 이 돈이 진짜 아닌 가짜 달러라모 우찌허겄노?」

「그럴 가능성도 없지 않습니다.」

「만에 하나, 북한이…… 간첩을 남파시키믄서 찍어 보낸 위조 달러라 카모…… 우찌되노? 우리도 크게 다치는 기제?」

「글쎄요.」

「창섭아.」

「네, 아저씨.」

오주팔이 침을 꿀꺽 삼키고 나서 결단을 내린다.

「이거 니가 갖고 올라가 삐라. 서울에 있는 은행을 통해 진짠지 가짠지 내밀히 알아보는 기 안 좋겠나?」

창섭이는 망설이지 않는다. 기다렸다는 듯 냉큼 대답한다.

「그렇게 하겠습니다.」

눈짐작만으로 20만 불이 넘는 거액이 창섭이 여행 가방 안을 가득 채운다. 오주팔은 창섭이를 태운 여객선의 모습이 점찍은 듯 작아질 때까지 뙤골포구에 그린 듯 앉아 있다.

자석, 니가 잘돼야 헌다. 니같이 머리 좋고 착한 놈이 잘되는 세상이 와야 헌다. 한데 와 핵교 졸업도 몬허고 갱찰들한테 도망

만 댕기노? 민주화 운동을 위한 투쟁? 그거는 인자 다른 사람덜
한테 넘기주고 니는 니 갈 길로 가야 안 되겠나?

그리고 오주팔은 두 달 전인가 삼천포 시장 바닥에서 만난 김
봉삼을 떠올린다. 언제 왕년의 씨름꾼이었는가 싶게 홀쭉해진
김봉삼이 고기 상자 손수레를 끌다 말고 커피 행상인 앞에 쪼그
리고 앉았다.

「창섭이 소식 듣는가?」

「하모, 며칠 전에 왔다 갔네.」

「우쩌든가?」

「돈이 필요허다꼬 허는데, 그리 큰돈이 오디 있겠는가. 집이나
팔모 몰라도.」

「무신 돈이 와 필요해?」

「모리겄네, 요즘 창섭이 허는 일은…… 투쟁 자금 우쩌고저쩌
고…….」

투쟁 자금이라, 무신 투쟁 자금일꼬? 오주팔이 고개를 갸웃거
리자 김봉삼이 더 작은 소리로 말을 잇는다.

「창섭이 잡으로 댕기는 담당 형사 말이여. 그 자석이 또 찾아
와서는 절대로 돈 맨들어 줘서는 안 된다꼬 허는 기라.」

「담당 행사가 와 그런 소리 했실꼬?」

「빨갱이 훈련시키는 자금이라 쿠데.」

「빨갱이 훈련시키는 자금?」

오주팔이 갑자기 총 맞은 노루처럼 펄쩍 뛴다.

「엑기, 이 사람! 그놈덜 말 들을 거 읍서! 행사 나부랭이덜 선량한 사람 이간질시키는 데 이골 난 놈덜 아닌가베!」

「그렇지만…….」

「뭐가 그렇지만서도고? 우리 창섭이허고 행사 놈허고 누구 말을 더 믿겠는가? 하모, 창섭이 절대로 그런 짓 헐 자석이 아니라 카이!」

그리고 들고 있던 종이컵을 와자작 움켜쥐는 바람에 오주팔의 흰 남방셔츠가 누런 커피 물로 범벅이 된다.

늦쌀이가 횟집 종업원의 귀뜸을 듣고 코를 힝힝 불며 오주팔의 작업실을 찾아온 것은 바로 그날 밤이다. 물론 술이 거나하게 취한 상태다. 늦쌀이 놈은 다짜고짜,

「내 돈 어딨는교? 내 돈!」

고함부터 내지른다.

「시끄럽게 허지 말고 그만 앉그라.」

오주팔이 점잖게 늦쌀이의 기세를 눌러 보지만 웬걸,

「앉기는 와 앉겠는교!」

도리어 장작불에 기름 끼얹기 식이다. 늦쌀이가 계속 쏘아붙인다.

「미국 돈 딸라가 열아홉 뭉팅이라 카던데, 반반씩 갈라 묵는다 캐도 열 뭉팅이는 내놓으소 그마!」

식당 종업원 놈이 힐끗힐끗 보는 듯 마는 듯하더니 아니, 놈의 눈을 피하기 위해 얼마나 안간힘을 썼는데 어떻게 돈 뭉치 숫자까지 정확히 셈해 두었을까.

「그기 말이다…… 그기 우찌된 기냐 허먼…….」

오주팔이 기를 쓰고 설명을 해도 늦쌀이 놈은 막무가내로 들으려고 하지도 않는다. 그래도 반복하고 또 반복해서, 미국 돈 달러는 원래 위조가 많은 데다 바다에서 건져 낸 것이어서 은밀히 알아보지 않고서는 되레 이쪽이 낭패를 당할 우려가 있지 않겠느냐? 그래서 창섭이 편에 서울로 운반시켰다는 대목까지 무려 두 시간 가까운 실랑이 끝에 놈을 간신히 설득시켰다.

한데 그다음이 문제다. 늦쌀이 놈은 한나절이 멀다고 전화를 걸어,

「우찌 됐씹니꺼? 창섭이한테 연락이 왔씹니꺼?」

를 레코드판 회전하듯 되풀이하는 것이었다. 그러기를 꼬박 일주일이다. 물론 그동안 서울 창섭이에게서 기별이 없었던 것은 아니다.

다만 그 내용을 액면 그내로 늦쌀이에게 전달할 방도가 없다는 점이 오주팔의 고민이다. 창섭이 놈이 등기 속달로 보낸 편지 내용은 간결하다.

아저씨, 이 돈을 민주화 기금으로 긴요하게 사용하려고 합니다. 아

저씨는 충분히 양해해 주시리라 믿습니다. 좋은 날 올 때 찾아뵙겠
습니다. 부디 건강하소서.

더도 아니고 덜도 아니고 꼭 그 내용뿐이다. 그 뭉칫돈들이 미
국 정부가 발행한 진짜 지폐라는 표현은 없었지만 민주화 기금
으로 활용하겠다는 것을 보니 다행히 위조 지폐가 아니었던 것
만은 확실한 것 같다. 오주팔로서는 그 사실로나 위안 삼을 길밖
에 없다.

어쨌거나 시도 때도 없이 찾아오기도 하고 전화를 걸기도 해서
먹이 빼앗긴 들짐승처럼 으르렁거리는 늦쌀이를 잠재울 뾰족한
묘안이 없다. 창섭이 편지를 통째로 보여 주는 일 외에는.

편지를 읽고 난 늦쌀이가 창섭이를 찾아 부랴부랴 상경을 했고,
상경 3일 만에 빈손으로 귀향한 놈이 술에 만취가 되어 안방 문을
부수고 들어와 오주팔을 무턱대고 구타하기 시작했던 것이다.

그런데 이상하다. 소나기 같은 주먹질과 발길질에 대책 없이
몸을 맡기고 있던 오주팔이 얼핏 듣게 된 늦쌀이의 야릇한 독백.
그것은 분명 포효하는 듯한 고함이 아니라 기어들어 가는 소리
였고, 오주팔을 향한 분풀이라기보다 흡사 신세타령인 듯 오히
려 애절하기까지 했다.

「씹헐, 우리 어매, 너럭바위에서 자살헐 때 니는 머했노? 다른
년이랑 기집질했제? 그런데도 우리 어매, 꿈에 나타나서 주팔

이한테 모질게 허모 죄 받는다꼬 흑흑 울었다, 자슥아! 내가 아
니라꼬, 나쁜 놈이라꼬 소리소리 질렀는데도 우리 어매 내 보
고 천벌 받는다꼬 날 나무랬다 아니가. 이 씨부럴 새꺄!」

그렇게 신세타령하듯 자탄하면서도 늦쌀이의 폭력은 계속되
었고, 그 결과는 이가 네 대나 뭉개져 나갔고 코뼈가 내려앉았으
며 갈비뼈 세 군데에 금이 간, 도합 전치 5주의 중상이다. 이화자
가 그토록 자주 들락거리던 사량도 보건지소 신세를 지지 않을
수 없다.

「아무리 안 그런 척 위세를 부리도 늦쌀이 놈은 구식이 아들은
아인 기라. 지를 낳아 준 친아부지가 누군지 뻔히 알면서도 우
찌 저리 무작시리 팼씰꼬? 늦쌀이 그놈 사람도 아인 기라. 아
무리 아니라 캐도 친아부지 아닌가베. 친아부지를 이리 왕창시
리 패는 패륜아가 조선 팔도에 오디 있겠노? 우찌 그놈을 사람
이라 카겠노? 하모 사람 탈을 쓴 짐승이라 카이.」

말 좋아하는 사람이면 하나같이 늦쌀이를 폭력 치사범으로 고
발할 것을 강력히 권유했지만 오주팔은 고개만 끄덕끄덕 주억거
렸을 뿐 실제 행동으로 옮기지 않는다.

32

「빌어묵을 노무…… 낚시섬!」

오주팔이 네 대나 빠진 허전한 입으로 씨불인다. 완전한 합죽이다. 아직 이빨을 해넣지 못한 탓이다. 치과가 있는 삼천포로 건너갈 형편도 못 되었지만 내려앉은 코하며, 금이 간 갈비뼈 역시 함부로 걸음을 걸을 수 없게 한다.

이런 경우를 두고 엎친 데 덮친 격이라고 하는가.

그놈의 낚시섬 때문이다.

말 그대로다. 믿었던 도끼에 발등을 찍힌 것이다.

누구보다 믿고 의지했던 뻘득이가 기어코 문제를 일으키고 만 것이다. 뻘득이가 누군가. 앵강도에 단 두 명밖에 남아 있지 않은 국민학교 동창에다 법적인 누이동생 난순이 남편 아닌가.

명색이 처남 매부지간이다. 어디 그뿐인가. 일본 밀항 때도 그러하고, 2년 전 태풍에 난장판이 된 양식장 복원 때도 그러하고, 다른 경쟁자도 많았지만 기왕지사 누이 좋고 매부 좋은 식으로 소위 말하는 뙤골포구 요지 땅을 뻘득이에게 시가보다 훨씬 싼 값으로 넘기지 않았던가.

만약 오주팔의 그런 배려가 없었다면, 뻘득이가 어떻게 객실 침대에 누워 해돋이를 즐길 수 있는, 앵강도에서 가장 큰 숙박 시설인 '해 뜨는 집' 주인이 되며, 낚시꾼 전용 선착장이 딸린 열일곱 척의 낚싯배와 낚시 전용 가게 주인이 될 수 있었겠는가.

말이 났으니 얘기지만 뻘득이를 옛날의 시골뜨기로 생각하고 상대했다가 큰코다치기 십상이다. 벌기만 하고 땡전 한 푼 쓸 줄 모르는 도치기로 재산을 모으는 일반적인 구두쇠가 아닌 것이다. 그는 이미 어떻게 하면 돈을 쉽게 벌 수 있나 고민할 줄 아는 전형적인 사업가의 길로 들어선 지 오래다.

물론 면 소재지 재력가 김영달의 영향 탓이다.

오주팔이 헐값으로 넘긴 땅을 공동으로 개발하는 따위 일로 김영달을 자주 만나지 않았다면 뻘득이가 그처럼 급진적으로 돌변했을 리 만무하다.

대통령이 여름휴가를 즐길 만큼 그 풍치가 뛰어났다 해도 앵강도는 늘 한적하고 조용한 흡사 열아홉 살 숫처녀처럼 순결한 섬으로 더 명성을 떨쳤던 곳이다.

한데 어느 여름 갑자기 시끄러워진 것이다. 섬 전체가 온통 시장 바닥이 된 것은 서서히 일어난 일이 아니다. 그야말로 갑자기 들이닥친 변화다.

뻘득이가 사업에 눈을 뜨게 된 계기도 그런 변화와 무관하지 않다. 아니 그 변화를 쉽게 수용할 수 있는 사람이 앵강도에서 뻘득이가 유일했는지도 모른다.

어쨌거나 뻘득이는 돈을 잘 번다. 쌍쌍이 밀려드는 모텔 말고도, 낚싯배 임대 수입만으로도 하루 매출이 기백만 원이라니, 불과 몇 년 전 얼굴에 기름때 덕지덕지 묻힌 채 긴 장화 신고, 고무 앞치마 두르고 허구한 날 그물을 끌어올리던 뻘득이와는 그야말로 하늘과 땅 차이다.

아니, 그보다 국민학교 졸업 때까지 구구단을 외우지 못해 세 자리 수는 아예 고개부터 휘휘 저어 대던 뻘득이가, 더구나 어떤 숫자에서 숫자를 나눈다는 개념을 전혀 이해하지 못했던 별명 그대로 ‘뻥구라’ 뻘득이가 어떻게 수백만 원의 매출을 계산하고, 수억의 돈을 나누며, 아무리 공동 투자라고 하지만 18억짜리 낚시섬 공사를 감행할 수 있단 말인가.

낚시섬은 바다 한가운데 파일을 박아, 말 그대로 섬을 만드는 공사다. 면적이 200평을 넘지 않는다니까 규모 큰 섬은 아니다. 그러나 200평이면 그 섬에 수용하는 낚시꾼만 300여 명이 넘는 넓이다. 300명이 낚시를 한답시고 먹고 마시고 배설하는 양만 해도 상상을 불허한다.

어디 그뿐인가. 낚시 미끼며 과자 부스러기며 라면 가닥이며 슬쩍슬쩍 바닷물에 버리는 사소한 쓰레기는 또 얼마겠는가.

하지만 그 따위는 별반 문제가 아니다. 가장 큰 우려는 파일을 박아 섬을 건설하는 위치다. 하필이면 그곳이 앵강도 해안에서 가장 핵심적인 해류와 해류가 마주치는 지점이다. 모든 생물의 성장은 해류에 영향을 받는다. 그 해류의 힘에 의해 바닷물이 순환되기 때문이다.

다름 아닌 생명선 포인트다. 육지로 보면 움푹 파인 넓은 골짜기다. 그것도 양지 쪽이다. 햇빛이 좋은 데다 물 흐름의 굽이가 이곳에서 시작되기 때문인지 수온의 변화가 별반 없다. 여름이나 겨울이나 15도를 넘지도 내려가지도 않는다.

뭐라고 할까. 따뜻하고 정갈하며 매끄러운 물이라고나 할까. 몸 전체가 하나의 세포로 되어 있는 까다로운 해초인 옥덩굴류가 무성하게 서식하는 것만 봐도 그러하다.

어디 옥덩굴류뿐인가. 멀리서 보면 연분홍 진달래가 무더기무더기 피어 있는 것처럼 보이는 산호조밭은 또 어떤가. 산호초는 육지의 오아시스나 진배없는, 바닷속 생물의 낙원이라 해도 과언이 아니다.

생물들이 너나 할 것 없이 산호초밭으로 모여드는 것은 먹이와 수온과 해류의 3박자가 맞아떨어진 까닭이지만, 바로 그 산호초

군락지를 불러들인 생명선 포인트가 앵강도 연안 여기저기 자리 잡고 있기 때문에 이곳이 남해안 청정 해역으로 오래 이름을 떨쳐 온 것 아닌가. 어쩌면 미8군이 전량 매입할 정도의 최우량 상품을 생산하는 오주팔의 굴양식장도, 바닷물을 제때에 순환시켜 주는 해류의 포인트가 바로 그곳에 위치하고 있으므로 가능한지도 모른다.

그렇다. 해류의 순환점이 거기 있으므로 삼천포에서 흘러나오는 각종 오염 물질들을 자연 정화시켜 일테면 노무라입깃해파리 같은 괴물의 출현 횟수를 줄이도록 신선한 산소를 넉넉히 공급할 수 있을 터이다.

한데 그처럼 중요한 핵심 포인트에 낚시꾼들의 손맛 욕구를 충족시켜 주기 위해 파일을 박아 버리다니, 어찌 천부당만부당하지 않을 수 있단 말인가.

오주팔은 수십 년 전 청와대에 호소문을 올렸을 때처럼 아니, 바다 쓰레기를 통영 앞바다에 처넣은 업체의 사장과 결탁한 군 계장을 동시에 구속시키기 위해 고발장을 검찰청장에게 올렸을 때처럼 상황 상황을 샅샅이 기록하고, 왜 갑자기 노무라입깃해파리 떼가 출몰하며, 너럭바위 산호초밭이 죽어 가는가에 대한 경고 메시지와 더불어 하필 해류의 요충 지점에 파일을 박아 낚시섬을 만들도록 허가한 지방 자치 단체장을 걸어 '후안무치의 자연 파괴범'으로 고발하는 글을 병실에 누운 채 끙끙거리며 작성했다.

　그런데 이게 웬일인가. 우선 앵강도 주민들이 벌 떼처럼 일어났다. 물론 뻘득이와 사량도의 김영달을 옹호하는 세력들이다. 아니 몇몇 일부 주민들이 아니다. 오주팔의 말이라면 팥으로 메주를 쏜대도 옳거니 옳거니 장단을 맞추던 찌줄이 영감, 맹구 어머니, 삼식이 삼촌 등등, 그 부모에서 손자까지 오주팔의 침술에 의해 감기, 설사, 장염 등을 고치지 않은 경우가 없는 사람들이 이번에는 오주팔이 틀려먹었다고 뒤틀린 얼굴을 하고 아주 냉정하게 맞서는 꼴이다.

　이유인즉 그 낚시섬을 그곳에 설치하므로 생기는 이익, 예컨대 낚시꾼들의 입어비(入漁費) 중 3퍼센트를 떼어 앵강도 주민들에게 나눠 준다는 뻘득이의 약속 때문이다. 그러니까 매일 3백 명으로 계산하면 섬 주민 가구당 하루 3만 원꼴의 이익 배당이 돌아가는 셈이다. 매일 3만 원이면 한 달에 90만 원이고 1년이면 1천만 원이다.

　막말로 가만 앉아 있어도 거저 굴러 들어오는 공짜 돈을 누가 마다하며, 설사 철근 파일을 촘촘히 박아야 할 그 지점이 앵강도 청정 해역의 생명선 포인트이고, 인근 유일한 산호초 지대로 온갖 생물, 특히 돌돔, 노래미, 농어, 풀꽁치, 방어 등등 앵강도 특산물 고급 어종들이 새끼를 치고 기르는 자연 서식지라 하더라도 어찌 그것은 안 된다고 손사래 치며 반대할 수 있단 말인가.

오주팔이 기가 차지 않아 평소 가까웠던 술친구들부터 한 사람 한 사람 불러 공략해 보지만 어림 반 푼어치도 없다.

「이참에는 자네가 틀렀네 그마. 모린 체허고 주팔이 자네도 이익 배당이나 받아 챙기는 기 상책이라 그마.」

오주팔 편인 것처럼 은근히 권하는 설득형도 있고,

「지금 주팔이 자네 소문이 안 좋네. 오죽허모 늦쌀이 놈한테 그리도 모질게 얻어터졌겄느냐꼬 되레 삿대질허는 사람이 더 많다 아니가.」

불안 조성형 협박파도 있고,

「부녀회장 안 있나? 용천댁 지금 난리났다 아니가? 이번 참에 동네 꾸정크린 암적 존재를 근본적으로 뿌리 뽑겄다꼬 저리 씩씩거리고 안 댕기나? 아매도 이번 참에는 자네가 절대 불리하다 카이.」

미리 겁부터 주는 패배주의형도 있고,

「그마, 손들어 삐라. 청와대에 보내는 투서도 치아 삐고, 국무총리실에 보내는 진정서도 치아 삐고…… 새마을 지도자 직함도 이번 참에 벗어 삐고…… 그마 살리 주이소, 이번 참에만 봐주모 조용히 반성허면서 여생 보내겄씸더, 동네 마이크 방송 한번 해삐라 그마.」

자진해서 무릎 꿇고 퇴진하라는 극성 항복파도 있다.

그뿐 아니다. 때와 장소를 불문하고 오주팔을 옹호하고 그 학

구적인 연구 실적을 평가해 주던 전임 군수며, 오주팔 같은 사람 둘만 더 있어도 나라 꼴이 제대로 될 것이라고 침이 마르게 칭송하던 지방 대학 퇴임 교수며, 오주팔이 생산하는 우량 굴만 18년 넘게 취급해 주고 미국 체인 유명 호텔에 납품을 주선해 주던 어업 조합장이며, 도 경찰국장을 지낸 돔 양식장 사장이며, 막말로 오주팔 팬클럽의 핵심 멤버라고 해도 과언이 아닌 지방 유지들까지, 아무래도 주팔이 그 사람 맛이 좀 간 거 아녀? 무신 놈의 재앙이 닥칠 기라꼬 저 야단인지…… . 꼭 예수쟁이 말세 외치는 꼴이라 그마. 아닌 게 아니라 노무란가 뭔가, 그 해파리 이바구는 과장이 너무 심하대. 그것들이 우찌 사람을 잡아묵는다는 긴지 원…… . 굴양식 사업이 잘 안 되니까 살짝 가삐린 기라. 하모, 영리헌 사람이 갈라 쿠모 더 빨리 간다 안 쿠더나. 쯔쯔쯔. 이구동성으로 오주팔을 폄하해 마지않는다.

　오주팔이 밤잠을 설쳐 가며 병실에서 써보낸 여러 유형의 고발장들도 마찬가지다. 그것을 접수한 창구 담당자마다 아이구, 또 이 사람이야? 이마부터 탁탁 친다. 이 사람 직업적인 고소쟁이라구. 꺼떡하면 경찰서도 섬찰로 삼사원으로, 남 살나가는 꼴 못 보고, 이웃이 잘 풀리는 것도 못 보고…… 동네 잘 되는 것도 못 보고, 어쩌면 나라 잘되는 것도 싫은 사람이야, 이 작자는. 자기가 소외되었다 싶으면 다 싫은 거지 뭐. 그래서 상대방 뒷조사해서 고소장 쓰고 진정서 만들어 대는…… 이건 아무래도 아닌 거

아냐? 아무리 법치 국가라도 그렇지, 법도 아닌 법 들고 나서는 이런 위인은 어쩌면 사회악인지도 몰라. 맞아, 이런 작자들 이제 퇴출시켜야 된다구. 그래야 우리 사회도 좀 조용해지지 않겠어?

하필이면 막 바뀐 정권이 기강 잡겠다고 시도 때도 없이 소송 벌이는 법정 브로커들을 단속하는 캠페인까지 시작된 판국이어서, 여러모로 오주팔의 입장이 불리하기 짝이 없다. 그러니까 상습 법정 브로커 명단에 오주팔의 이름이 올려지고부터 그동안 효과 만점이던 그의 진정서는 휴지 조각이 되고 만 것이다. 한때는 저승사자의 출두서 이상으로 괴력을 발휘했던 오주팔의 진정서가 거꾸로 자신의 이마를 치리라고 어찌 상상이나 했겠는가.

사실이다. 늦쌀이에게 죽지 않을 만큼 얻어터진 후유증으로 사량도 보건지소 진료실에 누워 있었던 일주일 동안 천지개벽인 양 앵강도가 발칵 뒤집혔다는 사실을 오로지 장본인 한 사람, 오주팔만 몰랐던 것이다.

빌어묵을 노무…… 낚시섬!

오주팔이 입버릇인 양 씨불인다. 기실 늦쌀이 저인망에서 달러 뭉치만 긁어 올리지 않았어도, 아니 그것을 창섭이 편에 서울에만 보내지 않았어도 이처럼 기동을 불편하게 하는 후유증은 없었을 터다. 아니, 아무리 그렇더라도 어쩌면 그 많은 사람들이 오주팔의 식별력을 의심하고 불신하고, 마침내 배신까지 하고 돌아서 버리는 극한 상황에 이르렀단 말인가.

그래, 재수에 옴 오른 기야. 작년 내내 뭐 하나 술술 풀린 일이 있었나 하모, 말이 씨 된다꼬 사람들이 쉰아홉 수, 쉰아홉 수 노래만 부르지 않았어도 이 지경까지는 오지 않았을 기야.

하나 마을 사람들, 특히 마을 부녀회원들의 생각은 완전히 딴판이었다.

「계집이라면 회로 집어묵을라꼬 껄떡껄떡허더니…… 그 양반 정말 하늘에서 천벌 내린 기야. 늦쌀이가 누고? 바로 주팔이 아들 아니가? 지가 낳은 자석이면서도 아들이라꼬 몬허고, 자석 역시 아부지라꼬 몬 부르는 그 요상헌 관계를 하늘도 용서치 않은 기라. 하모, 오죽허모 지가 낳은 자석한테 그리 모질게 당했겄노?」

「소문 몬 들었나? 늦쌀이가 짝귀 좆 뽑겄다고 뺀찌 들고 들어갔다 카이.」

「뺀찌를? …… 그기 진짜가?」

「진짜 아니모, 우쩔라꼬?」

「아무리…… 지를 낳아 준 지 애비 소중헌 물건을…….」

「소중헌 물건일수록 소중허게 간수허는 기야……. 이번에도 또 함부로 놀렸다 아니가. 그 못된 행실을 생각허모 늦쌀이 뺀찌로 확 뽑히 올라와야 시원체만은도…….」

역시 부녀회장 용천댁이다. 그녀가 좌중을 휘 소리 나게 훑고 나서 점잖게 마무리한다.

「하모, 그 잘난 가운뎃다리 안 뽑힌 것만도 다행이라 카이.」

「만약에 그 징헌 물건이 늦쌀이 뺀찌에 잡혔시모 우찌 됐씰 꼬? 히힛!」

오주팔의 장대한 물건이 화제에 오를 때마다 다리를 비비 꼬던 영실이 작은 어머니다. 기왕 나온 김에 끝을 보자는 장난기다.

「폴짝폴짝 뛰었겠제 머.」

「오디 좆 임자 혼자 뛰었겠나? 여시 꼴랑댕이는 더 높이 뛰었 씰 기야.」

한마디 거들지 않고는 못 견디겠다는 듯 누군가 화답하자,

「니도 봤제? 그 여시 꼴랑댕이, 주팔이 실신했다 쿤께 사색이 안 되더나?」

「때리는 시에미보다 말리는 시누가 밉다꼬, 주팔이보다 죽고 못 사는 여시 꼴랑댕이가 더 눈꼴 시리다 카이.」

흡사 봇물 터지듯 마구잡이로 쏟아진다. 말할 것도 없이 이화자 를 지칭하는 말이다. 오주팔의 코멘트대로 서른다섯이면 한창 물 이 오를 대로 오른 나이다. 더구나 요즘에는 뭘 먹었는지 두 볼에 복사꽃인 양 연분홍 화색이 늘 팽팽해서 말 많은 부녀회원들 왈,

「간통허다 들킨 년이 반성의 기미는커녕 저리 오동통헌 거 보 면 원래 타고난 도색년인 겨.」

「저런 년을 와 가만 놔두노? 교도소 감방에다 처박아 삐제.」

「안 그래도 잡아넣는다 카대.」

이화자와 오주팔의 부적절한 행위에 대한 특별 조사가 벌어질 거라는 소문이 돌긴 돌았지만 어느 누구도 그것이 실제로 이뤄지리라 믿는 사람은 없었다.

장본인인 오주팔도 그랬고, 많은 부녀회원도 그랬으며, 오주팔의 친구들 이른바 성갑이, 재식이, 용발이 등등도, 또 부녀회장인 용천댁이 입에 거품을 물고 그런 주장을 해보겠지만 언제나처럼 용두사미가 되어 슬슬 주저앉겠지 했는데 어느 날 아침 앵강도가 생기고 처음으로 그런 낯 뜨거운 조사가 현실로 이어지게 되었다.

그 이상한 조사는 법석대던 해수욕객이나 낚시꾼들도 대부분 돌아가, 앵강도가 제법 한산해진 8월 18일 밤에 전격적으로 열렸다. 물론 그 조사 특위의 발 빠른 대처는 풍기문란 운운한 두 사람의 탈선보다 8·15 해방 특별 뉴스에 더 초점이 맞춰졌다는 사실을 모르는 주민은 없다.

놀랍게도 9시 뉴스 첫머리에 창섭이가 불쑥 등장했기 때문이다. 그것도 서울 어디에 있는 창섭이가 아니라, 적기(赤旗)가 물결치는 평양 능라도 메인스타디움 중심에 서서 만면에 미소를 머금은 아주 환희에 찬 얼굴이 클로즈업된 것이다. 통일을 위한 남북 청년 위원회 모임의 남쪽 대표 자격이다.

옛날 오주팔이 뻘득이가 마련해 준 노잣돈으로 일본으로 밀항했듯 창섭이도 늦쌀이가 갯벌에서 긁어 올린 돈을 여비 삼아 일본으로 밀입국한 뒤, 가짜 여권으로 중국으로, 중국에서 평양 순안 비행장으로 보무도 당당히 입성했을 게다.

그것도 혼자가 아니다. 대학생 연맹인가 뭔가, 여학생 남학생 도합 열다섯 명이 떼거리로 몰려간 것이다. 물론 그 리더는 창섭이다. 창섭이가 열다섯 명 중 총책임자다.

오주팔은 그 뉴스를 보고 김봉삼처럼 뒤로 발랑 나자빠지진 않았다. 아, 그랬구나. 그래서 큰돈이 필요했구나. 바로 저것이 민주화 운동의 서막이구나. 오주팔 혼자 고개를 끄덕이고 또 끄덕였을 따름이다.

그래서일까. 뙤골 마을 회관에서 열린 청문회장에는 앵강도 주민들이 구경꾼으로 몰려들어 발 디딜 틈새가 없지만, 그보다 알

만한 외지 인사들도 많이 참석, 그야말로 유명 법정의 긴장된 열기를 그대로 재연하는 것 같았다.

우선 제 여편네와 놀아난 오주팔을 어떻게 보복할 것인가, 은밀히 기회를 엿보던 사량도 재력가 김영달이 어색한 넥타이 차림의 뺄득이와 함께 느긋이 앉아 있고, 한때 쓰레기를 바다에 처넣었다는 오주팔의 서릿발 같은 고발에 체포되어 3개월 징역살이를 했던, 그러나 지금은 복직하여 어엿한 과장으로 승진까지 한 이달중하며, 또 한 사람, 창섭이를 그림자처럼 뒤쫓는 만년 바바리코트 차림의 서울 관악경찰서 담당 형사 키다리도 보이고, 군 의회 부의장, 부군수, 사량면장, 보건지소장도 보이고, 우체국장, 수협지소장이며 그 밖의 알 만한 유지들이 단상의 삐꺽이는 의자에 비스듬히 자리 잡고 있다.

물론 이번 사건의 피해자로 더 당당해진 이화자의 남편 권영철도 자리했으며, 오주팔의 말이라면 팥으로 메주를 쑨대도 옳소, 옳소 박수부터 쳐 마지않았던, 그러나 지금은 '오주팔 앵강도 추방 운동 위원회' 의장직을 맡고 있는 찌줄이 영감의 얼굴도 얼핏 보인다.

어쨌거나 오주팔 이화자 간통 사건 공개 청문회에 차출된 증인은 국민학교 3학년짜리 아이들이다. 그 아이들이 결정적인 간통 현장을 목격했다는 것이다.

아무래도 조사 특위 심문 대표는 도덕 재무장 협회 앵강도 회

장인 김씨가 제격인데도, 그의 부인인 부녀회장 용천댁이 나서
마치 입담 좋은 초선 의원인 양 신랄한 질문을 퍼붓기 시작한다.

「너들, 거짓말 했다 쿠모 큰일 나는 기라. 본 대로 들은 대로 꼭
그대로만 말허는 기야. 내 말 알겠나?」

아이들이 대답 대신 간신히 고개를 끄덕인다.

「영구 니가 봤다 캤제?」

그래도 금방 입을 열지 못한다.

「와 꿀 묵은 벙어리 된 기가?」

「……보기는 준기랑 가치 봤씸더.」

「하모, 똑같이 발견했다 캤제, 그자?」

「그렇씸더.」

「머슬 본 기가?」

「짝귀허고…….」

「짝귀?」

뻔히 알면서도 외부 인사, 이를테면 부군수, 군 의회 부의장, 그
리고 창섭이를 쫓는 바바리 형사며, 김영달이며, 군청에서 공식
파견한 이달중 과장 같은 사람들에게 다시 한 번 주지시킨다는
의미로,

「짝귀가 누고?」

라는 질문을 던진다.

「쩌어그…….」

영구 놈이 이쪽 구석에 합죽 볼이 들어가서 더욱 초췌해 보이는 오주팔을 가리킨다.

「오주팔 씨 말이제?」

녀석이 대답 대신 고개를 끄덕인다.

「여러분, 증인이 짝귀라 캐도 그마 오주팔로 알아주시기 바랍니더.」

그리고 다시 시작한다.

「짝귀허고 또 누가 있더나?」

「수돌이 외숙모허고…….」

수돌이는 찌줄이 영감의 외손주 이름이다.

「두 연놈이 보리밭에 숨어 있더나?」

「첨에 우리는 깃대봉 고라니가 내리와서 보리밭 까뭉개는 줄 알았씸더.」

「그래서?」

「그런데 사람인 기라요.」

「그래서 그 사람덜이 보리밭 가운데 가만히 앉아 있더나?」

고개를 저으며 준기가 작은 소리로 대답한다.

「아닙니더, 누워 있었씸더.」

「누워서 먼 짓거리 허더나?」

「입을 맞추고…….」

「입을 맞추고 또오?」

「와 자꾸 그런 거슬 묻고 그러씹니꺼? 색꼴시럽게!」

「색꼴시럽게?」

「정말 말허기 곤란허다 카이.」

「이마에 피도 안 마른 놈이 머시 색꼴시럽고, 머시 곤란허다는
기야?」

아이들이 기세에 눌려 입을 열지 못한다.

「대답 몬허겠나!」

그래도 말똥말똥 주변 사람들만 훑고 있다.

「증말 안 헐 기가?」

그러자 결심이나 한 듯 영구 녀석이 고개를 번쩍 든다.

「수돌이 외숙모가 두 손으로 잡고 짝귀 좆을 빨았씸더.」

「두 손으로 잡고, 좆을 빨어?」

영구는 기왕 내친김에 시원하게 다 털어놔 버리겠다는 투로,

「그리고 씹 빠구리 해삐릿씸더!」

그날 밤, 자정이 넘었는데도 앵강도 구판장 마당에 모여 앉아
새우깡을 안주 삼아 냉장고 병맥주를 마시는 그룹이 있다. 말할
것도 없이 성갑이, 재식이, 용발이다. 모두가 오주팔과 뙤골 모래
밭에서 먹 감던 불알친구들이다.

　물론 아직도 거동이 불편한 오주팔은 그 자리에 참석할 수가
없다. 아니, 본인의 뜻에 의해 불참한 것이 아니라 세 명의 불알
친구들이 오주팔의 참석을 원하지 않았다고 해야 옳다. 불과 두

세 달 전만 해도 주팔이한테 술 얻어먹고 아양 떨던 친구들이다.

「암튼 주팔이 말년이 안된 기야. 니도 봤제? 이빨 빠진 합죽이로 앉아 있는 꼬락서니. 증말 측은허데.」

「그래도 그 노마가 씹 빠구리 했씸더 허는 대목에서 지도 멋쩍은지 헬쭉 웃어 삐더만은.」

「그런데 주팔이 자석, 새마을 지도자도 내놓고, 양식장도, 연구 작업실도, 현미경도 다 포기허고 증말 앵강도를 떠날 수 있씰까?」

「안 떠나모 우쩔 긴데?」

「또 이화자허고 감옥 살 기라꼬 우길지 누가 아는감. 따지고 보모 한 번 두 번 감옥 산 기 아니라. 침 놓다가 사람 죽여서도 4개월 살고, 노무라수용소에서도 반년 살고……. 그리고 나서 또 시작헐 거 아니가? 청와대에 투서질 허고, 방송국 이오팔공에 사진 찍어 올리고……. 그러다가 우리 낚시섬 백지화되모 우쩌겄노?」

「이번에는 그리 안 될 기다. 주팔이라모 사죽을 못 쓰던 전임 군수도 고개 절절 흔들었다 카고, 국립대학 부총장 허던 유 교수도 이번에는 아니라꼬 고개 돌리삤다 안 허더나.」

「도 수산국장도 그랬다 카대. 오주팔이 많이 오버헌다꼬.」

「아니, 우리 주민덜이 떼거리로 주팔이가 틀리다 쿠는데, 당국이 우찌 주팔이 손을 올리 줄 기고? 주팔이는 인자 간 기다, 갔어!」

「하모, 창섭이 그 아가 주팔이를 잡아 묵은 기다.」

「맞다. 내 말 안 허더나? 이참에는 옛날 주팔이가 살았던 일반 감옥허고 다르다꼬. 말이 간통이제, 실지로는 반공법 위반 아니가. 반공법 위반, 그기 올매나 무서운 법이고? 아무리 기고 나는 놈도 그 법에만 걸리믄 그마 작쌀이 나는 기라. 반 쥑이 삐는 기야.」

「허긴 빨갱이를 안방에서 직접 키운 꼴이 됐으니, 빼도 박도 몬 헐 기라. 사실 그동안 죽자 살자 굴양식으로 번 돈 올매나 송금했노? 다 창섭이 그놈 밑으로 들어갔는데 결국 그기…… 빨갱이 하나 키울라꼬 그리 많은 돈이 들어갈 줄 누가 알았겄노?」

「북한이 언제 때 북한이고? 김일성이 살아 있을 때는 그래도 나라 같앴는지 몰라도 지금은 꼴이 꼴이 아닌 기라. 고급 공무원이 한 달 내내 일허고 받는 월급으로 쌀 세 되 팔모 끝이라는데, 그기 오디 국가라고 헐 수 있겄나? 그런 껍디기 나라에 창섭이 가튼 똑똑이가 와 찾아가서 우리의 소원은 통일이라꼬 고래고래 고함지르느냐 그기라.」

「그 자석 간딩이가 부어도 너무 부웅 기라. 지가 머라꼬 남한 대표가 돼서 괴수 김정일허고 포옹하고 악수하고 지랄 방정 떠느냐 그기야.」

「나라 망신 꼴뚜기가 시킨다꼬 안 허드나. 우리끼리니까 얘기지만 창섭이 자석 머리 좀 좋다꼬 올매나 건방 떨었노?」

「창섭이에 비하모 차라리 늦쌀이가 순박허고 인간적인 기라. 비록 지 애비를 도끼로 장작 패듯 패기는 했어도……. 사실 주팔이도 잘헌 거 없어. 아니, 너무헌 기야. 늦쌀이 자석 지 애비라꼬 올매나 헌신했노? 밥반찬 허라꼬 게기 잡으모 조은 것만 골라 갖다 주고.」

「주팔이 성미에 고맙다는 소리 한 번 안 했씰 기야. 그기 늦쌀이한테는 서운했던 기고, 그래서 이참에 달러 사건에다, 이화자 사건에다, 창섭이 사건까지 뒤죽박죽 돼서 그마 주먹이 날아가 삔 기라.」

「니기미 씨팔, 내라도 가만 안 있겄네.」

「가만 안 있시모 우쩔 기고?」

「누구 말대로 주팔이 콧뿌리를 확 뽑았씰 기다.」

「데끼, 뽑기는 멀…….」

「그나저나 주팔이 앵강도 떠나모 누구한테 가서 침 맞겄노?」

「걱정도 팔자다. 인자 우리 앵강도에도 보건지소가 생긴다꼬 안 허더나. 관광객이 그리 많이 밀리드는데, 주쌀이 짐 하나 갖고…… 안 되는 기라.」

「의사 하나에 간호원이 셋이나 파견된다 카더라.」

「그나저나 우리 앵강도도 인자 살게 되는갑다. 낚시섬만 완공되모…… 한 달에 90만 원이 오디 애기 이름이가?」

「주팔이 자석도…… 그거나 받아 묵고 우리랑 같이 살 긴데,
말년이…… 안된 기라. ……지 굴양식장 피해 줄까 봐 불가사
리랑 해파리랑 그리 많이 잡아 쌓더마는…….」
「하모 주팔이 덕택에 우리 마늘밭에 불가사리 썩힌 거름 많이
도 뿌맀는데, 그 덕에 작년 마늘 농사 내가 일등 안 했나. 너 마
지기에서 236만 원 했시모 많이 헌 기라. …… 인자 일등 허기
는 틀렸제, 그자?」

34

옥덩굴류, 즉 청각류는 모래 섞인 암반 즉 산호초 빈틈에 뿌리를 내리고 직립체(直立體)로 우뚝 선다. 그리고 해류의 흐름에 따라 건들건들 춤을 춘다. 밤이나, 절벽의 막힘으로 햇빛이 들어오지 않는 어두운 장소에서는 엽록소를 가진 세포질이 줄기 쪽으로 이동하기 때문에 직립체가 하얗게 변색하는데, 멀리서 보면 흰 수건 쓴 여인네가 호미 들고 콩밭 매러 가는 모습 같다.

춤추듯 건들건들 앞서 가는 여인네.

오주팔은 그 시간, 공교롭게 진짜 돌연변이 씨알과 그에 걸맞은 건강한 암컷 난자를 발견하고 경탄해 마지않던 참이다. 현미경으로 보이는 암컷 난자의 모양은 잘 구워 낸 도넛 같다. 오동통 살찐 도넛.

수컷은 꼬리가 달려 있다. 사람의 정자와 크게 다를 바 없다. 두 개체가 한 개로 합쳐졌을 때 형태는 서양 배를 연상시킨다. 꼭지가 배꼽처럼 위로 불룩 솟아나온 과일.

바로 이기야. 이 아덜이 만나야 된다 안 카나. 만나서 격렬한 교미를 끝내고 두 몸이 하나로 합쳐야 비로소 새로운 슈퍼스타가 탄생헌다 이기야.

오주팔은 벌써 흥분 상태다. 얼굴로 짜르르한 열기가 모이는 것 같다. 고개를 든다. 그러다가 문득 그녀를 발견한 것이다.

직립체로 우뚝 선 옥덩굴류, 하얗게 변색된 흡사 흰 수건 쓴 여인네가 호미 들고 콩밭 매러 가는 것 같은 아름다운 해초. 그렇다. 지금 막 현미경에서 본 도넛처럼 오동통 살찐 난자가 고동산 오솔길로 막 접어든 것 같은 황홀한 광경이다.

오주팔은 주섬주섬 슈퍼스타 암수 굴씨알들을 먹이 샘플 배양 유리 용기에 집어넣고, '지금이야, 바로 내쏘라구!' 절대자의 명령에 복종하는 수백만 생명체의 수백만 수컷 정자처럼 벌떡 일어선다. 그리고 난자를 향해 돌진하는 돌연변이 수컷 정자가 그렇게 하는 것처럼 결사적으로 그녀를 뒤쫓는다.

역시 라콤파르시타 걸음이다. 여름 햇빛이 구름 속에서 다툼질한다. 만약 구름을 걷어 내고 얼굴을 내밀었다 하면 또 한 차례 엄청난 열기를 작렬시킬 기세다.

안 그래도 몇 걸음 떼지도 않았는데 등허리가 흥건하다.

오주팔은 안다. 그녀가 가는 콩밭은 소 먹이러 오가는 아이들이 아니면 어떤 인적도 드물다는 사실을. 더구나 아이들이 배부른 소를 앞세우고 마을로 내려오려면 저물녘이나 되어야 하므로 아직도 한나절 가까운 시간이 짱짱히 남은 셈이다. 한나절이면 세상을 바꾸고도 남을 시간 아닌가.

꼬끼오, 꼬꼬오. 때 아닌 장닭이 홰를 친다. 밤낮을 구별 못하는 정신 나간 녀석이 아니라, 이제 변성기를 맞은 철부지 장닭인 모양이다. 선배들의 위엄을 흉내 내고 싶고, 엉덩이를 뒤뚱거리는 암탉 위에도 올라타고 싶고…… 그래서 에라 모르겠다 나오는 대로 해본 것이 자다가 봉창 두드리는 대낮의 울음이다.

그만큼 마을은 한가롭다. 산과 들을 경계 짓는 대여섯 그루의 미루나무에서 매미가 극성스럽게 울어 댄다. 천 갈래 만 갈래 찢기는 소리로만 봐서는 매미가 잎사귀 숫자만큼 붙어 있는 것 같다.

어쩌다 바람이 불면 매미 소리도 갈팡질팡 흩날린다. 쏴, 나뭇잎이 한꺼번에 쏟아지는 것 모양 처절하기도 하고, 극렬하거나 부산스럽기도 하다.

매미 소리외, 어쩌다 한 번씩 봉창 두들기는 철부지 장닭의 홰치는 소리만 없다면 마을은 거의 비어 있는 것처럼 느껴진다. 실제로 사람이 눈에 띄지 않는다. 뒷마당 감나무 밑에서 그물을 깁든가, 앵강도의 평야라고 불리는 개울 건너 맞뜰, 논뱀이 군데군데 틀어박혀 치격치격한 논바닥을 매든가, 아무튼 각기 일거리에 넋이 빠져 매달려 있을 시간이다.

그런 때 그녀는 스스로 한 약속을 지켜 준 것이다. 보란 듯이 치맛귀를 여미며 집을 나서 준 것이다.

그녀가 처음 오주팔의 작업실에 일당을 벌러 나왔을 때 아, 저 거구나, 저기에다 누군가 제대로 씨를 뿌리면 뭔가 물건이 만들 어지겠구나, 라고 혼자 탄성을 질렀더랬다.

한데 좀체 기회가 오지 않는다. 굴 선별 작업에는 동네 아낙이 여남은이나 동원되지 않으면 안 된다. 미군 부대에 납품할 운반 선이 부두에 닿기 전에 선별을 끝내야 하는 순발력 때문이다. 신 선도를 유지하기 위해서다. 단출하게 대여섯만 동원하면 한나절 이상 걸릴 작업이 불과 두어 시간 만에 끝나 버린다.

왁자지껄 아낙들이 모였다 싶었는데 어느새 파장이다. 미처 손 을 써서 치근덕거릴 기회도 시간적 여유도 없다. 보기에는 딴전 을 피우는 것 같지만 실제로 오주팔의 일거수일투족을 감시한다 고 해도 옳은 동네 아낙들의 눈이 시퍼렇게 살아 있는 이상, 그녀 가 아무리 먹음직스런 자태를 뽐낸다 해도 오주팔이 옳다구나 접근하기에는 상황 자체가 불가능이다.

국민학교를 졸업하자마자 고성 외갓집으로 이사를 갔던 구식 이가 그곳에서 장가들고, 마산 어디에 살다가 불현듯 고향을 찾 아왔는데, 그때 달고 온 여자가 바로 그녀다. 그러니까 구식이 처 다. 마을에서는 그녀를 순천댁이라 부른다.

구식이는 오주팔의 국민학교 두 해 선배다. 구식이는 퇴행성 관절염에다 당뇨인가 뭔가 고질병을 앓고 있다. 손에 쥔 것 없이 불쑥 뙤골포구를 찾아온 것도 병을 고쳐 보기 위한 일종의 요양이다.

그래서 구식이는 큰아버지 사랑채에 밤낮 없이 누워 있고, 그녀가 대신 생굴 선별이나, 가두리 양식장의 일당 일을 찾아 매일 집을 나섰다. 그 와중에 오주팔과 번쩍 눈이 마주친 것이었다.

누가 그랬던가. 진짜 물건은 진짜 물건만이 알아보는 법이라고. 공교롭게도 슈퍼급 난자 굴씨를 발견한 바로 그때, 그녀가 서툴게 쓴 쪽지를 오주팔에게 남겼던 날이다. 지금 그것을 다 기억할 수 없지만, '아무개 아무개 콩밭 매러 혼자 갑니다. 바람 쐬고 싶으면 혼자 따라오세요' 대충 그런 내용이 아니었던가 싶다.

그리고 먹지도 자지도 않고, 밤이고 낮이고 교미만 하는 돌연변이 우량종 수컷처럼 마구잡이로 돌진한다. 슈퍼 난자도 그 순간을 기다렸다는 듯 꺼억꺼억, 경련을 일으키며 무서운 힘으로 오주팔을 끌어안는다.

원래 여편네를 건사하기 힘든 남자일수록 매사가 예민하기 마련이다. 거기다 마음대로 기동할 수 없는 형편일 때, 아니 건사해야 할 여편네가 특별히 바람기가 많을 때 그 예민함의 강도가 배가되는 것은 너무나 당연한 이치다.

구식이가 그러하다. 그래도 처음에는 그냥그냥 넘어갔는데, 본인이 심은 적 없는 씨가 생겨나 난데없이 배가 불러 오자 극약인 줄 뻔히 알면서도 깡소주를 끄억끄억 마시기 시작한 것이었다. 맨 정신일 때보다 술에 취해 버얼건 눈으로 그녀를 바라보는 경우가 더 많다.

구식이는 오주팔과 격렬하게 만났던 그녀의 몸에 밥상을 뒤엎어 던지고, 때로는 주먹질을 했으며, 그 퀭한 육신에 무슨 힘이 남아 있다고 그녀의 긴 머리채를 휘어 쥐고 니 죽고 내 죽자!고 고함 질러 대며 쪽마루에서 마당으로 함께 굴러 떨어지곤 했다.

그때마다 오주팔이 혼비백산한 것은 한밤에 내지르는 구식이의 고함 소리에 마을 사람 모두가 벌떡벌떡 일어나 앉기 때문이 아니다. 문제는 그다음이다.

그녀는 구식이에게 구타를 당할 때마다 집에서 도망을 치는데, 하필이면 오주팔의 집 대문을 탕탕 두드리며, 오매 사람 죽겠네, 사람 죽겠네! 내 좀 살려 주이소! 비명을 질러 댄다. 문을 열어 줄 수도, 못 들은 체 귀를 막을 수도 없는 상황이다. 그야말로 진퇴양난이다.

그러나 오주팔은 단호하다. 얻어터져 흐른 피가 산발한 그녀 머리에 엉겨 붙은 지경이 되어도 오주팔은 꼼짝하지 않는다. 그렇다. 그는 그녀를 단 한 번도 혼자 있는 집 안으로 맞아들여 지친 그녀의 육신을 편히 쉬게 한 적이 없다.

그녀가 애원하고 통곡해도 막무가내다. 결국 맨발로 뒤쫓아 온

구식이에게 곤죽이 되곤 했는데, 그러던 어느 안개 자욱한 봄날 새벽에 너럭바위 꼭대기에 우뚝 섰고, 기어코 바다에 몸을 던지고 말았다.

뱃속의 아이를 낳은 지 꼭 백일 되던 날 새벽이다. 그 아이가 늦쌀이다. 낳아 놓았는데도 늦게 울고, 늦게 눈뜨고, 늦게 옹알거린다고 해서 붙여진 이름이다.

늦쌀이 생모인 순천댁이 몸을 던진 너럭바위 밑은 예전부터 해조류가 숲을 이룬 곳이다. 옥덩굴류는 물론이고 그 사촌인 포도옥덩굴류도 무진장 널려 있다. 포도옥덩굴류는 포낭이라는 부분이 옆으로 조락조락 붙어 몸을 구성하고 있는데, 이 포낭이 모두 연결되어 있기 때문에 기본적으로 하나의 세포로 간주한다.

하지만 수천 개의 포낭은 따로따로 매달려 있다. 넘실넘실 해류를 따라 포도옥덩굴 군락이 비낄라 치면 가려졌던 햇빛이 끼얹어 들고, 햇빛 머금은 수천수만 개의 영롱한 옥구슬이 번쩍번쩍 빛을 반사시킨다.

아, 바닷속 포도옥덩굴의 옥구슬보다 더 아름다운 정경이 또 있을까. 하지만 수백만 개의 옥구슬은 독립체가 아니다. 한 뿌리에서 이어지고 또 이어진, 그 가지에서 또 다른 가지가 나오고, 그 가지에서 또 다른 새끼를 쳤다 하더라도 결국 한 세포일 뿐이므로 옥덩굴 군락이 아무리 해저를 덮고 또 덮어도 국민학교 저학년에서 다뤄지는 숫자에 다름 아니다.

모든 생물은 원래 한 개의 세포로 시작한다. 아니, 한 개의 세포 속에 소속된 수십만 개의 미토콘드리아 중 한 개로 시작한다고 해야 옳다. 산호초 지역의 바위나 모래 위에 뿌리를 내려 몸을 지탱하는 옥덩굴류의 변이종인 절굿공이옥덩굴의 조상은 어떤 세포였으며, 어떤 미토콘드리아였을까.

아마도 지금보다 훨씬 단순한 식물이었음이 분명하다.

그렇다. 모든 생물은 진화한다. 주어진 주변 조건에 맞춰 제 몸의 크기를 바꾸고, 색깔도 바꾸고, 성격도 바꾸고, 생각도 바꾸고, 심한 경우는 제 몸의 근본인 세포까지도 과감히 바꿔 버린다. 그러다 보면 종 자체가 변질되는 사건도 더러 생기게 마련이다.

죽지 않고 살기 위해서는 무엇인들 못하랴 식이다. 죽지만 않는다면, 그래서 내 자신과 닮은 유전인자를 퍼뜨릴 수만 있다면, 그 어떤 욕망도 그 어떤 기득권도 포기할 수 있고, 그 어떤 약속도 배신할 수 있다는 법칙, 그것이 바로 자연이다.

그러니까 옥덩굴의 변이종인 절굿공이옥덩굴도 원래는 옥덩굴류가 아닌 모자반류에서 변화되고 변화되다가 어느 날 갑자기 생겨난 생물일 수도 있다.

타임머신을 타고 아득한 먼 과거로 거슬러 올라가면 거기서 만나는 식물, 예컨대 산호초밭의 모자반류이거나 옥덩굴류이거나, 아니면 뿌리, 줄기, 가지, 곁가지, 잎, 기포(氣胞), 생식기탁(生殖器托)이 따로따로인 아주 원시적인 식물일 수도 있다. 어디 그것이 해조류뿐이겠는가. 그 흔한 조개류나 해파리류만 해도 그 종의 선조가 지금의 종과 같은 구조를 가진 세포일 가능성은 100만분의 1에도 미치지 못할 터이다. 우리 사람은 또 어떤가. 역시 타임머신을 타고 멀고 먼 과거로의 여행을 떠나 보자. 거기서 만나는 사람들이 모든 이의 조상이거나, 그날 8월 18일 앵강도에 사는 사람들 중 누구의 조상도 아닌 사람으로 구분할 수 있을 게다. 아니, 상상 속의 타임머신을 아주 먼 과거, 이를테면 20억 년 전으로 보내면 어떨까. 그때 우리의 조상은 허파가 있고 지느러미가 달린 물고기였는데 물에서 나와 양서류가 되려던 참이다. 어떤 특정한 물고기가 특정한 사람, 예컨대 오주팔 같은 이의 조상이라면 그 물고기가 그 주변 사람들의 조상이 아니라는 것은 상상하기 힘들다.

　각자가 독자적인 경로를 통해 물고기로부터 양서류, 파충류, 포유류, 영장류, 원숭이와 인류를 거쳐 마침내 너무 닮아서 서로 얘기할 수 있을 정도로 비슷한 모습으로 진화해 온 게 사실이다. 충분히 먼 과거로 거슬러 올라가면 우리가 마주치는 모든 개체는 우리 모두의 조상이거나, 우리 중 어느 누구의 조상도 아닌 개체로 구분할 수 있다는 사실이 증명될 것이다. 하지만 얼마나 먼 과거여야 충분한 과거인가. 확실히 지느러미 달린 물고기 시절까지 거슬러 올라갈 필요는 없다.

　그렇다면 그날 8월 18일에 살고 있는 모든 사람의 조상인 한

사람을 만나려면 얼마나 먼 과거로 거슬러 올라가야 할까. 미토
콘드리아란 우리 몸속에 있는 세포 한 개마다 수천 개씩 우글거
리는 마름모꼴의 작은 기관이다. 그것들은 속이 비어 있으나 그
안에는 막으로 된 복잡한 구조가 있다. 내부에 들어 있는 이 막
은 표면적인 미토콘드리아를 겉으로 보고 판단하는 것보다 훨씬
크다. 그것은 미토콘드리아가 기능을 수행할 때 중요한 역할을
한다.

20억 년 전 미토콘드리아의 먼 조상은 자유롭게 살아가던 세
균이었다. 그것들은 여러 종류의 다른 세균들과 함께 더 큰 세포
안에서 살게 되었다. 결과적으로 원핵생물인 세균의 공동체가
더 큰 진핵 세포가 된 경우이다.

오주팔이건, 늦쌀이건, 뺄득이건, 난순이건, 이화자건, 각자는
상호 의존적인 1백조 개의 진핵 세포가 모인 공동체다. 그 세포
하나하나는 또 특수하게 길들여진 수천 개의 세균으로 이뤄진
공동체다. 그것들은 세포 속에 완전하게 갇혀 있고, 그 속에서
다른 세균들처럼 증식한다. 한 사람의 몸속에 있는 미토콘드리
아를 모두 꺼내 한 줄로 이으면 그 줄은 지구를 한 번이 아니라
자그마치 2천 번을 감을 수 있다. 한 마리 동물, 또는 한 그루의
식물은 마치 숲 속처럼 작은 공동체로 채워진, 여러 층이 상호 작
용하는 또 하나의 공동체다. 예컨대 앵강도 해역, 그러니까 뙤골
해안에서 사주까지의 긴 해안선 그 자체는 지금까지 추정될 수

있는 생물, 이른바 1억 종에 가까운 생명체들이 들끓었던 하나의
공동체임이 확실하다. 그 모든 종의 각 구성원은 길들여진 세균
들로 이루어진 공동체의 공동체이다.

그러다가 그 공동체가 어떤 경로를 통해 지구의 나이인 45억
년을 거쳐 오늘에 이르렀을까. 그러나 그 추정은 명확하지 않다.
왜냐하면 그 45억 년 동안 거의 종말에 가까운 재앙이 여러 번
반복되었기 때문이다. 그러나 세상에는 재앙이 하루아침에 찾아
오는 것이 아니라 징조를 보이기 시작해서 수백 년, 수천 년, 수
만 년 뒤에 온다고 믿는 낙관주의자들이 더 많았고, 또 그런 낙
관주의자들에 의해 세상이 그럭저럭 유지되어 왔다 해도 과언이
아니다.

세상 만물은 어차피 사라지기 마련이므로 재앙 자체를 두려워
할 것 없다는 낙관주의자들의 주장은 예컨대 초원을 달리는 말
의 등이 휘어진 것은 사람이 그 위에 편리하게 올라타기 위해 창
조되었다고 믿는 식이다. 그들의 사고는 쉽게 변하지 않는다. 과
거를 돌아보건대 실제로 잘못된 것은 아무것도 없다는 태평한
주장을 반복한다. 아무리 사람들의 잘못된 인식에 의해 세상의
강물이 죄다 오염되고, 산이 피폐해지고, 온난화가 가속화하고,
빙하가 녹고, 1억 종으로 추정되는 생명체의 종이 하루에 수만
종씩 멸종하여 사라져 간다 해도, 하늘 높이 솟은 빌딩, 안온한
실내, 눈 깜짝할 사이에 대륙과 대륙을 연결시켜 주는 첨단 발명

품들을 폐기 처분하고 석기 시대의 자급자족 생활 방식으로 돌아가고 싶어 하는 사람은 눈을 씻고 봐도 없다.

거기다 또 한 가지 기억해야 할 사안이 있다면, 재앙을 부르는 자연의 움직임에 대해 억지로 의미나 목적을 부여하려고 애쓰지만 예상과 달리 실제 아무것도 없다는 사실이다. 우리는 그 점에 경악을 금치 못한다.

다시 말해 자연은 결코 우리가 생각하는 식으로 잔인하지도 무자비하지도 않다는 얘기다. 다만 원칙만 내세우는 주변머리 없는 대쪽 판사처럼 그저 냉담할 뿐이다. 그것은 오주팔이 사는 시대의 많은 사람들이 가장 이해하기 힘들어하는 대목 중 하나이다. 장본인인 오주팔도 마찬가지지만 오주팔을 탄핵하는 뙤골포구 사람들 모두가, 선의도 악의도 없고 잔인하지도 친절하지도 않으며 단지 무정할 따름인 자연 앞에 생각 없는 돌팔매질을 하고 원망하고 한편으로 가소로워하는 것이다. 뙤골 사람들의 고통이나 염원에 귀 기울이지 않고 아무런 고의도 없는 상태로 태연하게 재앙의 조짐을 불러오기 시작하는 자연의 저 무지막지함에 대해 과연 무엇을 요구할 수 있으며, 그 요구가 관철될 수 있을 것이라고 믿는 사람이 얼마인가.

각설하고, 주기적으로 오건, 예고 없이 돌발적으로 오건, 대재앙의 조짐이 시작되었다는 것은 확실하다. 노무라입깃해파리의 출현이나, 바닷속 식물과 생물을 몰살시키는 각종 오염 물질의 투기가 그러하고, 무엇보다 수십만 년을 지속해 온 수온을 높여 버린 대기와 해양계 사이에 일어난 단기간의 교란이 그러하다. 그 교란이 물리적 세계와 생명 사이의 정상적인 상호 작용을 총체적으로 붕괴시키는 참담한 사태로 이어진 것이다.

서서히 높아진 해수면은 뉴욕이나 도쿄나 리우데자네이루나 부산이나 상하이나 런던, 마르세유 같은 아름다운 항구 도시를 초토화시킬 것이다. 시멘트로 방벽을 튼튼히 해놓고, 어떤 자연재해도 이길 수 있다고 장담하던 도시가 그렇게 허무하게 무너지는 판에 앵강바다 주변은 더더구나 온전할 리 없다. 어쩌면 도시보다 먼저 초토화될는지도 모른다. 화려한 야경이 아름다웠던 삼천포는 말할 것도 없고, 앵강도며, 뙤골포구며, 모든 해안이 쑥대밭이다. 오주팔 소유 콩밭에 10층 높이로 세운 호텔도, 인공낚시섬도, 물론 오주팔의 해양연구소 건물도, 그 밖의 뙤골 사람들이 옹기종기 모여 살던 집들도, 고깃배도 흔적 없이 사라지고 없다. 아니, 깡그리 쓸어가 버린 것이 아니라 터전 자체가 없다. 바닷물로 벙벙히 채워 버린 것이다. 그 와중에 수많은 난민들이 더 높은 지대를 향해 이비규환으로 피신할 것이고 그 난민 중에는 오주팔의 강렬한 복제 본능에 의해 출생한 노토지마의 세 명의 아들과, 늦쌀이 창섭이 등 총 열여섯 명의 앵강만 출신들이 터트린 복제 폭탄에 의해 생산된 수천 명의 후손들도 더러는 앵강도에서 제일 높은 고동산으로, 더러는 후지산으로, 더러는 서울

의 관악산이나 북악산이나 남산 같은 곳으로 아등바등 기어오를
것이다.

35

세상의 모든 생물이 그러하듯 모든 사람들도 가쁘게 숨을 몰아쉰다. 시간이 갈수록 호흡이 더 막혀 온다. 종말이 닥친 세상에는 모든 것이 뒤죽박죽이다. 소량의 산소만으로 생을 유지할 수 있었던 노무라입깃해파리도 이제 제 기능을 못한다. 위기가 닥쳐도 난자와 정자를 폭탄처럼 투하할 수가 없다. 아니 설사 투하한다 쳐도 그것이 자리 잡을 안식처가 없다. 시나브로 죽어 가는 바다는 참으로 참혹하다.

그때까지도 끈질기게 살아남았던 몇몇의 사람들은 그 위기 속에서 뭔가 나눌 수 있는 교감이 없을까 두리번거리지만 최악의 재앙을 코앞에 둔 세상의 어떤 괴력도, 자연의 기운도, 인간과의 교감을 원하는 것 같지 않다. 자연은 결코 배려하는 법이 없다.

하던 일을 멈추고 갑자기 관대해지는 여유도 보여 주지 않는다. 그냥 인간이 준 만큼 무관심하게 되돌려 줄 뿐이다. 그처럼 우리가 아는 우주의 질서에는 어떤 계획도, 의도도, 선악도 없다. 다만 맹목적이고 무자비한 무관심만 영겁의 세월을 잠재우고 있을 따름이다.

36

미래의 타임머신을 타고 앵강바다에 내리면 아무것도 없다. 물
론 산호초도, 해조류도, 고기 떼도 없다. 미토콘드리아 역시 없
다. 진핵 세포도 없다. 세균도 없다. 그처럼 풍요롭고 아름다웠
던 생명 입자의 흔적 대신 잿빛 암흑의 긴 벌판이 없음표의 상징
인 듯 끝없이 이어진다.

오주팔이 간다

초판 1쇄 인쇄일 · 2008년 10월 15일
초판 1쇄 발행일 · 2008년 10월 20일
지은이 · 백시종
펴낸이 · 임성규
펴낸곳 · 문이당

등록 · 1988. 11. 5. 제 1-832호
주소 · 서울시 중구 장충동 2가 186-39 장충빌딩 3층
전화 · 928-8741~3(영) 927-4990~2(편)
팩스 · 925-5406
ⓒ 백시종, 2008

홈페이지 http://www.munidang.com
전자우편 webmaster@munidang.com

ISBN 978-89-7456-418-6 03810